KB117207

나를 살리는 글쓰기

나를 살리는 글쓰기

전업작가는 왜 쉼 없이 글을 쓰는가

장석주 지음

중앙books

글쓰기는 피와 종이의 전쟁이다.

서문

나는 왜 버드나무처럼 살지 못했나

봄날의 버드나무를 좋아한다. 지난 18년 동안 물가에서 죽은 사람인 듯 견고한 침묵을 지키며 살았다. 집 근처에는 버드나무가 많았다. 버드나무는 습생 수목이라 물가에 군락을 이룬 채 초록의 성자(聖者)로 서 있었다. 버드나무를 영롱하다고 할 수는 없을지 모른다. 이른 봄, 산의 눈과 얼음이 녹아 계곡으로 흘러드는 물소리와 함께 버드나무 가지에 연초록이 번지는 걸 보는 것만으로 위안을 얻었다. 실존의 부조리함과 쓰디씀을 겪고 마흔 줄에 들어서서 엽낭게처럼 소규모로 시골 살림을 꾸리는 내 눈에 4월 저녁의 황혼 속 버드나무들은 눈물이 날만큼 아름답고 신비했다. 버드나무들은 봄날의 잦은 물안개 속에서건 찬 가을 밤의 달빛 아래서건 고독의 한가운데서 의연했다. 봄에는 새잎이 돋고 가을에는 그 잎을 물 위로 떨어트리는 버드나무에게서 몇 줄의 시를 얻었다. 나는 버드나무 같이 물가에서 고요하게 살고자 했건만 덧없는 열정에 휩싸여 세상과 불화하며 자주 격렬해지곤 했다. 이제 나는 저 놀랍고 신비한 버드나무들이 서 있는 그 물가 집을 떠나 살아간다.

편집자들과 논의한 결과 차선으로 선택한 것이 '나를 살리는 글쓰기'인데, 애초 제목은 '쓰는 존재', 혹은 '전업작가로 산다는 것'이었다. 나는 작가로 살며 가난의 궁상을 떨치느라 분투하는 모습을 진솔하게 쓰려고 했다. 20대 초반 시립도서관에서 습작을 하다가 작가의 길로 들어섰다. 그게 운명이던가? 마흔 해 동안 암중모색으로 세월을 건너오며, 감동과 기적의 찰나, 슬픔과 권태로 찌든 날, 풍찬 노숙의 세월도 있었다. 내가 이종격투기 선수나 기상청 예보관, 세무공무원이나 건설노동자, 혹은 보험설계사나 병아리감별사 같은 전문직이 아니라 문장을 써서 밥벌이를 한 것은 우연이었으리라. 내 골격이나 근력을 감안할 때 다른 선택이 없는 불가피한 것이었을지도 모른다. 청년 시절 배움이나 지혜가 모자라 방황을 하고, 중년의 나이에도 시난고난하며 이 길을 걸어왔다. 실존의 불안이 영혼을 갉아먹을 때조차 읽고 쓰는 일을 멈추지 않고 살았다.

사람은 모태에 한 톨의 씨앗으로 뿌려져, 어엿한 영혼으로 빚어져 메마른 이 세상에 내동댕이쳐진다. 우리는 씨앗이 자라나 열매가 맺기를 기대한다. 삶이란 그런 것! 나는 무한과 영원을 붙잡으려고 가망 없는 손을 뻗었던가? 긴 노고와 기다림에도 불구하고 손에 쥔 소득은 보잘 것 없었다. 꿀벌이 꿀을 모으듯이 날마다 악의 무한과 분투하며 여기에 이르렀다. 내 문장에는 죽음과 그것이 불러일으킨 허무와 공허들이 녹아 있을 테다. 사람은 저마다의 문장을 쓰며 제게 주어진 운명을 살아낸다. 하지만 나는 여전히 식물의 사생활과 수목의 영혼 가운데 깃든 고요에 대해, 죽어가는 것의 마지막 날갯짓에 대해, 뱀이 요구하는 꿈틀거릴 권리의 정당성에 대해, 초승달의 덧없는 영롱함에 대해, 건강의 뻔뻔함과 질병의 성스러움에 대해 다 쓰지 못했다. 오직 살아남는 문장은 불가능의 문장, 무한의 문장이다. 그 문장은 끝내 미완일 것이다. 그래서 나는 어제도 쓰고, 오늘도 쓰며, 아마 내일도 쓰리라.

인생의 하류(下流)에서 문득 바라보니, 저 상류의 가느다란 물줄기가 여기까지 오는 데 여러 곡절과 시련이 있었다. 물은 하류에서 넓고 깊어져서 웬만한 날씨에는 요동치지 않는다. 나는 우둔한 넋에 울리는 온갖 사물과 추억의 메아리에 귀를 기울이고, 인생의 누추함과 쓰디씀조차 감미롭게 여긴다. 곧 천지간은 저물어 황금빛으로 물들고 저 무한의 바다에 닿으리라. 저 피안

(彼岸)에 닿는 것은 개체의 소멸, 영원한 사라짐, 무한에 녹아드는 일인가. 나는 이 하류의 물을 호젓하게 바라보며 저 영원과 무한의 바다가 품은 고독을 어렴풋하게 느낀다.

읽고 썼다. 그리고 살았다. 내 인생은 이 단문 두 개로 요약할 수도 있다. 내 삶은 다른 세상을 꿈꾸며 읽은 것과 쓴 것의 누적으로 이루어졌다. 나는 쓴 것과 쓰지 못한 것 사이에 있다. 나는 왜 버드나무처럼 단순하고 고요하게 살지 못했을까. 버드나무를 보며 품은 갈망은 요원해졌다. 내가 사는 곳에 당도한 새봄의 착한 버드나무를 바라볼 때 그 실패는 쓰라리다. 나는 잃어버린 꿈과 실패의 덧없음에 대해 묻고, 그 물음에 답한다. 이 책은 더러 지면에 내놓은 것도 있지만 대개 전작으로 쓴 원고로 이루어졌다. 젊은 벗에게 한 조각의 영감을 주고 싶다는 마음으로 글쓰기를 향한 갈망과 그 갈망이 만든 내면의 무늬들을 서툴고 무딘 문장으로 남긴다.

2018년 봄날 아침에

장석주 씀

차례

3장

나 자신을 증명하는 글쓰기

4장

행복을 주는 글쓰기

1장

운명적 글쓰기

글쓰기에 사로잡힌 내 운명을 사랑한다

운명적 글쓰기

활과 저녁

글쓰기는 내 '활'이다. 내게는 '활'이 있고, 내 인생의 시각은 오후 5시를 가리키고 있다. '활'이 문학에 대한 은유로 적절한 것인지 확신은 없지만, 어쨌든 내 인생은 저녁으로 기우는 때, 이제 하던 일을 마감하고 널린 연장과 도구들을 주섬주섬 챙겨야 할 시간이다. 오늘의 일을 마감하고 내일을 기약해야 한다. 처음부터 '과녁' 따위는 중요하지 않았을지 모르지만 '활'을 갖고 싶다는 열망이 컸다. 열망에 힘입어 '활'을 거머쥐고, 화살 몇 개를 별로 쏘아 올린 뒤 나중에 보니 화살은 허망하게 풀밭에 함부로 떨어져 뒹굴고, 화살 몇 촉의 끝에는 핏방울이 묻어 있었다. 내가 쏘아올린 화살이 목숨 붙은 것의 몸통이나 깃털이라도 스쳤을까. 아무 수확 없이 빈손으로 저녁을 맞다니! 별다른 소득이 없더라도 이것이 인생의 초안이었으니 후회하지는 않으리라. 저녁 너머는 길고 긴 밤이다. 저 멀리 입을 벌린 거대한 어둠이 나를 삼켜버릴 영원한 심연이라는 걸 알 듯하다.

1979년에 시집 『햇빛사냥』을 냈으니, 꽤 세월이 흘렀다. 그때 스물네 살이었으니, 세상 물정 모른 채 가슴 뛰는 기쁨뿐이었다. 뭘 알았겠나? 경륜도 경험도 없는 얕은 인간이고, 문단에 갓 등단한 신인이었는데. 출판사 편집부 말단 주제에 첫 책을 냈으니 들뜬 건 이해할 수도 있으리라. 그날 출판사 직장 동료들이 첫 시집 출간을 축하해주는 술자리에서 만취된 채로 집에 돌아왔다. 정확하게는 집 근처 대로에 널브러져 있는 걸 식구가 발견해서 끌고 들어왔다. 하마터면 그날 대로에서 자동차에 압사되어 생명이 끝날 뻔했다. 다행히 살았으니, 시인, 24세, 요절, 하는 따위로 생몰의 연대가 압축되는 비극은 모면할 수 있었다.

첫 시를 15세 때 썼으니, 쉰 해 동안 시를 써온 셈이다. 짧다면 짧고 길다면 긴 세월이다. '시인'이나 '작가'로 산다는 것에 대한 자의식을 갖기 이전에 작가로 사는 건 얼마나 행복할까, 하는 동경은 품었을 테다. 이런저런 매체에 투고를 되풀이한 끝에 운 좋게 문예지와 일간지 신춘문예에 당선되어 지금까지 '시인'이나 '작가' 대우를 받으며 살아왔다. 등단 초기엔 원고 청탁 따위는 거의 받지 못했다. 글 쓰는 걸 생업으로 삼을 엄두도 낼 수 없었다. 생계 수단으로 다른 벌이가 필요해 출판사에 취직을 하고, 나중에는 출판사를 창업해서 돈을 벌었다. 그것은 아름다운 일

이거나 비난받을 만큼 파렴치한 일도 아니었다.

그동안 쉬지 않고 책을 써내서 그 목록이 꽤 길게 이어진다. 심오함이나 감미로움은 차치하고 그 양이 만만치 않다. 책상 앞에 앉아서 꾸역꾸역 글을 써왔지만, 이걸 언제 다 썼을까, 하고 스스로 대견한 건 아니고, 어쩌자고 긴 세월을 이토록 우직한 청맹과니같이 살아왔나, 그 무모함에 모골이 송연해지며 절로 탄식이 나온다. 평생 독서광으로 산 게 그 무모함의 근원일 것이다. 책을 읽는다고 다 작가가 되는 것은 아니겠지만 어쨌든 작가로 살며 책을 내고 있다. 여기저기 글을 쓰고 책을 내며 원고료와 인세를 받아 세금과 공과금을 내고 쌀과 부식을 조달했으니 말 그대로 '전업작가'인 셈이다.

니체는 어디선가 "적나라한 생존을 위해 투쟁하는 인간은 결코 예술가가 될 수 없다."라고 했다. 예술가로 분류되는 직종에 반평생이나 몸담은 것으로 보아 나는 애초 생존을 위해 투쟁하는 인간은 아니었나 보다. 그렇다면 무엇이었을까? 내면 어딘가에 작가가 되지 않으면 안 될 피의 불가결한 기질이 있기는 한 걸까? 솔직히 고백하자면 잘 모르겠다. 인생이란 모호하고 불확실한 것이어서 늘 자기 뜻대로 되는 것은 아니다. 일말의 우연, 일말의 초연함, 일말의 고독 같은 게 작가라는 엉뚱한 길로 등 떠민 건 아닐까?

나에게 글쓰기란

몇 년 허송세월하고 더는 미룰 수가 없어서 머리를 싸매고 책상 앞에 앉은 것은 '글쓰기에 대하여'라는 책을 쓰고자 함이다. 연옥까지 가더라도 써내야만 한다는 절박감에 몰려 분발하지만 한동안은 한 줄도 쓸 수가 없었다. 시골 마을 출신의 한 젊은이가 있다. 돈도 없고 인맥도 없고 대학 교육도 받지 못한 젊은이가 대도시에 올라와 연극 대본을 쓴다. 그리고 그는 당대에 가장 유명한 작가가 된다. 이미 눈치챘겠지만 바로 영국의 대문호 셰익스피어 얘기다. 셰익스피어나 도스토옙스키 같은 작가 정도는 돼야 '글쓰기에 대하여'나 '작가로 산다는 것'에 대해 쓸 자격이 있을지도 모른다. 애꿎게 몇 밤, 종이 몇 장, 그보다 많은 망설임과 초조함을 허비한 뒤 겨우 처마 아래 고드름이 녹아 몇 방울물이 흘러내리듯 몇 줄이 흘러나왔다.

잘 구워진 빵과 팥죽 따위를 좋아한다. 누군가에게 내 책이 빵 한 개나 팥죽 한 그릇 정도의 위안을 주었으면 하는 마음 정도는 늘 갖고 있다. 그만한 보람조차 없다면 얼마나 쓸쓸할까. 언감생심, '영원히 남을 작가'가 되겠다는 야망 따위는 눈곱만치도 없다. 내가 유일하게 하고 싶은 것은 책을 쓰는 일이고, 그래서 책을 써왔다. 인생의 상당 부분은 이미 지나가버렸다. 쓴 책들을 자랑스러워하는 마음은 없지만 글쓰기에 내재된 고독과 고통을 지복(至福) 삼아 여기까지 온 것은 뿌듯한 바가 없지 않다. 아모

르 파티amor fati, 글쓰기에 사로잡힌 내 운명을 사랑한다. 폴 오스터가 자전적 소설에서 쓴 한 문장같이 "진정한 자아를 발견하기 위해 미지의 곳으로 떠나는 젊은 작가. 좋든 나쁘든, 다른 방식은 나와 어울리지 않았을 것이다."[1] 라고 말할 수밖에 없다.

물론 작가로 산다는 것은 동물원에서 낙타나 기린 따위를 돌보며 사는 것과는 다른 일이다. 그보다 더 보람 있고 더 가치 있는 일이라고 말하려는 건 아니다. 동물원에서 낙타나 기린을 돌보는 일을 해보지 않았으니, 그게 얼마나 기쁘고 보람 있는 일인지는 알지 못한다. 다만 작가로 산다는 것이 눈이 오나 비가 오나 책상 앞에 앉아서 뭔가를 꾸역꾸역 써내는 일이라는 것은 잘 안다. 보잘것없는 가문에서 태어나 한눈팔지 않고 읽고 쓰며 지금까지 그렇게 살아왔으니까. 작가로 사는 것은 다른 게 아니다. 쓰는 게 힘들든지 그렇지 않든지 간에 날마다 쓰고, 오직 뭔가를 쓰는 행위 속에서만 제 정체성을 발견한다는 뜻이다. 쓰지 않으면 아무것도 아닌 존재로 전락해버리는 느낌 때문에 쓰지 않을 수 없는 자로 살아간다는 것이다. 다시 니체의 한 구절을 인용해야겠다. "사람이 더 이상 그 자신 위로 동경의 화살을 쏘지 못하고, 자신의 활시위를 올릴 줄도 모르는 그 시기"가 닥치더라도 기어코 활을 들어올리는 자, 바로 작가이다.

1 폴 오스터, 『빵굽는 타자기』, 김석희 옮김, 열린책들, 2000, 8쪽.

어제도 쓰고, 오늘도 쓰고, 그랬으니 내일도 쓸 것이다. 날마다 여덟 시간을 꼬박꼬박 읽고 쓰고 있으니, 현재진행형의 작가인 건 분명하다. 나는 쓴다, 고로 존재한다, 라는 굳은 신념 속에서 술술 썼다, 라고 고백하면 좋겠지만, 재능은 미약하고 쓴다는 것은 고된 노동의 체감을 동반하는 일이다. 먹고산다는 크나큰 중압감 속에서의 글쓰기는 미래가 보이지 않는 일이다. 화창한 일요일 오후 같은 인생이었다면 글쓰기는 피하고 싶었을 테다. 하지만 나는 써야만 했고, 쓰려는 욕망은 피할 수 없는 운명이었다. 쓰러지더라도 두 발로 일어서는 것, 일어서서 다시 걸어야 하는 것은 그게 가야 할 길이었기 때문이다. 길이란 바로 그것, 아모르 파티, 고독을 머금은 저 지독한 운명애, 허무를 넘어서서 어쩔 수 없는 것에 대한 사랑에의 이끌림, 피와 무의식의 외침 같은 것! 써라, 쉬지 말고 써라. 실패해도 다시 써라!

운명적 글쓰기

작가는 왜 쓰는가

오늘날까지 글을 써오며 문득 돌아보니, 내가 먼 지점까지 와 있는 걸 깨달았다. 그때 처음 떠오른 건 원점으로 회귀할 수 없으리라는 사실이었다. 이건 낙담일 것이다. 이 낙담은 글쓰기가 피의 불가결한 기질이고, 내 운명으로 고착되었음을, 내가 이 길을 미욱하게 뚜벅뚜벅 갈 수밖에 없음을 확실한 자각으로 되돌려준다. 한사코 벗어나려고 도피를 시도한 적도 있지만 다시 돌아올 수밖에 없었던 것은 글쓰기가 운명이었기 때문일까?

어려서부터 책 읽는 걸 좋아했다. 그냥 좋아한 게 아니라 푹 빠져서 탐닉했다. 왜 그렇게 읽었을까? 책 읽기가 외로움을 견딜 수 있는 방편이고, 재미와 내적 충만감을 주었기 때문일 것이다. 조금 더 나이가 든 뒤 책이 무(無)라는 지복(至福)이 품은 정적을 선물로 준다는 걸 깨달았다. 책을 읽는 동안 마음에 일렁이는 불안과 공포 같은 감정이 고요해지는 것을 자주 경험했다. 어린 시절 투철한 독서습관을 갖게 된 것은 인생의 축복이었다고 안도한다. 지금도 거실과 침대, 카페, 치과병원 대기실, 기차역, 열차 안, 공항 로비에서 책을 읽는다. 그게 어디든지 장소를 가리지 않고 읽는다. 읽는다, 고로 존재한다, 라는 태도로 평생을 일관하는 가운데 문학의 가치를 깨닫고, 이게 정말 대단한 것이구나, 하는 경외감을 갖게 되었으리라. 나는 책을 통해 문학이 놀람과 즐거움을 주는 것임을 알았다. 문학은 경험과 일화의 포집, 무의식과 찰나의 현시, 상상력의 놀이이다. 더 쉽게 말하자면 말할 수 없는 것을 말하고, 천지간에 떠도는 향기와 미를 드러내며, 창백한 달과 검은 태양을 언어의 그물로 붙잡는 일이다. 문학이 곧 삶은 아니되 파롤이라는 거울에 삶이 고스란히 비춰진다. 거기에 흥미를 느껴 어느 날 갑자기 뭔가를 끼적이게 된 것인지도 모른다.

'읽는 인간'과 '쓰는 인간'

스콧 피츠제럴드의 『위대한 개츠비』는 사랑이라는 신기루를 향해 손을 뻗는 한 남자의 허망한 몸짓을 보여준다. 인간 내면 어딘가에는 꿈과 욕망이 빚어내는, 흐름을 거스르는 어리석음 같은 게 있다. 개츠비가 보여주는 것은 신기루에 홀린 사람의 행

적, 바로 그것이다. 무모한 사랑, 그 신기루에 모든 걸 다 거는 불행한 사내에게서 우리는 연민과 숭고함마저 느낀다. 그가 맞는 파멸과 불행은 독자에게 거울이 되어 자신을 비춰보게 만든다. 이 이야기는 실제 현실에서 일어난 일이 아니라 작가의 허구적 창조물이다. 한편으로 현실 어딘가에서 일어나는 일 같고, 개츠비라는 불행한 사내도 어딘가에서 살고 있을지도 모른다는 생각을 품게 만든다. 이걸 개연성이라고 한다. 독자는 현실에서 있음직한 이야기를 읽는 데서 뜻밖의 재미를 느낀다. 소설을 읽어나가며 이 거울에 제 꿈과 욕망을 비춰보는 것이다. 그런 뜻에서 문학은 일종의 유희, 비현실의 놀이 같은 것이다.

우선 문학은 불행을 견디는 힘을 준다. 셰익스피어는 "불행은, 견디는 힘이 약하다는 걸 간파하면 더욱더 내리누른다."고 했는데, 문학은 불행을 견디고 저항하는 항체를 만들어준다. 불행을 위로하고 상처를 치유하며, 불행의 거친 파고 속에 떠 있는 인생을 잔잔한 곳으로 이끌어낸다. 그리고 문학은 인습적 사유에서 벗어나 삶과 세계를 보는 통찰의 눈을 갖게 한다. 한마디로 독자를 더 똑똑하게 만든다. 분명 그러하다. 많은 작가들이 작가가 되기 전 공통적으로 엄청난 독서광이었다는 점은 눈여겨볼 만한 대목이다. 독서광이라는 건 '책의 수련시대'를 통과해 왔다는 뜻이다. 이 '책의 수련시대'를 거치지 않고 작가가 된다는 것은 불가능한 일이다. 먼저 '읽는 인간'을 거치지 않고는 '쓰는 인간'

의 단계로 도약할 수가 없다. 왜냐하면 책을 쓴다는 일은 상당히 복잡한 것들의 융합을 통해 가능해지는 일이기 때문이다. 글을 쓰려면 언어 감각이나 창작의 일반 원칙은 물론이거니와 생의 감각을 벼리고, 미적 감수성을 키우며, 강박과 환상, 그리고 무의식에서 울려나오는 목소리에 귀를 기울여야만 한다. 글쓰기는 삶과 세계를 총체적으로 읽어내는 혜안을 가져야만 하는, 매우 복잡한 프로세스를 몸으로 익혀야만 가능한 일이다.

작가, 문학에의 순교자

작가들은 왜 쓰는 것일까? 결혼해서 자식을 낳아 기르고, 회사에 출근하는 남들과 같은 삶, 일상의 리듬을 반복하며 월화수목금토로 펼쳐지는 평범한 삶을 넘고자 하는 욕망을 품고, 다른 삶을 갈망하는 사람들이 있다. 이런 범속한 삶으로는 영혼이 무엇인가를 말할 수 없기 때문이다. 평범한 삶의 조건에서 탈주하는 예외적인 존재들은 삶의 미스터리를 눈치채고 항상 '왜?'라고 묻는 사람들이다. 이런 존재는 아주 소수이지만, 그들 중 '거장' 반열에 오른 이들은 더욱 희귀하겠지만, 이들은 한결같이 "오직 쓰는 것으로 완성된 삶"을 구한다. 이들은 문학에의 순교자이거나 구도자라고 할 수 있다.

글쓰기의 수고는 시지프스의 노동과 닮아 있다. 알베르 카뮈는 『시지프스의 신화』에서 그 노동을 이렇게 묘사한다. "경련하

는 얼굴, 바위에 밀착한 뺨, 진흙에 덮인 돌덩어리를 떠받치는 어깨와 그것을 고여 버티는 한쪽 다리, 돌을 되받아 안은 팔뚝, 흙투성이가 된 두 손 등 온통 인간적인 확신이 보인다. 하늘 없는 공간과 깊이 없는 시간으로나 헤아릴 수 있는 이 기나긴 노력 끝에 목표는 달성된다. 그때 시지프스는 돌이 순식간에 저 아래 세계로 굴러 떨어지는 것을 바라본다. 그 아래로부터 정점을 향해 이제 다시 돌을 끌어올려야만 하는 것이다. 그는 또다시 들판으로 내려간다." 이 노동의 끔찍함은 무거운 바위를 끌어올린다는 게 아니라 의미 없는 노동을 되풀이해야 한다는 점이다. 우리 삶이란 게 큰 돌덩어리를 정상으로 올리고, 그 돌덩어리가 다시 저 아래로 굴러 떨어지면 다시 내려가서 정상으로 올리는 시도를 반복하며 무한한 수고를 거듭하는 시지프스의 노동인지도 모른다.

작가들은 평생 시지프스의 노동을 하는 자들이다. 나는 얼른 최인훈, 이청준, 고은, 박경리, 박완서 같은 작가들, 그리고 호메로스, 셰익스피어, 레프 톨스토이, 프란츠 카프카, 마르셀 프루스트, 알베르 카뮈, 보르헤스, 블라디미르 나보코프, J.D. 샐린저, 리처드 브로우티건, 레이먼드 카버, 로맹 가리, 파스칼 키냐르, 오에 겐자부로, 폴 오스터 같은 이들을 떠올린다. 이들이 부와 명성을 구하고자 평생 글쓰기에만 매달리지는 않았을 테다. 이들은 도대체 무엇 때문에 글쓰기라는 수형(受刑) 생활을 자발적으로 받아들였을까? 무엇보다도 그걸 좋아했기 때문일 것이다. 글쓰기를 미치도록 좋아한다, 그런 게 있지 않았을까?

좋은 작가란 남과 다르게 보고, 세계 안에서 남들이 못 보는 것을 보는 정신-발견이라는 감각을 가져야 한다. 작가는 자신의 기억과 욕망을 뒤섞고, 거기에 직관과 상상력이라는 마법의 요소를 뒤섞어 혼효된 것으로 한 권의 책을 빚어낸다. 기억이란 망각에 대한 보상 행위 같은 것이다. 글쓰기는 자기 표현 욕구에서 시작하지만, 그것에 그치지 않고 망각에 반하여 — 이것은 어쩌면 죽음을 넘어서려는 의지일지도 모른다 — 기억의 가치를 현품으로 빚어서 영구화하는 것이다.

천직으로서의 글쓰기

나는 날마다 쓰는 자로 산다. 새벽마다 책상 앞에 앉아 어제 쓰던 것을 이어서 끼적이는 것이다. 어제도 쓰고, 오늘도 쓰고, 내일도 쓸 것이다. 대단한 것을 쓰는 건 아니지만 이는 한 치의 거짓도 없는 진실이다. 늘 사소한 것에 대해, 계절과 기후들이 일으키는 기분과 감정들, 이삭 같은 사유들, 과거와 현재의 기억들, 그리고 현세적인 인간으로 살아가는 소소한 일화들에 대해 쓴다. 처음에 글쓰기를 '낭만적 유토피아' 정도로 받아들였다. 그게 잘못이다. 이제는 돌이킬 수가 없다.

글쓰기는 생업이고, 다른 어떤 일보다 좋아하는 일이긴 하지

만, 메마른 수고를 군말 없이 받아들이는 일이다. 또한 글쓰기는 권태와 우울에서 벗어나 충만감으로 향하는 일이다. 나 자신을 위하여 쓴다는 것은 일면 이기적으로 비칠지도 모르지만 진실이다. 내 기쁨과 슬픔을 위해서, 자기실현과 자아의 충일감을 위해서, 상처를 치유하고 고통에서 벗어나기 위해서, 나는 쓴다, 라는 생각을 꽤 오래 품어왔다. 글쓰기를 자신의 천직으로 받아들인 알베르 카뮈는 "나는 오로지 내가 사랑할 수 있는 다른 사람들과 더불어 성취하는 직업, 혹은 일에 파묻혀 있을 때에야 비로소 행복했고 마음이 편해지는 것이었다. 내게 직업이란 없다. 오로지 소명받은 천직이 있을 뿐. 그리고 나의 일은 외로운 일이다."[2] 라고 썼다.

카뮈는 쾌락, 행복, 이타주의, 대의명분 때문에 글을 쓴다고 할 수도 있었을 텐데, 그는 글쓰기가 "소명받은 천직"이라고 말한다. 진짜 작가라면 "이건 내 천직이야!" 하는 생각을 하지 않을까? 작가들은 천직으로서의 글쓰기를 묵묵히 밀고 나가는 것이리라. 작가에게는 인류의 일원으로서 도덕적 의무와 윤리 같은 게 요구된다. 패배자들, 눌리고 찢기며 소외받은 존재들, 삶의 최소주의 조건에 내몰린 채 신음하는 인간을 향한 사랑과 연민을 가져야 한다는 것이다. 위대한 작가들은 '나'를 넘어서서 더

2 카트린 카뮈, 『나눔의 세계』, 김화영 옮김, 문학동네, 2016, 107쪽.

높은 단계로 나아간다. 즉 1인칭에서 3인칭의 바다로, 사사로움에서 인류의 보편적 가치에로 넘어가는 소명을 품은 채 글을 쓴다. 애너 퀸들러가 말했듯이 "책은 작가들이 뭔가 다른 존재, 그 이상의 존재, 뭔가 더 좋은 사람이 되는 방식"[3]이기도 한 것이다. 날마다 더 나은 사람으로 살아가기, 어제보다 더 좋은 사람이 되는 방식이 있다면 그걸 받아들이는 것이다.

애초 삶이 근사했다면 글은 쓰지 않았을 것이다. 잘 먹고 잘 살았다면, 늘 충만하고 행복했다면, 이토록 힘든 것을 끌어안고 고투할 이유가 없었을 것이다. 숱한 실패와 시행착오를 겪고, 결핍과 결여로 인해 고통을 겪었다. 어떻게 하면 더 잘 살 수 있을까? 사는 게 비루하고, 짧고, 치사하고, 가증스럽고, 조악했으니까 거기에서 탈주를 궁리했던 것이다. 어둠 속에서 가녀린 빛을 찾아 한 걸음씩 옮기듯 그렇게 글쓰기 쪽으로 온 것이리라. 한 걸음 한 걸음 옮기며 오늘 이 자리에 왔다. 글쓰기에서 기쁨과 보람을 찾고, 그것을 기꺼워하기까지는 많은 시간이 걸렸다. 글쓰기를 지고선(至高善)이라고 할 수 없겠지만 그게 악몽 같은 현실에서의 탈주 방식이었던 게 분명하다. 문제는 운 나쁜 탈주자가 되지 않는 것이다. 지금은 그런 것 따위에 신경 쓸 필요는 없으리라. 쓰는 것과 사는 것이 하나라는 자각 위에서 묵묵히 써나

3 패멀라 폴, 『작가의 책』, 정혜윤 옮김, 문학동네, 2016, 276쪽.

가는 게 중요하다. 글쓰기는 삶의 도약이고, 새로운 삶의 창조로 나아가는 일이기 때문이다.

누구를 위해 쓰는가

독자와 만날 때 자주 받는 질문 중 하나가 "누구를 위해 쓰는가?"일 것이다. 작가의 길로 들어서서 마흔 해 넘게 이런저런 책들을 내고, 더러 강연이나 작가와의 만남 자리에 불려나가는 나 역시 이런 질문을 자주 받는다. 당신은 누구를 위해 쓰나요? 서울의 한 시립도서관에서 200여 명의 독자를 상대로 한 강연에서도 예외 없이 그런 질문이 나왔다. 그때마다 그런 질문을 처음 받는 것인 양 놀라며 '도대체 나는 누구를 위해 쓰는 거지?'라고 자문을 한다. 물론 그 질문에 대한 대답은 작가마다 다를 수밖에 없다.

스무 살 무렵 빈민 주거지에 있던 한 골방에 엎드려 푸른 노트를 펼치고 뭔가를 쓰고 있을 때, 나는 그 누구를 위해 글을 쓴다는 의식 자체가 없었다. 다닥다닥 붙은 방들 — 그 집은 참 이상

한 구조였다. 하나의 집 안에 벌집같이 수많은 방들이 딸려 있었으니까. 그런 구조의 집에서 열여섯 세대가 둥지를 틀고 살았다. 이 공동주택에 사는 이들의 직업은 실로 다양했다. 이 최저낙원에 둥지를 튼 이들은 환경미화원, 노점상, 날품팔이 노동자, 극장 암표상, 학교 수위, 매혈꾼, 술집 나가는 아가씨, 실업자들이었다. 그들과 한 울타리 안에서 우리 가족은 방 두 개를 세내 살았는데, 그중 하나가 내 방이었다. — 벽으로 칸막이가 된 이웃들에게서 밤늦게까지 울려나오는 온갖 소음들, 이를테면 술주정 하는 이의 고함, 여자의 악다구니, 그릇들이 부딪히는 소리, 라디오의 광고 소음들에 둘러싸인 방에서 나는 콜린 윌슨의 『아웃사이더』나 니체의 『차라투스트라는 이렇게 말했다』, 이청준의 『별을 보여드립니다』, 황석영의 『객지』, 송영의 『선생과 황태자』, 이제하의 『초식』, 조해일의 『아메리카』 같은 창작집을 밤새워 읽고, 소설의 초고를 끼적이었다. 그 당시 내 글쓰기는 자기만족을 위한 이상의 의미를 찾기는 어려웠다. 아무 희망도 없던 한 젊은이가 꾸역꾸역 푸른 노트를 글로 메워가는 행위는 나락에 빠진 자신을 구원하려는 무의식의 몸짓이었는지도 모른다.

고독 속에서 보낸 시간

그 무렵 나는 집단이나 사회에의 소속감을 전혀 갖지 못한 채 외톨이로 떠돌았다. 나는 대학생인 친구의 하숙방이나 대형서

점, 음악감상실과 시립도서관 등지를 떠돌며 책을 읽거나 아무도 알아주지 않는 글을 끼적이는 백수 청년이었다. 아무 스승도 없이 세계의 변방에 방치된 채 저 스스로 제 길을 찾아야 할 스무 살 청년에게 세계와 빛은 그저 고독에 지나지 않았다. 나중에 나는 "세계와 빛은 고독이다."라는 구절을 레비나스의 책에서 만났다. 나는 햇빛에 나서면 벌거벗은 듯 숨 막히는 부끄러움을 느껴 빛을 한사코 피했는데, 그 도피는 꽤 여러 해 동안 지속된 내 습관이었다. 나는 어둠 속이나 그늘에 있을 때 비로소 편안하게 숨을 쉴 수가 있었다. 그때 외로움은 골수에 사무치고, 절망감은 장(腸)을 끊어내는 듯한 고통을 주었다.

사적으로 시작한 글쓰기가 밥벌이를 하다

애초 내가 하는 글쓰기가 사회적 소명을 갖는다는 생각을 배제했다. 내가 도량이 넓고 훌륭한 사람이 아니라는 인식이 강했기 때문이다. 누군가는 가난한 사람, 소외받는 사람, 고통을 받거나 수난에 처한 사람, 힘없어 짓밟히고 따돌림 당하는 사람, 분단 현실에 처한 민족을 위해 쓴다고 말한다. 나는 그런 말을 서슴없이 하는 작가를 존경할 수는 있지만, 나는 꿈속에서라도 그런 말을 흉내낼 수조차 없다. 나는 책을 읽다가 거의 자연발생적으로, 혹은 아주 내추럴하게 글을 쓰게 된 사람이다. 글을 쓰는 건 즐거운 일이었고, 삶의 덧없음에서 벗어나 충일감과 의미

를 느끼게 했다. 글쓰기에서 뭔가를 성취했다는 느낌이 더해졌다. 내 즐거움을 위해서, 더 나아가 자기 발견이나 자기 치유의 한 방편으로 글을 쓴다는 생각을 오래 견지해왔다.

1979년 두 군데 신춘문예를 통해 등단한 뒤 '사적' 영역을 넘어서지 못하던 내 글쓰기는 어느 정도 '공적'인 것으로 바뀌었다는 어렴풋한 느낌을 받았다. 신춘문예 당선 시가 신문에 나간 뒤 독자들의 편지를 받았다. 누군가는 그 시에서 위안을 받았고, 누군가는 삶에의 용기를 얻었다고 했다. 내가 쓴 게 누군가와 소통할 수 있는 가능성의 영역, 즉 타자의 지평을 향해 울리는 전언임을 깨닫는 계기가 되었다. 내 글이 공적 매체에 나가고 타인들에게 어떤 메아리가 될 수 있다는 사실은 이제 내 글쓰기가 나 혼자 좋아서만 하는 게 아니라는 인식을 갖게 했다. 나는 한 출판사의 편집부에 입사하고, 몇 년 뒤엔 아예 출판사를 창업해 열다섯 해 동안 책을 기획하고 만들었다. 출판사에 출근해서 사람들을 만나고 책을 펴내는 일이 중요한 업무가 되었을 때, 글쓰기는 뒷전으로 밀려났다. 일하는 틈틈이 시나 평론을 썼지만 그것은 여기(餘技)에 지나지 않았다. 그게 전적으로 내가 원하던 삶의 방식은 아니었다. 그래서 내 삶의 밑바닥 어딘가에 흔쾌하지 않은 불행감이 희미하게 떠돌고 있었다.

결국 나는 출판사 문을 닫고 본격적인 글쓰기에 나섰다. 나는 전업작가로 나서서 글쓰기로 벌어들인 수입만으로 생계를 해

결하고, 세금과 공과금을 내는 생활을 하기로 결심했다. 아무 대책도 없이 그 세계에 무모하게 뛰어들어 처음 몇 해 동안은 머리를 벽에 쿵쿵 찧을 정도로 그 생활은 터무니없이 곤란하고 난감했다. 10년쯤 지나 책들이 나오면서 정말 어둡기만 했던 그 세계 한쪽에 희미한 빛줄기가 비쳐들었다. 이런저런 매체에서 원고 청탁이 이어지고, 책들이 몇 쇄씩 찍혔다. 차츰 원고료와 인세 수입이 늘면서 숨조차 쉴 수 없이 빡빡하던 살림 형편이 나아졌다. 전업작가로 나선 지 스무 해 넘어서서야 글 써서 먹고사는 생활은 단단한 기반 위에 섰다. 마흔 해 넘게 글을 쓰는 지금도 나는 여전히 '누구를 위해 쓰는가?'라는 질문 앞에 서 있다.

가장 큰 이유는 '즐거움'

작가의 자전적 회고를 담은 두 권의 책, 무라카미 하루키의 『직업으로서의 소설가』와 오르한 파묵의 『다른 색들』을 읽었는데, 우연히 이 문제를 공통으로 다루고 있어 흥미로웠다. 하루키는 한 장을 할애해서 "누구를 위해 쓰는가?"하는 물음에 특유의 날렵한 문체로 답하고, 파묵은 "당신은 누구를 위해 씁니까?"라는 물음에 매우 진지한 응답을 펼쳐낸다. "내가 쓴 소설이 서적으로서 서점 책장에 진열되고 내 이름이 당당히 표지에 인쇄되어 불특정 다수의 사람들에게 읽히는 것이니까 그에 상응하는 긴장감을 갖고 글을 써야만 합니다. 그렇지만 '내가 즐기기 위해

서 쓴다'는 기본적인 자세는 별로 달라지지 않았습니다. 내가 글을 쓰면서 즐거우면 그것을 똑같이 즐겁게 읽어주는 독자가 어딘가에 있을 것이다. 그 수는 별로 많지 않을지도 모른다. 하지만 그걸로 괜찮지 않은가. 그 사람들과 멋지게, 깊숙이 서로 마음이 통했다면 그걸로 일단은 충분하다, 라고."[4] 나는 즐기기 위해서 쓴다는 이 기본적인 자세에 공감한다. 글쓰기는 자족적인 즐김의 한 방식이다. 물론 글쓰기 과정 자체는 매우 힘들다. 그 고통은 마치 마라토너들이 신체의 한계를 넘어설 때 자동차 바퀴 아래로 뛰어들고 싶은 유혹이 불쑥 솟구칠 만큼 힘든 것에 견줄 수가 있다. 어떤 작가도 글쓰기가 세상에서 제일 쉬웠어요, 라고 말하는 사람은 없었다. 그렇게 말하는 작가가 있다면 그는 천재이거나 괴물일 것이다. 글쓰기에 즐거움이 있다면 마라토너에게 '러너스 하이'가 있듯이, 극한의 고통을 감수한 끝에 얻는 즐거움이다. 작가들은 자신을 위해 쓰고, 어딘가에 있을지 모르는 불특정 다수의 독자들을 위해 쓴다. 그 소수의 독자들과 '멋지게, 깊숙이' 마음을 통하는 것은 보람을 주고, 새로운 글쓰기에로 나서는 동력이 될 것이다.

오르한 파묵은 이렇게 말한다. "소설을 쓰는 의도로 보자면, 작가들은 그들이 좋아하는 사람들을 위해, 이상적인 독자들을

4 무라카미 하루키, 『직업으로서의 소설가』, 양윤옥 옮김, 현대문학, 2016, 261쪽.

위해, 자신의 즐거움을 위해 쓰거나 혹은 그 누구도 고려하지 않고 쓴다. 대부분 그렇다. 하지만 자기 작품을 읽는 사람들을 위해 쓰는 것도 맞다. 현대의 작가들은 자기 작품을 읽지 않는 대부분의 자국민보다는, 전 세계에 소수인 순문학 소설 독자들을 위해 쓴다는 느낌을 준다."[5] 오르한 파묵이나 하루키의 대답은 마치 사전에 짠 것처럼 닮아 있다. 이광수와 최남선 같은 우리 근대문학의 선구자들이 문학을 선택할 때 '문장보국(文章報國)' 같은 명분을 내세웠다. 그들은 선각자답게 글쓰기에 나선 것은 민초를 계몽·계도하고, 나라를 부강하게 일으켜 세우는 일에 보탬이 되고자 함이라고 고백했다. 오에 겐자부로나 밀란 쿤데라는 물론이거니와 김영하나 김연수, 배수아나 권여선이라면 절대 그렇게 말하지 않을 것이다. 오늘의 작가들은 근대 작가들이 내세웠던 국가적 소명보다는 확실히 자신의 보람과 즐거움을 위해, 그리고 어딘가 있을지 모를 소수의 독자를 위해 쓴다. 현대 작가들은 삶이라는 거대한 농담에 맞서는 방식으로서의 글쓰기, 유희와 개성의 발랄한 표출로서의 글쓰기를 선호한다. 그들은 세계의 모호한 형상을 조형하고, 혼돈과 무질서 속에 묻힌 진실들을 발굴하며, 삶의 스펙트럼이라는 자명한 것들 속에서 찾아낸 새로운 예감과 직관의 언어들을 쏟아낸다.

5 오르한 파묵, 『다른 색들』, 이난아 옮김, 민음사, 2016, 342쪽.

나 역시 글쓰기 자체의 즐거움을 위해, 서점에서 돈 주고 책을 사 읽는 소수의 독자들을 위해 쓴다. 글쓰기는 내 생계의 든든한 방편일 뿐만 아니라 정체성 찾기의 지난한 과정이다. 날마다 읽고 쓰는 일은 삶의 중요한 일부로, 나는 즐거움과 자기 충만감을 위해, 먹고살기 위해 글을 쓴다. 그러나 그것만이 글 쓰는 이유의 전부라고 말할 수 있을까? 다른 무엇은 없는가?

글쓰기에는 어떤 윤리적 숙명성 같은 게 있는 듯하다. 작가는 질병관리본부의 직원이나 한국산업기술평가관리원의 실무자와는 다른 일을 하고 있음이 분명하다. 그들은 무엇보다도 언어를 다루고, 언어라는 도구를 써서 덧없이 흘러 지나가는 시간과 풍경들을 고착시키는 일을 한다. 글쓰기를 추동하는 저 무의식 밑바닥 어딘가에는 유한한 존재의 숙명을 넘어서려는 불가능한 욕망이 숨어 있을지도 모른다. 나는 늘 아름다운 것들과 시간의 가혹함과 덧없음에 이끌린다. 글을 쓰는 일에는 분명 덧없이 사라지는 아름다운 찰나들, 그 순수하고 기이한 것들의 세부를 감히 불멸화하려는 초시간에의 불가능한 꿈이라는 게 작동한다. 적어도 내 경우는 그렇다.

나는 왜 쓰는가? "부채질하는 여인들의 거실 수다"를 넘어서서 문학에 제 운명을 바친 사람이라면 이 질문 앞에서 진지하게 대답할 의무가 있다. 나는 진지하게 다시 묻는다. 나는 왜 쓰는가? 살아 있기 때문에 나는 글을 쓴다. 글쓰기는 살아 있음의 생생한 증언이고 증명이다. 나는 살아 있는 자의 분노와 욕망을, 찰나의 아름다움과 기쁨을, 사람과 세계에 대한 새로운 깨달음에 대해 쓴다. 경험을 질료로 새로운 세계를 빚어내는 글쓰기는 본질적으로 창조의 일이고, 시간 건너뛰기의 일이다. 삶과 세계 경험의 총체에서 상상력을 풀어내고, 그 바탕 위에서 아직 살아보지 못한 저 먼 곳의 시간을 끌어당긴다. 그러니까 글쓰기는 지금-여기에서 저 너머로의 건너뛰기이자 미래 시간을 당겨쓰기다.

나는 쓴다, 고로 나는 존재한다.

작가의 뇌를 만들어라

대학교의 문예창작과나 공공도서관의 문화센터에서 문학 창작 강의를 하며 시나 소설을 쓰려는 사람을 여럿 만났다. 문예창작을 전공으로 삼은 젊은 벗들은 무언가를 써보겠다는 열망이 보다 확실하다. 그런데 많은 이들이 대학교 졸업에 가까워질 무렵 글쓰기가 아니라 전공과는 아무 상관도 없는 공무원 시험 준비에 나서는 것에 충격을 받았다. 이는 먹고 살아야 하는 당면과제에서 비롯된 중압감이 초래한 다소 어처구니없는 사태다. 문예창작을 전공한 사람들 중 아주 소수만이 글쓰기를 이어가고, 그중에서 또 한두 명이 등단의 꿈을 이룬다. 문화센터 글쓰기 수업에 오는 이들은 연령대와 직업이 다양했다. 세무공무원, 직업 외교관, 번역가, 화가, 물리학 전공자, 피트니스 강사, 해장국집을 운영하는 자영업자, 은행원, 변호사 등이다.

글쓰기와 아무 상관이 없는 이들이 글쓰기 수업을 들으려고 자발적으로 찾아왔다. 그들은 삶이라는 소란스러운 긴 여정 끝에 자기를 돌아보고, 막연한 동경으로 우러러보던 '문학'이라는 실로 높고 푸른 나무를 찾아온 것이다.

이렇듯 글쓰기 수업에는 다양한 사람들이 다양한 동기를 갖고 오는데, 공통점은 문학에 대한 환상과 고정관념을 품고 있다는 점이다. 많은 이들이 문학에 대한 고정관념을 자기 환상으로 감싼 채 그것을 열망한다. 문학을 천재적 영감의 산물로 받아들이는 태도는 낭만주의자들이 퍼뜨린 것이다. 가장 난감한 점은 글쓰기에의 열망만 있지 구체적으로 무엇을 쓰겠다는 계획이 없다는 것이다. 그런 사람은 총을 들지 않고 전쟁터에 온 군인이나 마찬가지다. 글쓰기 수업에서 먼저 할 일은 문학에 대한 그릇된 환상을 깨뜨리는 일이다. 그것은 무언가를 쓰는 일은 신성한 그 무엇이 아니라 밥 먹고 사는 누구나 할 수 있다는 점을 일깨워줌으로써 가능하다.

아는 것을 써라

결국 쓰는 일은 자기가 겪고 산 경험에서 시작하는 몽상과 창조적인 해석 행위다. 실제 삶에서 영감을 이끌어내야 더 생동하는 글을 쓸 수 있다. 엄마의 젖 냄새, 처음 만난 중국인, 첫 실패의 기억, 가을 아침의 기분, 우연의 일들, 기이한 연애, 환락과 퇴

폐, 어떤 죽음 등등 보고 겪은 경험은 무엇이든지 글감이 될 수 있다. 알코올 중독자로 밑바닥 직업을 전전하고, 우체국에서 일하다가 퇴직한 뒤 작가의 길로 들어서서 '빈민가의 계관시인'이라는 호칭을 얻은 작가 찰스 부코스키(Charles Bukowski)는 "아이들을 연구해보십시오. 거기 수많은 시가 있습니다. 하지만 아이에 관해 쓰지는 마십시오. 인간에 대해 쓰십시오."라고 조언한다. 부코스키의 조언에는 오래 곱씹어 볼 만한 전언이 담겨 있다. 부코스키가 말하는 '아이'는 무엇일까? '아이'는 살아 있는 존재, 그리고 단 한 점의 모호함도 갖지 않은 사실(facts)의 일부다. 살아 있는 것과 명료한 사실 자체를 글쓰기의 소재로 가져올 때 그것이 품은 힘을 독자에게 전달할 수 있다. 찰스 부코스키는 잘 아는 일에 대해 쓰라고 조언한다. '연구'는 자기가 쓰고자 하는 대상을 오래 관찰하고 그것을 속속들이 알아가는 과정이다. 잘 아는 걸 써라! 내가 겪은 일을 나보다 더 잘 아는 사람은 없다. '아이'에 대해 연구하되 '아이'에 대해서 쓰지 말라! 이는 글쓰기가 인간에 대해 쓰는 것이고, 인간 보편의 진실과 독창적인 방식으로 마주하는 일이라는 조언이다.

자기가 겪은 일을 쓰되, 먼저 자기 내면에 일렁이는 쓰려는 열망을 응시하고 그 열망이 싹을 틔우도록 해야만 한다. 그냥 자기 경험을 가져다 쓰는 것은 금세 바닥이 드러난다. 왜냐하면 자기가 겪은 일은 늘 자기 한계 속에서 겪은 유한 경험이기 때문이다. 자기 경험에서 뿌리를 내려 그 지층에 숨은 수많은 이야기를 찾아내서 써야 한다. 경험을 찾아내고 그것에 귀를 기울이며 상상력을 뒤섞어 이야기를 발효시키는 것, 그것이 바로 글쓰기다!

생각하지 말라 일단 써라

글을 쓸 때 자기 몸 안에서 일어나는 파동과 에너지에 집중하는 게 중요하다. 파동을 관찰하고 어느 순간 바깥으로 밀어내야 한다. 시인 김혜순은 시가 태동되는 과정에 대해 이렇게 말한다. "리듬이라는 불꽃이 지펴진 채 그저 타오르고 있는 몸이라고 불러도 될 것 같다. 마음이 가동하고, 춤의 반복이 시작된다. 음악이 가진 서술의 힘과 춤이 가진 억제의 힘이 리듬을 타고 발설된다. 침묵 속에서의 밀고 당김이 팽팽하게 진행된다. 이미지가 연주하는 침묵의 음악을 듣는다. 안에서 열리는 시의 건축이 자란다."[6] 시를 쓰는 찰나의 몸은 리듬이라는 불꽃이 지펴진 채 타오르는 몸이다! 몸 안에서 음악과 춤이 밀고 당기는 긴장 상태가 팽팽하게 어울린다. 음악의 힘과 춤의 힘 사이에 팽팽한 긴장이 한 찰나에 무너지며 시가 쏟아진다. 시인은 그것을 "안에서 열리는 시의 건축이 자란다."라고 표현한다. 시가 태어나는 찰나를 묘사한 문장은 그 자체로 한 편의 시다!

6 김혜순, 『여성, 시하다』, 문학과지성사, 2017, 63쪽.

날마다 쓰는 일은 생각보다 쉽지 않다. 글쓰기는 잘 익은 복숭아를 베어 먹는 일보다는 훨씬 어렵다. 작가가 되려면 자기를 날마다 글 쓰는 사람으로 조련해야 한다. 그렇다면 어떻게 날마다 글 쓰는 자로 단련할 수 있을까? 많은 이들이 머리로 쓰려다가 실패하는데, 글은 머리로 쓰는 게 아니다. 글쓰기는 몸으로 하는 창의적 노동이다. 머리로 무엇을 쓸까 생각하기 전에 먼저 써라! 해리 캐멀먼이라는 이는 "생각하지 말고, 일단 써라. 종이 위에서 생각하라."고 조언한다. 눈과 귀, 손과 정수리, 심장과 폐, 그 모든 것을 다 써서 자기 안에서 흘러 다니는 말을 이끌어내라. 그 말이 아무 규칙도 없고 무질서하게 보일지라도 계속 써나가라. 제 내면의 것을 힘껏 밖으로 밀어내는 글쓰기, 그것은 에너지의 위치를 바꾸는 노동이다. 이 최초의 과정에서 문법의 오류나 구두점, 어휘 따위에 까탈스럽게 구는 태도는 글이 앞으로 나가지 못한 채 제자리걸음을 하게 만드는 요인이다. 처음의 착상을 밀고 나가며 그것을 백지에 쏟아내는 일이 중요하다. 무질서한 어순을 바꾸고 적확한 어휘를 찾아 배열하며 문장을 가다듬어 아름다운 질서를 부여하는 퇴고는 나중의 일이다.

체력을 길러라

작가는 문장 노동자다. 작가는 테네시 윌리엄스가 말했듯이 날마다 "타자기에 끼워진 백지가 주는 공포"에 맞서 꿋꿋하게 쓰는 자다. 그것을 피하고 싶다면 애초에 문학의 길로 들어서서는 안 된다. 작가라는 직업의 함정은 날마다 쓰지 못할지도 모른다는 초조함과 불안에 맞서 싸워야 한다는 점이다. 작가는 책상 앞에 앉아서 적게는 서너 시간, 길게는 여덟 시간 정도를 일해야만 한다. 은행원이 제자리에 앉아서 규칙적으로 제 업무를 하듯이. 우체국 직원이 제자리에 우편물을 분리하는 업무를 하듯이. 치과 의사가 제자리에 앉아서 환자의 구강 속을 들여다보고 충치를 치료하듯이. 성실한 은행원과 우체국 직원, 치과 의사가 그렇듯이 작가에게 요구되는 최소한의 조건은 건강과 성실성이다.

작가가 되려면 무엇보다 하루 여덟 시간 책상 앞에 앉아 있는 수고를 감당할 만한 체력이 뒷받침되어야 한다. 글쓰기는 몸을 한 자리에 고정시킨 채 진행하는 단조로운 노동이기 때문이다. 몸은 작가라는 직업을 지탱할 수 있는 유일한 자산이다. 어니스트 헤밍웨이는 젊은 시절 복싱에 열중하고, 무라카미 하루키는 수영이나 조깅을 하고 몸을 단련하며 여러 마라톤 대회에 나가 풀코스를 완주했을 뿐만 아니라 날마다 도쿄의 집필실 근처에 있는 체육관에서 가서 근육 스트레칭을 받는다. 전업 소설가로 살아남으려면 젊은 시절에 단단한 체력을 키우지 않으면 안 된다. 그렇지 않으면 육체의 쇠락과 더불어 전업 소설가의 꿈은 멀어진다.

전업작가가 가져야 할 첫 번째 조건은 활력으로 충만한 신체

다. 글쓰기는 격렬한 육체노동은 아니지만 뜻밖에도 많은 체력이 요구되는 일이다. 그렇다고 '이미 나이가 들었으니 어쩌지?' 하고 실망할 필요는 없다. 흔히 말하듯 나이는 숫자에 불과한 것이니까. 꾸준한 노력을 통해 나이와 상관없이 활력이 넘치는 '신체 나이'를 유지할 수 있다. 전업작가의 조건으로 건강한 신체를 꼽는 것은 글쓰기가 집중력과 지속력이라는 바탕 없이는 불가능한 일이기 때문이다. 전업작가의 재능은 천재적 영감을 쉽게 얻는 능력이 아니라 신체의 자유로움과 활달함, 문학에 대한 식지 않는 열정, 날마다 몇 시간씩 책상 앞에 앉아 있을 수 있는 성실성, 그리고 집중력과 지속력 등을 종합한 것이다.

작가의 뇌를 가져라

자, 이제 진짜 얘기를 하겠다. 전업작가로 살고 싶다면 평범한 뇌를 비범한 '작가의 뇌'로 바꿔라! 작가의 뇌는 태어날 때 받은 하늘이 내린 재능이 아니라 후천적인 학습과 훈련을 통해 얻어진다. 문학에의 열망을 안고 몸부림치던 20대 초반, 나는 여러 '천재 작가'의 책을 탐독하면서 '도대체 이들은 어떻게 이런 작품을 쓸 수 있는가!'라며 감탄하고 절망의 나락에 빠져 허우적이곤 했다. 그들은 애초 나 같은 둔재는 꿈도 꿀 수 없는 천재 작가로 태어난 사람으로 보였다. 하지만 30년 가까운 세월 동안 전업작가로 살면서 작가의 뇌란 곧 글쓰기 장인(匠人)의 뇌라는 비밀을 알아냈다. 오, 유레카! 날마다 꾸준히 술을 마시는 사람의 뇌가 알코올 중독자의 뇌로 바뀌듯이 지난 30년간 날마다 책 읽고 글 쓰는 전업작가로 살면서 내 둔한 뇌가 작가의 뇌로 변환된 사실을 깨달았다.

그동안 나는 무수한 '천재 작가'의 작품을 섭렵했는데, 이때 내 뇌가 좋은 자극에 대해 반응하고 적응하는 가운데 잠재력의 쇄신을 이룬 것이다. 나는 읽고 쓰는 일에 집중했는데, 선택편향(selection bias) 활동을 지속하는 가운데 나도 모르게 뇌가 '작가의 뇌'로 바뀐 것이다. 내가 천재 작가라고 의기양양해 하는 것이 아니다. 애초 인류의 뇌가 그렇게 만들어졌기 때문이다. 우리 뇌가 반복적인 경험과 학습으로 새롭게 변환된다는 사실을, 나는 엠아이티(MIT) 대학 교수로 세계적인 뇌 과학자로 알려진 승현준이 쓴 『커넥톰, 뇌의 지도』를 읽으며 알았다. 승현준은 저글링을 배우는 것이 두정엽과 측두엽의 피질을 두껍게 하고, 시험공부를 열심히 하는 의과대학 학생들의 두정엽 피질과 해마가 커지는 원인이라는 사실을 연구자들이 밝혀냈다고 지적한다.[7] 대가의 뇌는 선천적인 것이 아니라 후천적으로 만들어진다! 만유인력의 법칙을 밝혀낸 천재 과학자 아이작 뉴턴(Sir Issac Newton) 조차도 "내가 더 멀리 볼 수 있었다면, 그것은 단지 거인들의 어

7 승현준, 『커넥톰, 뇌의 지도』, 신상규 옮김, 김영사, 2014, 66쪽.

깨 위에 서서 보았기 때문이다."라고 말했다. 거인처럼 멀리 보려면 거인의 어깨 위에 올라서서 거인과 같은 눈높이에서 거인과 같은 방식으로 앞을 내다보는 방법을 따르면 되는 것이다.

한 분야에 평생을 바친 사람의 뇌는 당연히 그 분야에 최적화된 뇌를, 즉 '장인의 뇌'를 갖게 된다. 마찬가지로 글쓰기를 평생의 업으로 삼고 작가의 길을 걷는 사람은 작가의 뇌로 변환된 채 삶을 산다. 작가의 뇌는 무의식의 층위에서 경험과 상상력을 뒤섞고 이것을 글쓰기로 분출해낸다. 작가의 뇌는 잠재의식 속에서 계속 글을 쓴다. 나 역시 종종 자면서도 글을 쓴다. 수면 상태에서 글을 쓰는 것은 거의 무의식의 활동이다. "무의식은 우리의 이성보다 유형, 양상 목적을 훨씬 더 빨리 포착해낸다. (중략) 글을 잘 쓰려면 당면한 지식의 문지방 뒤에 자리하는 우리 본성의 거대하고 강력한 이 부분과 타협해야 한다."[8] 작가의 뇌란 한마디로 우리 무의식 본성과 타협을 통해 만들어진 장인의 뇌다. 장인의 뇌는 천재 작가라는 착시를 만들어낸다. 내 생각에 카프카도, 보르헤스도, 헤밍웨이도, 하루키도, 오르한 파묵도 다 지난한 단련 과정을 거쳐 평범한 뇌를 작가의 뇌로 바꾸는 데 성공한 사람들이다.

당신은 전업작가로 살고 싶은가? 20세기 새로운 소설의 진

8 도러시아 브랜디, 『작가 수업』, 강미경 옮김, 공존, 2010, 176쪽.

경을 열고 최고 작가 중 하나로 꼽히는 호르헤 루이스 보르헤스(Jorge Luis Borges)는 아버지의 다음과 같은 조언을 충실하게 따랐다고 말한다. “가능한 한 많이 읽어라. 꼭 써야 할 때 써라. 그리고 무엇보다 조급하게 출판하지 마라.” 보르헤스가 첫 시집 『부에노스아이레스의 일기』를 펴낸 것은 1923년이다. 나이 24세 때의 일이다. 그 시집은 참담한 실패로 끝났다. 시집은 서점에서 겨우 75부 팔렸고, 보르헤스는 제 돈을 들여 나머지 시집을 모두 사들여 폐기해버렸다. 보르헤스는 인간이란 실수를 하고, 또 실수를 극복하면서 나아가야 한다는 아버지의 말을 가슴에 새겼다. 보르헤스조차 처음부터 천재 작가가 아니었다는 증거다. 당신은 전업작가로 살고 싶은가? 그렇다면 첫 책이 75부 팔렸다고 해서 낙담하지 않을 수 있는 대단한 용기와 무수한 실패에도 꺾이지 않을 충만한 자신감을 갖고 시도하라. 무엇보다도 먼저 자신의 평범한 뇌를 작가의 뇌로 변환시켜라.

상처와 활:
우영창 시인에게

낮은 지붕 위로 떨어지는 빗방울 소리에 귀 기울이는 새벽, 아아, 봄꽃은 다 졌네, 하는 낙담이 서늘한 금 그으며 지나가네. 매화, 산수유, 개나리, 진달래, 복사꽃, 살구꽃, 벚꽃 들은 졌지만, 영산홍과 라일락이 이제 막 한창이고 모란과 작약은 개화를 기다리는 중인데, 봄꽃 낙화에 실망은 너무 이른 게 아닌가. 하지만 봄꽃 절정은 등 켠 듯 온 세상 밝히는 벚꽃이네. 벚꽃 졌으니 봄꽃 시절은 끝났네! 나는 한사코 버드나무 가지의 어린 연초록 잎들을 편애하려네.

금광호수 가장자리에 정렬해 있는 버드나무 군락은 내 친인척이나 별 다를 바 없네. 버드나무 고모, 버드나무 이모, 버드나무 외숙모, 버드나무 증조부, 버드나무 사촌, 버드나무 고종 사촌이라고 마음대로 호명하며 마음 둘 데 없을 때마다 저 연초록

군락에 시름과 설움을 의탁하며 열다섯 해를 살았네.

봄꽃 다 지도록 서로 만나 찬 손 부여잡고 안부를 묻고 잔치국수 한 그릇조차 나누지 못했으니, 못내 섭섭하네. 서로 너무 바빴던 탓이겠지. 나는 원주 토지문화관 레지던스 작가로 머물고, 자네는 새 장편 다듬느라 정신이 없었겠지. 그새 왔던 봄이 떠나네. 온 것은 가고 간 것은 반드시 다시 오는 게 자연의 이치인바, 가고 오는 세월을 일일이 슬퍼하며 전별(餞別)할 수만은 없네. 보내준 시집 『사실의 실체』(세상의아침, 2006)를 뒤적이다가 "꽃 지니/꽃 보던 그 눈길/다 어디로 갔는가/한 송이 꽃이/천 송이로 되 피고/한 줄기 향기/봄밤을 가득 메우더니/빈 가지만 남아/전등 빛에 앙상하다/차라리/절해고도(絶海孤島) 절벽에/홀로 피었다 지면/누구는 꿈에 보았다 하리"(우영창, 「단상(斷想)」)라는 시가 눈에 확 들어왔네. 꽃 지니 꽃 보던 눈길들도 다 어디론가 흩어졌겠지. 아, 꽃향기 물씬하던 봄밤도 지나 그 기억조차 아득해지면 나중에 이 모든 것을 꿈에서나 보았다고 할까. 시를 읽고 나니, 식도를 타고 파랗게 불꽃 일으키며 넘어가는 중국술 생각이 간절해지네.

2000년 여름, 홀연 경기 남단 안성으로 내려오면서 삶의 외관이나 내면의식, 감성이 커브를 틀면서 새로운 국면을 맞았네. 몸에 은닉된 도시의 자명성이 해체되고, 물·나무·안개·새벽·뱀·너구리·고라니·족제비 따위의 자연 체험, 농약 삼킨 개들의

경련과 죽음, 함께 있을 귀신이라도 불렀으면 하는 극한 고독, 소름끼치는 근본으로서의 심심함이 내 시의 뿌리였네. 시골은 이미 자연 친화주의나 선량함과는 무관한 삭막한 현실이네. 피해망상과 배타주의, 속물주의와 이기주의가 뼛속까지 화농(化膿)으로 번져 도시보다 나을 바 없는 끔찍한 지옥이네. 농약남용과 폐비닐 방치로 땅이 죽고, 제초제로 이웃의 개와 새끼들을 다 도륙하고도 눈썹 하나 까딱하지 않는 극악한 이기주의, 한없는 퇴행과 정체로 뒤덮여 있네. 이런 벽지(僻地)에서 봄마다 나무시장에서 나무를 사다 심고, 모란과 작약을 키우며 사는 열다섯 해 동안 『물은 천 개의 눈동자를 가졌다』, 『붉디 붉은 호랑이』, 『절벽』 들을 써낸 것은 행운이라고 할밖에. 이것들은 안성의 물, 바람, 흙, 꾸역꾸역 먹은 밥과 젊은 벗들, 밤과 고독들로 짠 피륙이라네.

'안성 3부작'에는 메마른 콘크리트 감성 대신 식물적 감성, 그늘과 여린 것들에 대한 자애, 자연의 관능성에서 연유된 활발함 따위가 짙은데, 내 안의 촉기가 풍성해진 결과일 것이네. 김영랑은 이 촉기를 "같은 슬픔을 노래하면서도 탁한 데 떨어지지 않고, 싱그러운 음색과 기름지고 생생한 기운"이라고 했지. '안성 3부작'에 감성과 관능의 풍성함은 비와 바람과 나무 따위가 내 오감에 비벼지면서 생긴 촉기 때문일 걸세.

우리가 만난 지도 어느덧 서른 해를 훌쩍 넘겼으니 제법 세월의 두께를 가졌다고 하겠네. 내가 경영하는 '청하'에서 자네 첫 시집 『구미시 이 번 도로』를 펴낸 것, 식구들과 함께 경마장에 놀러가서 하루를 보낸 것, 저 강원도 가리왕산 자연 휴양림 물 맑은 골짜기에서 며칠 지내며 여름 폭염을 피했던 것 따위가 기억나네. 다 유쾌한 날들이었네. 지금 자네는 식구들과 함께 덕소에 살고, 나는 서울의 서교동과 안성을 오가며 사네. 문학 도반(道伴)으로 만난 우리 사이에도 세월의 파란만장이 지나고, 까맣던 귀밑머리 희끗해져 회갑 운운하는 나이라니, 도무지 믿어지지가 않네. 지점장으로 있던 증권회사가 하루아침에 문 닫고 난 뒤 백수이던 자네는 장편소설을 네다섯 권이나 써낸 소설가로 변신하고, 나도 출판사를 접은 뒤 전업작가로 돌아서서 미친 듯 책을 써서 어느덧 100여 권에 이르렀네.

나는 날마다 씀으로써 날마다 쓰는 일의 불가결함을 입증하려네. 저 러시아의 톨스토이 어른께서는 "삶의 의미는 삶이다."라고 마치 선사(禪師)인 듯 일갈하는데, 그 어법을 비틀어 나도 "쓰는 것의 목적은 쓰는 것이다."라고 말해 보네. 내 글쓰기가 활이라면 활시위를 당기는 동력은 상처라네. 내 상처가 깊으니 이 깊이가 품은 동력도 작지 않을 거란 짐작이네. 몇 해 전 『글쓰기는 스타일이다』(중앙북스)와 『불면의 등불이 너를 인도한다』(현암사)가 나오고, 곧 『시적 순간』(시인동네)이 나온 데 이어, 『누구나 가슴에 벼랑 하나쯤 품고 산다』와 『너무 일찍 철들어버린 청

춘에게』(21세기북스) 등이 나왔네. 그 뒤로도 『불과 재』(시인 동네), 『일요일의 인문학』(호미), 시집 『일요일과 나쁜 날씨』(민음사)가 이어졌네. 한 해 책 10권이 쏟아져 나오는 사태는 미친 짓이네. 이것들이 다 근년에 쓴 게 아니고 몇 해씩 묵혀 두었다가 내놓는 것이지만, 내 중고(中古) 두개골을 몇 년은 더 써도 될 만하니, 당분간 이 기묘한 물건을 미친 상태에서 가동하도록 내버려 둘 셈이네. 이 두개골이 미치지 않고서야 어찌 불에 달궈진 청동화로라도 들어 올릴 기세로 쓰고 쓰고 쓸 수 있겠는가! 내 지고한 도덕의 목표는 졸작이나 쓰는 것이니 날마다 쓰는 일을 두려워할 까닭이 없을뿐더러 무엇보다도 내 식도, 위, 심장, 허파, 방광, 십이지장, 대장, 소장, 전립선 들은 날마다 읽고 쓰고 다시 일어나 읽고 쓰는 이 리듬을 기꺼워하니까.

다시 자네의 시집을 뒤적이다가 "포대기로 아이를 들쳐 멘/젊은 엄마/버스정류장에서 발뒤꿈치를 든다/한 손에 보따리/한 손에 교통카드 든 지갑 있구나/저물녘의 바람이 차/아가는 엄마 등에 뺨을 붙이고/담배를 문 남자는/저만치 떨어져서 선다/착한 곳으로 가는 버스는/걸음도 느려/추수가 끝난 너른 들판이/어두워지려 한다"(우영창, 「풍경」)는 시를 읽네. 서울 가장자리 위성도시의 어느 저녁 버스정류장 풍경을 소묘한 것인데, 이 시를 감싸는 스산한 서정적 고양이 참 좋네! 바람 찬 저물녘, 포대기로 아이를 들쳐 멘 젊은 엄마, 그리고 아가는 엄마 등에 뺨을 붙이고 담배를 문 남자는 저만치 떨어져 설 때, 한사코 어두워지려는 이 풍경 속에서 착한 곳으로 가는 버스라니! 나는 가난한 이들을 향한 자네의 선의를 느끼네.

우리는 공교롭게도 같은 시대 같은 땅에서 태어나 친구가 되었네. 우리가 '시'라는 세상에서 쓸모없는 것으로 낙인찍힌 것을 붙들고 있지 않았다면 만날 수 없었겠지. 이 모든 공교로운 우연에 더없이 감사할 따름이네. 우정의 본질은 무엇인가? 내가 생각하는 우정의 이상은 안식, 고요, 느슨함, 열림이네. 그 이상도 이하도 아니네. 자네의 일관된 선의를, 문학의 끈을 놓지 않고 '사실의 실체'를 파고드는 그 단심(丹心)을, 자주 만나지 못해도 변함없는 우정의 순도(純度)를, 그리고 서로에 대해 다소 미지근하고 무심한 면을, 나는 늘 존경하고 고마워하네.

영창, 조만간 만나 자네 집 근처 남한강 강변이라도 발목이 시큰해질 때까지 걸어보고 싶네.

황금빛 독서에의 권유

여러 번 각혈하듯이 회고했지만, 스무 살 때 나는 약간은 한심했다. 손에 쥔 게 아무것도 없었기 때문이다. 집안은 가난했고, 내겐 사회생활을 하는데 써먹을 수 있는 학벌도, 인맥도, 노동력도 없었다. 아무것도 가진 게 없이 잔뜩 주눅 든 채 방황하는, 어깨가 좁은 남루한 행색의 청년의 가슴 한편에 그림에 대한 열망이 타올랐지만 언감생심 그럴 만한 현실의 여유가 없었다. 니체가 말했듯이 직업이 "생활의 척추"라면, 아무 직업도 갖지 못한 채 방황하던 20대 초반의 나는 무척추 동물같이 흐느적이며 살았던 것이리라. 자신감이 제로에 가까운 청년은 몹시 의기소침한 채 그저 시립도서관이나 드나들며 책이나 꾸역꾸역 읽었다. 나는 더러 밥 먹는 것도 잊은 채 아무 계통도 없이 무수한 책을 닥치는 대로 읽어 치웠다.

김승옥과 이청준 소설을 읽고, 김현과 바슐라르를, 아르튀르 랭보와 폴 발레리의 시집을, 그리고 니체와 콜린 윌슨의 책을 읽었다. 스무 살 때 김승옥의 「무진기행」에 나오는 "흐린 날엔 사람들은 헤어지지 말기로 하자. 손을 내밀고 그 손을 잡는 사람이 있으면 그 사람을 가까이 가까이 끌어당겨주기로 하자. 나는 그 여자에게 '사랑한다'고 말하고 싶었다. 그러나 '사랑한다'라는 그 국어의 어색함이 그렇게 말하고 싶은 나의 충동을 쫓아버렸다." 따위의 문장에 나는 얼마나 열광했던가! 김승옥의 단편을 밤새워 읽으며 설레곤 했다. 작중인물 윤희중이 '무진'이라는 고장에 은둔자로 살면서 겪는 그 청춘의 고뇌에 내 불안과 절망을 겹쳐보면서 나는 작은 위안과 공감을 얻었다. 그것은 아주 사소한 것이지만 확실한 공감을 자아냈다. 니체의 『차라투스트라는 이렇게 말했다』에 나오는 "나는 그대에게 초인을 가르치려 하노라. 인간은 극복되어야 할 그 무엇이다. 그대들은 자신을 극복하기 위해 무엇을 했는가?"와 같은 문장을 읽을 때 격한 공감과 함께 내 눈시울은 젖어들었다. 책을 읽을 때 나는 고독 속에서 스스로에게 몰입하는 기쁨을 깨닫게 되었다. 몰입했을 때 세상의 번잡이나 미래에 대한 불안 따위는 감히 내 가까이에 범접하지 못했다. 시립도서관 참고 열람실의 창가 자리를 차지하고 앉아 책을 펼치면 어깨 너머로 들어온 햇빛이 책의 펼친 면 가득히 환하게 물들였다. 눈을 반쯤 감고 책을 들여다보면 책의 내용이 아

니라 그 빛이 빚은 몽상 속으로 빠져들어 가곤 했다.

책이 주는 경이

독서의 시간은 달콤한 몽상의 시간이자 영혼이 몰입 속에서 불멸을 겪는 놀라운 시간이다. 독서는 지식 습득이 아니라 살아가는 지금 이 순간을 제 안에 각인하고, 이제까지 살았던 기억을 불러내 되새김질하는 시간이다. 내가 독서에 빠져든 것은 자주 메마른 내면에 불꽃같은 기쁨을 일으키고, 우리를 행복으로 이끈다는 점 때문이다. 오르한 파묵은 책이 주는 기쁨에 대해 이렇게 말한다. "여름을 보냈던 작은 섬에서, 여느 저녁때처럼, 아무도 지나가지 않는 길가 벤치에 앉아 희미한 가로등 아래에서 책을 읽으며, 그 책이 내 주위에 있는 나무, 덤불, 돌담, 그림자, 달 그리고 바다 같은 자연 세계의 일부라고 느꼈다. 어쩌면 아주 옛 시기를 배경으로 해서인지는 몰라도, 책이 나무 한 그루나 새 한 마리처럼 인공에서 먼, 아주 자연적인 것처럼 느껴졌다. 자연성과 가깝다는 것이 나를 매우 행복하게 했고, 책이 나를 일상의 멍청함과 사악함으로부터 정화하고, 나를 더 좋은 사람으로 만들었다고 느꼈다."[9] 두말할 것도 없이 책은 인공물이지만 그 책이 자연적인 것의 일부로 녹아들어가는 것이다. 책은 인류가 만

9 오르한 파묵, 『다른 색들』, 이난아 옮김, 민음사, 2016, 180쪽.

들어낸 가장 경이로운 발명품이다. 책은 순수한 독자에게 기쁨과 저 너머의 세계에 대한 동경을 심어준다. 책은 누군가의 메마른 감정에 생동감과 풍요로움을 주고, 역경과 고난에 빠진 사람에게는 위안과 용기를 준다.

독서의 행복

20대 초반에 길게 이어진 내 독서의 역사에 남은 것은 '책'이 아니다. 나는 그때 읽은 책의 내용을 거의 기억하지 못한다. 어린 시절부터 독서광이던 마르셀 프루스트가 말했듯이, "독서들이 우리 안에 남기는 것은 무엇보다 우리가 독서를 한 장소와 날의 이미지"[10]인지도 모른다. 독서 행위는 "독자에게 꽃핀 에움길에서 늑장 부리며 '독서'라고 불리는 독특한 심리적 행위를 머릿속에서 창조하도록 충분한 힘을 안겨[11]" 스스로를 돌아보게 한다. 알베르토 망구엘은 『밤의 도서관』에서 "독서가의 힘은 정보를 수집해서 정리하고 목록화하는 능력에 있는 것이 아니다. 이는 눈으로 읽은 것을 해석하고 관련지어 생각해서 변형시키는 재능에 있다."라고 말한다. 내 경험에 비춰 봐도 이 말은 정말 맞다. 20대 초반 시립도서관에서 읽은 책이 무엇이었는지 잘 떠오

10 마르셀 프루스트, 『프루스트의 독서』, 백선희 옮김, 마음산책, 2018, 46쪽.
11 마르셀 프루스트, 앞의 책, 48쪽.

르지 않는다. 그 대신 독서와 몽상이 하나로 엉켜 있을 때 시립 도서관 참고열람실의 창문을 통해 들어온 환한 오렌지색 햇빛이 내 몸의 세포 하나하나로 스며들었던 기억은 아주 선명하다. 어느 순간 독서 행위가 만든 기이한 고독의 기쁨 속에서 나는 스스로 타오르기 시작했다. 독서 행위는 지식과 정보를 수집하고 그것을 목록화하는 일이 아니다. 독서는 몽상의 심오함과 몰입의 환각 속에서 자기를 새롭게 빚는 경험이다. 독서는 종종 읽는 이를 행복으로 이끄는데 그것은 독서가 "자기 자신이 심오한 일을 하고 있다는 착각"[12]을 일으키기 때문이다. 독서를 할 때 항상 책에 몰입하지는 않는다. 우리는 읽고 있던 책이 아니라 책을 읽는 장소, 거기에 비쳐들던 빛의 광도, 눈을 돌려 우연히 내다 본 창밖 풍경을 향하여 열려진다. 사실 독서는 그 모든 경험을 포괄한다. 20대 초반 시립도서관에서의 독서를 회고하며 자꾸 참고열람실 창문을 통해 쏟아지던 햇빛과, 그 햇빛에 물든 책장 이야기를 꺼내는 것도 바로 그런 까닭이다. 나를 행복으로 이끈 것은 책이 아니라 환한 햇빛 속에서 이루어지던 독서 행위 그 자체였다. 나를 행복으로 이끈 독서를 종종 '황금빛 독서'라고 부른다.

12 오르한 파묵, 앞의 책, 174쪽.

책은 삶을 연장한다

모든 독서광이 다 훌륭한 인격자가 되는 것은 아니지만 독서광이 한쪽에 치우치지 않는 사유를 하고 공정하고 조화로운 인격을 가진 사람이 될 확률은 그렇지 않은 사람에 견줘 더 높은 것도 사실이다. 그 이유는 책이 삶을 연장하고, 여러 겹의 삶을 동시적으로 살게 만들기 때문이다. 움베르토 에코가 "오늘날 책은 바로 우리의 노인이다."라고 말한 까닭도 거기에 있을 것이다. 어느 시대에나 노인은 더 많은 삶을, 더 많은 기억과 이야기를 가진 존재다. 노인은 자기 삶만이 아니라 자기와 함께 살았던 이들의 기억과 이야기를 전유한다.

2장

감동을 주는 글쓰기

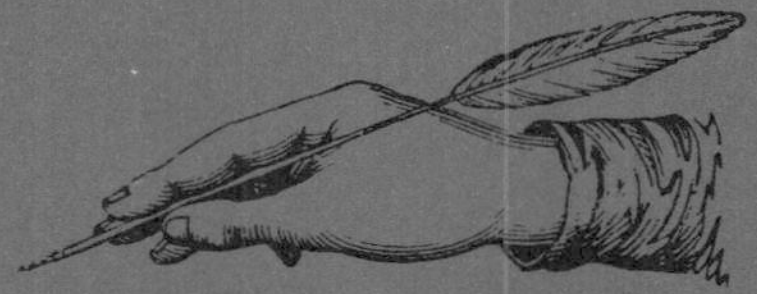

언제나 사물과 세계를 처음
바라보는 자의 경이로움을 갖고 써라

첫 문장, 모든 책의 시작

첫 문장은 글의 시작이자 끝이다. 첫 문장은 낯선 세계에로 떠나는 출발점이자 세상에 없는 그 무엇을 찾아가는 매혹적인 여정이다. 모든 위대한 소설들은 단 하나의 예외도 없이 첫 문장으로 시작한다. 첫 문장이 없다면 작품도, 책도 있을 수 없다. 첫 문장은 심상하고 느닷없으며, 날카롭고 밋밋하며, 빈곤하고 거칠며, 풍요롭고 아름답다. 첫 문장은 돌연 떠오르는데, 어떤 시공을 환기시키는 냄새와 기억에서, 과거의 시간이나 장소에서, 스쳐 지나간 어떤 사람을 떠올리는 일에서 시작한다. 이렇듯 첫 문장은 그 진폭이 꽤나 넓다. 첫 문장으로 들어가는 문은 하나가 아니라 여럿이다. 이 세상에 그토록 많은 책들이 있지만, 첫 문장이 똑같은 경우는 없다. 책들은 단 한번의 예외도 없이 제각각 다른 첫 문장으로 시작한다.

작가들은 첫 문장을 쓰는 데 많은 시간과 공을 들인다. 내가 아는 한 작가는 첫 문장을 쓰고 나면 긴 장편이라 할지라도 쉽게 풀려나온다고 말한다. 첫 문장을 쓰는 게 어렵지 그다음은 쉽다고 한다. 첫 문장이 나쁘면 좋은 글이 나올 가능성은 낮다. 거꾸로 첫 문장이 좋으면 괜찮은 글이 나올 가능성이 높아진다. 첫 문장은 글 전체의 방향과 핵심, 그리고 DNA를 결정한다. 첫 문장은 책의 첫 인상, 작가의 목소리, 그 영혼에 찍힌 낙인이다. 안톤 체호프는 「개를 데리고 다니는 부인」에서 "누구나 밤의 덮개 같은 비밀 아래서 자신만의 가장 흥미로운 진짜 생활을 살고 있다."라고 쓰는데, 이렇듯 첫 문장은 그 '진짜 생활'을 보여준다는 기대를 갖게 해야 한다. 누군가의 '진짜 생활'을 엿보는 일은 흥미로운 일이다. 미국 작가 조이스 캐롤 오츠는 소설가란 "자신의 상상 세계에 '진짜' 인물들이 살도록 해야 하고, 그들을 담고 있는 그 세계 또한 '진짜'라는 환상을 주어야"[1] 한다고 말한다.

첫 문장은 독자를 '진짜' 세계로 호명하는 초대다. 첫 문장은 작가와 독자 사이를 잇는 다리다. 첫 문장은 자기의 경험에서 길어내되 거기에 상상력으로 도금(鍍金)을 입혀야 한다. 그래야만 더 생생하고 공명을 이끌어내는 극적인 빛을 띤다. 그것이 머리가 아니라 경험이 축적된 몸 어딘가에서, 혹은 무의식의 어느 부

1 조이스 캐롤 오츠, 『작가의 신념』, 송경아 옮김, 은행나무, 2014, 145쪽.

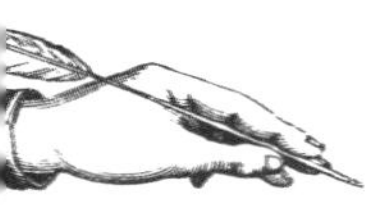

분에서 나온다면 더 좋다. 첫 문장은 독자 내면에 축적된 경험의 빗장을 여는 것이어야 하고, 암시적이고 풍요로운 기분을 들게 한다면 좋을 것이다. 독자는 첫 문장에서 받은 좋은 인상과 함께 제 기억과 상상의 날개를 펼치고 자기 경험의 세계로 여행에 나선다.

첫 문장이 1인칭 시점으로 시작한다면 그것은 독자에게 건네는 다정한 어조여야 한다. 픽션이건 논픽션이건 간에 일부러 극적 요소를 강조하거나 과장된 어조를 쓸 필요는 없다. 감상을 지나치게 자극하는 것도 피하는 게 좋다. 자신이 잘 아는 것을 소박하고 간결하되 구체적으로 써라. 1인칭이건 3인칭이건 간에 화자의 시점이 확고해야 하고, 이야기를 끌어가는 작품 내부의 목소리에 일관성이 있어야 한다.

대가들의 첫 문장

자, 다음은 유명한 작가들이 쓴 소설의 첫 문장이다.

"맨 처음 중국인을 만난 게 언제였을까.

이 글은 말하자면 그런 고고학적 의문에서 출발한다. 다양한 출토품에 라벨이 붙고 종류별로 나뉘어 분석이 이루어질 것이다."[2]

2 무라카미 하루키, 『중국행 슬로보트』, 양윤옥 옮김, 문학동네, 2014, 9쪽.

“124번지는 한이 서린 곳이다. 갓난아이의 독기가 집안 가득했다. 그 집 여자들은 그걸 알고 있었고 아이들도 마찬가지였다. 몇 년 동안은 각자 나름대로 원혼을 견디며 살았지만, 1873년에 이르자 집에 남은 희생자는 세서와 그녀의 딸 덴버뿐이었다.”[3]

“아예메넴의 5월은 덥고 음울한 달이다. 낮은 길고 후텁지근하다. 강물은 낮아지고, 먼지를 뒤집어쓴 채 고요히 서 있는 초록 나무에서 검은 까마귀들이 샛노란 망고들을 먹어댄다. 붉은 바나나가 익어간다. 잭 푸르트가 여물어 입을 벌린다. 과일향이 진동하는 공기 중을 방종한 청파리들이 공허하게 윙윙댄다.”[4]

“그렇다, 이 이야기는 이렇게 시작될 수 있을지 모른다. 그러니까 여기서, 이런 식으로, 조금은 무겁고 느리게, 모두에게 그리고 누구에게나 속한 이 생동감 없는 장소에서, 사람들이 거의 눈을 마주치지 않은 채 지나가고 건물 속에서의 삶이 멀리서 규칙적으로 반향되는 바로 이곳에서. 아파트의 무거운 문 너머에서 일어나는 일들로부터 우리는 이 부서진 메아리들, 작은 조각들, 파편들, 희미한 흔적들, 자잘한 단서들만을 포착할 뿐이다.”[5]

자, 이런 첫 문장들은 어떤가? 이것들은 잘 정제되어 있으며

3 토니 모리슨, 『빌러비드』, 최인자 옮김, 문학동네, 2014, 13쪽.
4 아룬다티 로이, 『작은 것들의 신』, 박찬원 옮김, 문학동네, 2016, 11쪽.
5 조르주 페렉, 『인생사용법』, 김호영 옮김, 문학동네, 2012, 27쪽.

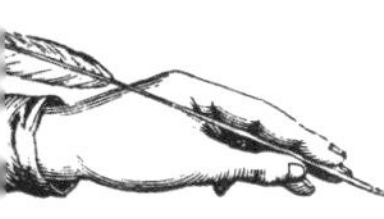

동시에 약간의 설렘과 긴장감을 불러 일으키는 문장이다. 이런 첫 문장은 "언어의 방식으로 경험을 입증하고자 하는 욕구, 시간의 흐름 자체를 세심하게 기록하고 보존하려는 욕구"[6]와 잇대어 있는 듯 보인다. 어쨌든 좋은 첫 문장은 독자들을 잡아채어 그다음 세계로 데려간다. 이때 첫 문장은 건축적이고 확정적인 설계의 한 단면을 슬쩍 엿보도록 한다. 첫 문장은 어떤 필연과 불가피성 안에서 빚어지고 바깥으로 밀려나오는 것인데, 이것은 하나의 현존을, 하나의 이야기를, 육체와 그 욕망의 세계를 이 실존세계 내부에 건설하는 일의 시작이다. 작가는 첫 문장을 쓰면서 돌이킬 수 없는 의례의 안으로 제 존재를 들이밀고 들어오는 것이다. 비범하고 독창적인 첫 문장은 계획된 것이면서 동시에 수수께끼와 같은 우연에 지배된다.

'보는 글'이 아닌 '느끼는 글'

첫 문장은 짧고, 강렬하며, 호기심을 불러 일으킬 만큼 강한 인상을 심어주어야 한다. 그렇지 않다면 독자는 그 첫 문장에서 읽기를 끝내버리고 말 것이다. 독자는 '보는 사람'이 아니라 '느끼는 사람'이다. 책을 '보는' 자는 책을 거울 삼아 안으로 눈을 돌려 실은 자기 내면을 응시한다. "책을 읽을 때 나는 현상세계에

6 조이스 캐롤 오츠, 앞의 책, 115쪽.

서 한 발 뒤로 물러난다. 그리고 '안으로' 눈을 돌린다. 동시에 역설적이게도 밖으로 눈을 돌려 손에 들고 있는 책을 향한다. 그러고는 책이 거울이라도 되는 양 내면을 응시하고 있는 것처럼 느낀다."[7] 독자는 지면에 인쇄된 문자를 취하는 게 아니라 문장에서 연상되는 이미지와 느낌들을 취한다.

문장을 읽는 일은 "대부분 한 감각에 다른 감각이 겹쳐지거나 한 감각이 다른 감각을 대신하는 것"[8] 이자, 자신을 소리와 색깔과 냄새의 향연 속으로, 공감각의 세계 안으로 밀고 들어가는 일이다. 첫 문장은 우리를 '이야기의 단순한 형태' 안으로 끌고 들어가는데, 좋은 작가들은 현실을 꿰뚫은 뒤 독자를 이야기의 심연으로 이끈다. 독자는 문장을 읽어나가는 독서 행위를 통해 존재의 갱신을 이룬다. 다시 말하면 독서는, 세계를 향해 의식의 촉수를 뻗어 더 많은 이미지, 사유, 경험을 붙잡아 언어로 고착시킨 문장들을 읽고 난 뒤, 우리를 읽기 전과 달리 더 섬세하게 내면을 성찰하고, 자신을 더 나은 사람으로 변화시키려는 고양된 의지를 갖게 하는 것이다.

첫 문장을 읽으며 우리는 작가의 문체를 가늠한다. 불가피하게 첫 문장에서 그의 문체는 드러나고 만다. "문체는 체액이 강

7 피터 멘델선드, 『책을 읽을 때 우리가 보는 것들』, 김진원 옮김, 글항아리, 2016, 76쪽.
8 피터 멘델선드, 앞의 책, 325쪽.

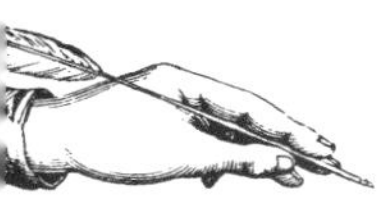

요하는 필연이며, 자신 안에 있는 분노이고, 그의 격정이나 경련이며, 자기 자신과의 내밀한 관계로부터 생겨나는 완만함과 신속함이어서, 그는 이러한 것들에 대해서 거의 아무것도 알지 못한다."[9] 문체란 작가가 임의로 통제할 수 있는 게 아니다. 그것은 피의 분출과 같이 자연스럽게 밖으로 밀려나오는 그 무엇이다. 문체는 학습된 개성과 관습의 범주를 넘어서서 누구도 손댈 수 없는 본성적인 것의 질료적인 빚음에 속한다. 문체는 작가의 체액이고 지문이며, 신묘한 그 무엇이다. 모든 첫 문장은 그것을 쓰는 이의 불가사의한 운명을 머금고 탄생한다.

독자들은 이미 준비된 자들이다. 독자의 뇌에 우레가 치는 듯 새 지각의 지평을 열지 않는 첫 문장은 아직 나와서는 안 되는 설익은 것이다. 자궁이 열리면서 태아가 나오듯이 첫 문장이 흘러나와야 한다. 그렇게 나온 첫 문장만이 독자의 감성과 의식 속으로 스며 음향, 울림, 리듬을 만들어낼 수 있다. 투명하고 단단한 수정 같은 결정체(結晶體) 같은 문장, 허구이고 상상인 삶을 뚫어내서 심연을 열어젖히는 단단한 문장을 써라. 아무 준비도 없는데 어느 날 갑자기 문장을 잘 쓸 수는 없다. 끝없는 습작과 반복적인 훈련을 거쳐야만 겨우 읽을 만한 문장의 꼴을 갖출 수가 있다.

9 모리스 블랑쇼, 『도래할 책』, 심세광 옮김, 그린비, 2011, 388쪽.

채광창에서 어깨 너머로 빛이 쏟아져 들어와 책상을 환하게 물들이는 서재에서 글을 쓸 때 기분이 좋아진다. 그럴 때 글쓰기가 순조롭게 이어진다. 아마 더 깊이 글쓰기에 몰입할 수 있기 때문이리라. 내면의 혼란스러운 백일몽과 불확실한 기억들의 분진이 가라앉을 때 나로 존재하려는 용기가 더 커지는 것을 느낀다. 자, 망설이지 마라. 긴 글을 쓰고 싶다면, 혹은 책을 한 권 쓰려면, 먼저 첫 문장을 써라. 첫 문장을 쓰는 데 어떤 규칙이 있는 건 아니다. 과감하게, 거침없이, 솔직하고 열정적인 목소리가 울려나오는 문장을 써라! 정확한 단어를 고르고, 무정형적인 것에 형태와 윤곽을 부여하며, 의미를 또렷하게 드러낸 첫 문장을 썼다면, 당신은 이미 쓰고자 하는 것의 반 이상을 쓴 셈이다. 그런 확신을 가져도 좋다. 첫 문장이 거칠고 마음에 썩 들지 않는다면 다시 고쳐 써야 한다. 헤밍웨이도 그랬고, 나보코프도 그랬고, 폴 오스터도 그랬고, 김훈도 그랬고, 김영하도 그랬고, 김연수도 그랬다. 숙련된 작가들도 문장의 시점, 문체, 리듬을 살펴보고 끊임없이 고쳐 쓴다는 사실을 잊지 마라. 그렇게 해야만 마음에 드는 몇 문장을 얻을 수가 있다.

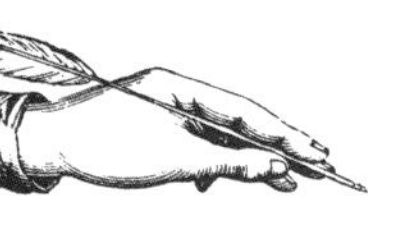

징징대지 말고 쓰라

내가 글을 써서 처음 칭찬을 받은 것은 열한 살 때다. 1960년대 중반 서울의 한 초등학교 교실에서 담임교사의 지시로 짧은 산문을 썼다. 가난한 한 집안의 사정에 대해 쓴 걸 낭독했을 때 분위기가 숙연해졌다. 제 주린 배에서 꼬르륵거리는 소리가 나는데도 동생에게 빵을 양보하는 형에 관한 훈훈한 얘기다. 담임교사에게서 잘 썼다는 칭찬을 받았던 듯싶다. 실제 경험인 듯 썼지만 꾸며낸 이야기, 처음부터 끝까지 허구다. 나는 엉겁결에 아주 짧은 소설을 한 편 쓴 셈이다. 소설이라는 장르도 몰랐을 때다. 이게 내 최초의 글쓰기다.

중학교 2학년인 열다섯 살 때 처음으로 시를 썼다. 제목이 「겨울」이었다. 이 시는 〈학원〉이라는 학생잡지에 뽑혀 실렸다. 당시 〈학원〉은 중고생들이 투고한 시와 산문들을 뽑아서 잡지 말미의 '학원문단'에 게재했다. 내가 투고한 시 「겨울」은 고은 시인에 의해 뽑혀 활자화되었다. 이 시는 내가 공적 지면에 발표한 첫 글이다. 그 뒤로 반세기가 흐르는 동안 나는 글을 쓰며 살았다. 지금까지 쓴 책들이 백여 권에 이르지만 글쓰기는 여전히 까탈스럽고 곤혹스러운 일이다.

스무 살 무렵엔 주로 밤에 글을 썼다. 골방에서 밤의 고요한 기척에 귀를 기울이며 글을 쓰다 보면 어느새 새벽이 와 있곤 했다. 밤을 새워 글을 쓰는 자에겐 밤이 곧 선생이다.[10] 밤의 골목에서 울부짖는 발정 난 고양이들, 밤에 이동하는 사람들의 발걸음 소리, 취객들의 고함, 새벽 청소부들의 두런거리는 소리, 신문배달원이 집어던진 신문이 문 앞에 탁탁 떨어지는 소리……. 밤은 온갖 소리로 꽉 차 있다. 밤새워 글을 쓰면 육신은 허물어질 듯 피로에 젖지만 가슴은 희열로 벅차오른다. 뭔가를 해냈다는 성취감으로 뿌듯해지는 것이다. 다시 읽어 보면 밤새 쓴 것들이 얼마나 졸렬한지가 또렷해져서 부끄러워했다. 내 재능 없음에 낙담하면서 쓴 것들을 찢고 난 뒤 한동안 자책하며 나락에서 허우적거린다. 그러다가 의기소침한 가운데 시립도서관에 나가 책들을 꾸역꾸역 읽었다. 읽고, 읽고, 또 읽었다. 소설과 시는 물론이고, 철학과 역사, 미술사나 음악사 따위를 가리지 않고 읽던

10 문학평론가 황현산이 펴낸 산문집의 제목으로 유명하다.

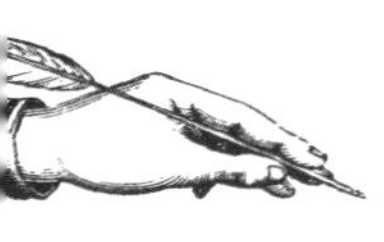

남독(濫讀)의 시절이다. 문학을 체계적으로 배운 적 없이 오직 혼자 읽고 쓰고 찢는 과정을 되풀이하면서 독학으로 문학을 익혔다. 글쓰기에 관한 책 몇 권쯤은 찾아 읽었겠지만 그것들에서 어떤 도움을 받았는지 모르겠다. "글쓰기에 대한 책에는 대개 헛소리가 가득하다."[11] 나는 아무 희망도 없이 수많은 시행착오를 반복하며 읽고 쓰는 일에 매달려서 긴 습작기를 보냈다.

침묵의 언어

지금은 주로 새벽에 일어나 글을 쓴다. 새벽 4시 무렵 일어나 책상 앞에 앉는다. 젊은 시절과 달라진 것은 글을 쓸 준비를 하는 예열 시간이 짧아졌다는 점이다. 20대 때는 예열 시간이 아주 길었다. 책들을 뒤적이고 멍 하니 앉아 있고, 서성거리고, 그러다가 책상 앞에 앉아 겨우 몇 줄을 끼적일 수가 있었다. 지금은 책상 앞에 무심히 있다가 문득 그날의 첫 문장을 써나간다. 첫 문장은 잡다한 생각이 아니라 무심의 한가운데를 찢고 흘러나온다. 글을 쓸 때 좌선(坐禪)하듯이 허리를 곧추세우고 쓴다. 좌선은 허리를 곧추세운 채 호흡을 조절하고 심신일여(心身一如)에 이르는 것이다. 몸과 마음이 하나를 이루지 못하면 담담할 수가 없다. 먼저 어깨에 들어간 힘을 빼고 호흡을 길게 내쉬

11 스티븐 킹, 『유혹하는 글쓰기』, 김진준 옮김, 김영사, 2002, 13쪽.

고 들이마신다. 호흡을 가다듬으면서 마음이 번잡함에서 벗어난다. 허리를 곧추세우면 정신이 흐트러지는 걸 막을 수가 있다. 선승의 좌선은 고요 그 자체다. 좌선의 요체는 부동심(不動心)이다. 부동심은 감정의 흔들림이 일절 없는 고요한 마음인 것이다. 머릿속에서 들끓는 많은 말들을 비워야 한다. 평소에도 많은 말들을 하지 않도록 주의한다. 생각의 갈피를 잃고 헤매는 자는 제 마음에 떠오르는 대로 지껄이는 법이다. 떠오르는 대로 지껄이면 필연적으로 감정의 낭비는 물론이고 공허한 군더더기가 많아진다. 마음이 무르고 태만에 빠진 결과다.

글을 쓸 때 고요에 이르러서 침묵의 깊이를 경청하라. 사람은 말의 세계 속에서 살아가는 존재다. 말은 그 자체로 심오하지도 얕지도 않다. 말이 심오하다면 오직 그 말이 침묵에서 배태될 때만 그러하다. 새가 하얀 알을 낳듯이 침묵이 말을 낳는다. 말은 인간과 동물을 분할하는 경계선이다. 그 경계선을 사이에 두고 사람은 말의 이쪽 세계, 동물은 말의 저쪽 세계로 나누어진다. 동물은 말이라는 경계선을 넘어서서 사람이 서 있는 세계로 건너오지 못한다. 막스 피카르트는 이렇게 쓴다. "동물은 어디서나 울부짖는다. 동물은 울부짖음에 의해 찢기고 열린다. 울부짖음은 동물의 파열에 불과하다. (중략) 동물의 형상, 행동, 울부짖음은 하나다. 그 모두는 동물에게 완비되어 있으며, 모두 동물의 본질 안에 갇혀 있어서, 말을 통해 자신을 넘어서지 못한다. 동

물이 울부짖는 것은 자신을 찢어발기면서 말을 찾고 있는 듯 보이기도 한다. 하지만 말은 발견하지 못하고, 동물은 계속해서 자신을 찢는다."[12] 피카르트는 동물이 음절을 조합해서 말로 만드는 능력을 갖지 못했기에 단지 울부짖는다고 말한다. 놀라운 통찰이다! 어떤 경우에도 동물은 침묵의 덩어리에서 벗어나지 못한 채 파열하는 울부짖음으로써만 제 존재를 표현할 뿐이다.

동물이 열등한 형제로 머무는 것은 말을 할 줄 모르는 탓이다. 사람은 말을 하며 의사소통을 하고, 자기 감정과 생각을 표현하며 궁극적으로 자기 한계를 넘어선다. 그것이 인간과 동물을 가르는 변별점이다. "언어는 무한함을 가르는 가장 섬세한 분할선이다."(장 파울) 글을 쓴다는 것은 말을 다루며 말의 세계 안에서 산다는 뜻이다. 인간은 말이라는 도구를 써서 자아의 현존을 넓힌다. 말과 인간은 하나다. 말은 인간의 입에서 나와 세계의 모든 객체를 향하여 나아가고, 다시 주체에게로 돌아간다. 말은 인간의 입에서 흘러나오지만 말이 항상 인간에게 귀속되는 것은 아니다. 말은 그 자체로 존재하고 생동한다. 인간에게 종속되지 않는 말의 배후는 침묵이다. 말들을 지배하는 것은 인간이 아니라 거대한 침묵이다. 침묵이란 말의 무한함을 품은 우주다. 문학은 말의 세계지만 진짜 문학이 꿈꾸는 것은 말의 세계 너머에 있

12 막스 피카르트, 『말과 인간』, 배수아 옮김, 봄날의책, 2013, 50쪽.

는 침묵이란 우주다.

머리로 쓴 글, 몸으로 쓴 글

영감이 오기를 기다리며 글쓰기를 미루는 자는 게으른 자다. 결국 그런 사람은 글을 쓰지 못한다. 영감을 기다린다고? 그게 없어서 글을 못 쓴다고? 그것은 글쓰기를 미룬 자신의 나태함에 대한 변명에 지나지 않는다. "영감은 신비로운 것이다. 그것은 외부에서 온다. 조금이나마 이것을 인정하자. 많이 기다릴수록 오히려 오지 않을 가능성도 더 커진다."[13] 기약 없는 영감을 기다리기보다 날마다 책상 앞에 앉아 글을 쓰자. 기다리는 자에게 영감이 왔다는 소식을 들은 바가 없다. 날마다 새벽에 일어나 오전 내내 글을 쓰는데, 물론 이것은 자랑질이 아니다. 글쓰기에 집중할 때만 쓰는 게 아니다. 하루 종일 써야 할 것들이 머릿속으로 흘러간다. 새벽에 깨어나 책상 앞에 앉아서는 물론이고, 샤워를 하며, 거리를 산책하며, 밥을 먹으며, 책을 읽으며, 숲속 나무에 기대서서, 쓸데없이 서성거리며, 글쓰기에 대한 생각을 모으고 흐트러뜨기를 단 한순간도 멈추지 않는다. 그리고 겨우 밥값으로 몇 줄의 문장을 끼적여 써낸다. 나는 시인이고, 소설가며, 평론가로 마흔 해 넘게 살았다. 나는 어제도 쓰고, 오늘도 쓰며, 아

13 오르한 파묵, 앞의 책, 428쪽.

마 내일도 쓸 것이다. 단언컨대 하루 4시간에서 5시간씩 꾸역꾸역 쓰지 않는다면 전업작가라는 직업을 유지하는 것은 불가능하다. 그럴 체력이나 정신적 내구력이 없다면 아예 전업작가의 꿈을 접는 게 좋다. 부디 다른 직업을 구하는 게 더 나은 인생을 살 수 있을 것이다.

자, 당신이 무엇을 어떻게 썼는지를 보자. 머리로 썼는지, 몸으로 썼는지를 보자. 어떤 사람은 머리로 쓰고, 어떤 사람은 몸으로 쓴다. 머리로 쓴 것은 피상적이고 자의적이며 깊이를 머금지 못한다. 몸으로 쓴 것만이 예측불가하고 뒤죽박죽 모호한 그대로 심오함이 있다. 그것이 체험과 깊이를 가늠하기 힘든 무의식의 상상력을 바탕으로 한 까닭이다. 머리로 쓴 것은 경박하고 메마르며 부서지기 쉽다. 반면 몸으로 쓴 것은 무게와 깊이를 가졌기에 잘 부서지지 않는다. 그러니 늘 머리로 쓰지 말고 몸으로 써라. 펜에서 흐른 잉크 자국들로 얼룩진 것이 아니라 피를 듬뿍 찍어서 한 자 한 자 써라. 오직 피로 쓴 것만이 진짜다. 몸의 혼돈, 몸의 침묵, 몸의 체험을 빚어서 쓴 것들만이 독자의 마음을 움직이게 한다.

나를 글쓰기로 이끈 것은 결핍과 부재, 외로움, 사소한 죄책감, 욕구의 불충족, 허영심 따위인지도 모른다. 나는 글쓰기에 나서서 오랜 세월 동안 악전고투한 끝에 오늘날 전업작가로 살아간다. 이것은 어떤 삶일까? 소설가를 직업으로 갖고 산다는 것과 비슷하지 않을까? 오르한 파묵은 이렇게 말한다. "어떤 의미에서 소설가라는 직업은 자신을 다른 사람과 동화시키고, 자기 외부에서 자신을 보고, 모든 인류에게 자신을 나누어주는 일이다."[14] 글을 쓴다는 나를 인류라는 불특정 다수와 나누는 일이다. 이때 당신이 나누는 것들, 즉 당신이 쓴 문장과 책들이 바로 당신의 정신이고, 피며, 삶이다. 그것을 타인들과 기꺼이 나눔으로써 당신이 이타적인 인간임을 증명하라.

글쓰기를 할 때 독선과 망상에서 벗어나야 한다. 우리는 자주 쉽게 그런 것들에 사로잡혀 산다. 글 쓸 때도 마찬가지다. 그것에서 자유롭게 되려면 성심(誠心)을 품고 자신을 열어야 한다. 마음을 비우라. 숨을 천천히 내쉬고 들이마시며 의식을 집중하라. 척추를 곧추세우고 쓸 준비가 되었는가? 그렇다면 무엇이든 써라! 몰입해서 쓰는 것은 항상 옳다. 쓴 것을 면밀하게 읽고 고쳐나가야 한다. 최고의 명작들도 여러 번에 걸쳐 고쳐 쓰는 과정을 통해 이른 결과다. 퇴고는 글쓰기의 숙명이다. 내 경우에도 초고를 쓴 뒤 수도 없이 많이 고친다. 퇴고를 거치면서 형편없는 초고가 겨우 읽을 만한 것으로 바뀐다.

문장에 형용사와 부사가 많은 것은 곧 당신 정신의 무름을 반영한 결과다. 문장이 쓸데없는 감정으로 넘쳐나고 사실의 핵심

14 오르한 파묵, 앞의 책, 430쪽.

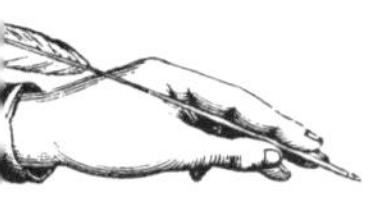

을 전달하지 못한 채 치렁치렁하다는 것은 곧 당신 마음이 흐트러지고 정신이 느슨하다는 징표다. 그걸 부정하지 마라. 글에서 헤어진 애인과 스쳐간 여자들, 혹은 죽은 자들과 부재한 자들을 불러낼 때조차 사실의 핵심을 바로 쓰고, 인과관계를 명확히 하는 문장을 써라. 이발소에 걸린 복제 그림같이 영혼의 울림이 없는 상투적인 문장을 쓰지 마라. 변심한 애인 앞에서 징징대는 사람처럼 제발 형용사와 부사를 남발하지 마라. 군더더기를 잘라버려 중언부언하지 않도록 하라. 세밀화가같이 사실에 충실하게 쓰고, 써야 될 대상들을 큰누이인 듯 따뜻하게 품되 쓸 때는 피도 눈물도 없는 사람인 듯 차갑게 써라. 쓴 것들에 대해 스스로 판단하지 말고 그 판단은 오직 독자의 몫으로 남겨두라.

스타일에 대하여

글을 쓰려는 사람은 백지의 공포와 직면한다. 아무것도 쓰이지 않은 빈 종이, 혹은 원고지를 앞에 두고 있을 때의 막막함이라니! 화가가 빈 화폭 앞에서 갖는 두려움과 같은 것이다. 그림이든 글쓰기이든 둘 다 온 힘을 다해 자신을 쥐어짜야만 한다는 공통점이 있다. 창작 행위란 본래 힘든 것이어서 작가든 화가든 창작의 찰나를 회피하려는 무의식적 욕망을 갖고 있다. 글이든 그림이든 삶의 심연에서 조각난 이미지를 이끌어내는 것. 추상과 관념에 불과한 것에 형태와 윤곽을 만들어주는 것. 결국 글쓰기의 공포는 쓰기를 거듭하면서 엷어지고, 이윽고 지속적인 것으로 고착될 때 사라진다.

오래 전 어느 책에서 읽은 중국 고사가 떠오른다. 중국의 한 황제가 나라 안에서 손꼽히는 한 화가에게 게를 그려달라고 부

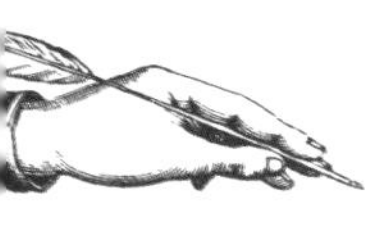

탁했다. 황제의 부름을 받은 화가는 그림을 완성하는 데 7년이 필요하다고 했다. 황제는 화가의 요구대로 기거할 수 있는 집 한 채를 주고 시종 몇 사람을 붙여주었다. 황제와 약속한 7년이 지났는데 화가는 붓조차 잡지 않고 빈둥거렸다. 7년이 지났다. 황제 앞에 나선 화가는 시간이 부족하니 7년을 더 달라고 했다. 황제는 화가에게 7년을 더 주었다. 화가는 여전히 시종을 부리면서 놀고먹고 허송세월하며 붓을 잡지 않았다. 마침내 황제가 화가에게 허락한 두 번째 7년도 하루를 남겨둔 날이 돌아왔다. 그날 밤 화가는 시종을 불러 먹을 갈라고 명령했다. 화가는 화선지를 넓게 펼친 채 눈을 감고 조용히 앉아 있었다. 밤이 깊자 화가는 붓을 들어 먹물을 듬뿍 찍었다. 그리고 먹물에 적신 붓을 일필휘지로 휘둘러 화선지 위에 게 그림을 그렸다. 눈 깜짝할 새 그린 게가 화선지 위에서 살아 움직이는 듯했다. 이튿날 아침 황제는 화가가 14년 만에 그려낸 게 그림을 보았다. 황제는 만족해서 화가에게 큰 상을 내렸다.

이 화가가 누군지, 그 그림이 어떤 그림인지를, 나는 알지 못한다. 하지만 눈을 감고 상상할 수가 있다. 그 그림은 동정녀의 자궁에 신의 아들이 수태되듯 불가사의한 어떤 지점에서 빚어진 예술의 한 극점을 보여주었을 것이다. 예술가에게서 한 작품이 나오려면 내적 욕구와 열망, 체험과 상상, 그리고 긴 기다림이 필요한 법이다. 창작은 태반이 기다림으로 채워진 고독한 작업이다. 화가는 그리지 않는 날에도 그려야 하고, 작가는 쓰지 않는 날에도 써야 한다. 그러다가 어느 날 갑자기 내면에서 충일한 무르익은 것이 파열하듯이 밖으로 쏟아져나온다. 아마 중국 화가도 그랬을 것이다. 그것은 그저 잘 그린 그림이 아니라 그 누구도 흉내조차 낼 수 없는, 스타일이 살아 있는, 생채(生彩)로 충일한 그림이었을 테다.

그림을 그리고 글을 쓴다는 것은 현전을 경이로써 체험하는 일이다. 제 생의 체험을 녹여내고 그 덩어리를 상상력으로 발효시키며, 천천히, 한 줄 한 줄의 글쓰기를 밀고나가야 한다. 그런 과정 속에서 창작자는 제 내면과 무의식에 웅크리고 있는 뜻밖의 자아를 발견하고, 그 자아에 남은 긁히고 파인 상처들을 만날 수도 있다. 창작 행위에는 어느 정도 자기 치유와 자기 보정의 목적성이 있다. 그것을 정신분석학자라면 승화라고 부를 것이다. 무라카미 하루키는 이 점에 대해 "모든 창작 행위에는 많든 적든 스스로를 보정(補正)하고자 하는 의도가 내포되어" 있고, 이것은 "자신을 상대화하는 것을 통해, 자신의 영혼을 지금 존재하는 것과는 다른 형식에 끼워 맞추는 것을 통해, 살아가는 과정에서 불가피하게 발생하는 다양한 모순이나 뒤틀림, 일그러짐 등을 해소해나간다 — 혹은 승화해나간다 — 는 것"[15]이라고 말한다. 예술가에게 창작의 과정은 그런 해소와 승화의 시간이다. 쓴다는 것은 그 해소와 승화를 위한 집중과 피의 분출이어야 한

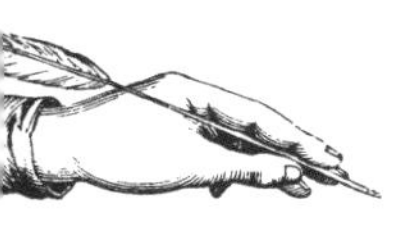

다. 작가들은 자신과의 싸움이라는 고투(苦鬪)를 겪어내면서 창조에의 열망을 실현해낸다.

창조자의 지문, 스타일

좋은 작가에게는 저마다 다른 스타일이 있다. 김환기의 매화·달·항아리 그림이나 뉴욕에서 화폭 가득히 점을 하나씩 찍어서 채우며 그린「어디서 무엇이 되어 다시 만나랴」에는 그만의 스타일이 있고, 이우환의 점과 선으로 이루어진 미니멀리즘 추상화에는 그만의 스타일이 있다. 최인훈이나 이문구의 소설은 그들 아니면 쓸 수가 없는 문체가 있다. 작가의 이름을 가린 채 읽어도 최인훈과 이문구가 썼다는 사실을 부정할 수가 없다. 왜냐하면 오랫동안 갈고 닦아 만든 그들만의 문체 미학이 구현된 작품이기 때문이다. 마찬가지로 김훈의『칼의 노래』나『남한산성』을 읽으면 김훈만의 스타일이, 김연수의『사월의 미, 칠월의 솔』을 읽으면 김연수만의 스타일이 느껴진다. 고흐의「별이 빛나는 밤」에는 고흐의 스타일이 있고, 피카소의「게르니카」에는 피카소만의 스타일이 느껴진다. 러시아에서 미국으로 망명한 작가 나보코프의『롤리타』에는 나보코프의 스타일이 있고, 미국에서 태어난 작가 폴 오스터의『달의 궁전』에는 폴 오스터

15 무라카미 하루키,『직업으로서의 소설가』, 양윤옥 옮김, 현대문학, 2016, 260쪽.

만의 스타일이 있다. 물론 이 스타일이란 게 딱히 짚어서 말할 수 없는 모호한 구석이 있다.

막 시작하는 작가에게는 스타일이란 게 미처 형성되지 않는 경우도 많다. 초보 작가들은 아직 그것이 정립되기 전이라 자신만의 스타일을 위해 실패와 반복이 거듭되는 암중모색의 시기를 지내야만 한다. 사실은 초보 작가 시절에도 자기 스타일의 희미한 양상들이 이미 나타남을 엿볼 수 있다. 아직 스타일이라고 말할 수 있을 정도로 명확한 형태로 드러나 있지 않을 뿐이다. 돌이켜 보면, 나 역시 20대 시절 암중모색하며 시와 소설을 쓰고 있었지만 거기에는 스타일이라고 부를 수 있는 그 무엇이 결여되어 있었음이 분명하다.

자기 스타일을 정립하려면 좋은 작가들의 작품을 널리 구해 읽어야만 한다. 선행하는 작가들의 책을 읽으며, 플롯이나 캐릭터의 조형력, 사물과 세계에 대한 탐색, 리처드 브라우티건이 『미국의 송어낚시』에서 보여준 독창적인 스타일을 배우고 익혀야만 한다. 조이스 캐롤 오츠는 이렇게 충고한다. "체면치레하지 말고 널리 읽어라. 누가 읽으라고 권하는 것이 아니라 당신이 읽고 싶은 것을 읽어라. 당신이 사랑하는 작가에게 푹 빠져서 그가 쓴 모든 것을 아주 초기 작품까지 읽어버려라. 특히 첫 작품은 꼭 읽어야 한다. 위대한 작가들도 위대해지기 전에, 심지어 괜찮은 수준에 이르기 전에는 바로 당신처럼 자기표현을 얻기 위해

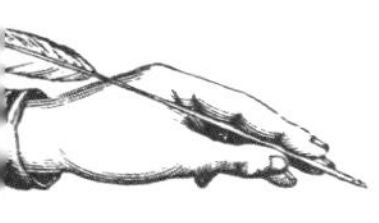

더듬거리며 길을 모색했다."[16] 분명한 것은 문체는 모방의 영역이 아니라는 점이다. 그러니 다른 작가의 작품을 아무리 읽어도 다른 작가의 문체를 자기 것으로 만들 수는 없다. 문체는 무수한 물음과 회의를 견디고, 자기 단련을 거쳐 만들어내는 것이다. 문체는 다른 그 무엇도 아닌 자기 내면의 분출이고, 반복할 수 없는 운명이다.

체액이 강요하는 필연

문학에서 스타일이란 개성적인 문체와 깊은 관련이 있다. 문체는 작가의 무정형의 정념과 회의, 삶의 편력, 세계관, 강박관념, 개성, 피의 기질이 한데 뭉쳐서 분출되는 융합적 결과물이다. 그것이 우연히 얻어지는 법은 없고, 오직 삶의 결과물로서 주어지는 것이다. 문체란 능력들의 균열, 불가사의한 혼합, 독창성의 실체적 구현이다. 그것은 숨길 수 없이 드러나는 표면으로써 작품에 선행한다. 모리스 블랑쇼는 『도래할 책』에서 문학의 시작은 글쓰기라고 말한다. "글쓰기는 여러 가지 의례의 총체이고, 분명하거나 은밀한 하나의 예식이다."[17] 이 글쓰기의 핵심이 문체이고, 문체야말로 스타일의 중추다. 블랑쇼는 문체를 이렇

16 조이스 캐롤 오츠, 『작가의 신념』, 송경아 옮김, 은행나무, 2014, 44쪽.

17 모리스 블랑쇼, 『도래할 책』, 심세광 옮김, 그린비, 2011, 388쪽

게 정의한다. "문체를 이야기하자면, 그것은 피나 본능의 신비와 연관된 어둡고 아무도 모르는 부분, 격렬한 심연, 이미지의 농밀함, 우리의 육체나 욕망, 우리 자신에 대해서도 닫힌 우리의 숨겨진 등 여러 취향이 맹목적으로 이야기하고 있는 고독한 언어활동(langage)일 것이다. 작가는 자신의 언어체계를 선택하지 않는 것과 만찬가지로 자신의 문체를 고르지 않는다. 문체는 체액이 강요하는 필연이며, 자신 안에 있는 분노이고, 그의 격정이나 경련이며, 자기 자신과의 내밀한 관계로부터 생겨나는 완만함과 신속함이어서, 그는 이러한 것들에 대해서 거의 아무것도 알지 못한다."[18] 아마도 블랑쇼만큼 문체에 대한 투명한 응시를 보여주는 예를 찾아보기는 힘들 것이다. 문체는 문학의 일부로 귀속하는 비인칭적인 것이며, 작가마다의 비밀에 속하는 영역이다. 우리가 읽는 것은 문체의 국면, 즉 이것 안에 깃든 작가의 세계에 대한 전체적인 경험뿐만 아니라 작가의 내면에서 소용돌이치는 물음들, 편견의 심연, 억제할 수 없이 터져나오는 슬픔과 분노, 그리고 그 안에 격동하는 힘들이다. 작가들은 자신의 문체에 대해 의식하지 않는다. 문체는 작가의 도움이 없어도 저 스스로 발광한다. 문체란 블랑쇼가 말하는 바 "체액이 강요하는 필연"이기 때문이다.

18 모리스 블랑쇼, 앞의 책, 388쪽.

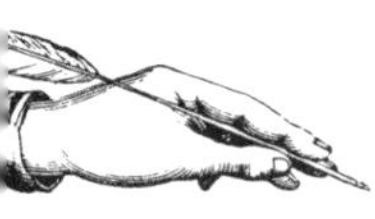

나는 게 그림 한 점을 그리기 위해 황제에게 7년에 이어 또다시 7년을 더 얻어낸 화가의 요구와 고민을 이해할 듯싶다. 붓을 들지도 못한 채 허송세월한 것은 이 세월이 창조를 위해 반드시 필요한 비인칭적 강박의 시간이었기 때문이리라. 화가는 제 전 생애를 통해, 경험의 심연에서 꿈틀대는 게를 끌어내야 한다. 하지만 그는 여러 해를 허송세월로 보낸 끝에 비로소 그림을 마무리한다. 그 완성은 최종적 타협의 산물이다. 사실을 말하자면 사물이나 풍경을 그리는 기술의 문제라면 화가에게 아무 문제도 아니었을 것이다. 그는 이미 최고의 경지에 오른 화가였지만 세상에 없는 것을 창조해야 한다는 압박감 속에 처해 그려진 그림과 끝내 그려지지 않는 그림 사이에서 기다리고 기다리면서 무한을 소진할 수밖에 없었을 것이다.

좋은 작가가 쓴 작품을 읽으면 오리지널리티가 일관적이면서도 강한 흐름으로 느껴진다. 오리지널리티는 기존 작가의 것과는 다른 무엇, 지극히 개인적인 것, 독특한 어조, 새로운 표현 양식을 포괄하는 것으로, 이를테면 작가의 서명 같은 것이다. 작가의 독창적인 창조의 영역에서 추출된 그 오리지널리티가 바로 작가의 문체이자 스타일이다. 무라카미 하루키는 이 스타일이 작가의 "자발적·내재적인 자기 혁신력을 갖고" 시간의 경과와 함께 "성장해" 가는 것이라고 규정한다.[19] 스타일이 없다면 어떤 소재를 다루든지 간에 아직 미숙한 작가이고, 오리지널리티를 가진 작가라고 말하기 어렵다. 애초에 그런 오리지널리티가 없다면 재능이 없다는 치명적인 증거일 테다. 그러니 작가의 길을 처음부터 포기하는 것이 좋다. 자기만의 감각으로 세계를 바라보고 인식하며, 자기만의 독창적인 상상력으로 자기 스타일을 일구는 작가만이 결국 좋은 작가로 거듭난다. 스타일이란 좋은 작가에게만 씌우는 영예로운 면류관이다.

19 무라카미 하루키, 앞의 책, 98쪽.

영혼 없는 글을 쓰느니 낮잠이 낫다

여름 폭염이 끝나자 찬바람이 불고 가로수로 도열한 은행나무 잎들은 노랗게 물들어 간다. 그 많던 여름의 빛은 다 어디로 갔는가. 옛날에 멸망한 옛 나라의 고도(古都)에 여름의 잔해가 함부로 나뒹군다. 밤의 창백한 달은 공중 높이 빛나고, 어두운 풀숲에서 풀벌레들은 맹렬하게 울어댄다. 이 가을밤, 잠 못 든 채 서성이다가 문득 이 계절이 어떤 끝들을 향해 가는가에 대해 몇 자 적고 싶어진다. 구절초의 꽃잎과 새벽이슬 젖은 채 방충망 아래 죽은 매미들에 대해, 전면적으로 이루어지는 조락(凋落)과 가을의 양광 아래 몸을 말리는 살찐 뱀들의 게을러진 움직임에 대해, 태평양 건너 이국에 사는 딸의 안부에 대해, 다가오는 입동과 초빙(初氷)과 한반도에서 멸종으로 사라진 호랑이에 대해. 나는 결국 아무것도 쓰지 못한다. 가을밤은 고독으로 충만한 채 보내는 것도 좋으리라. 우리는 평균적으로 여든 번의 가을을 맞고 떠나보내겠지만 그 여든 번의 어느 가을도 똑같지는 않다. 취한 배같이 흘러와서 아무 일도 없다는 듯 지나가는 가을조차 평범하지 않다. 가을은 지구에서 사라진 드넓은 나라, 성대를 잃은 동물들, 빗방울을 기르는 나무들, 미지의 운명이 풍성하게 어우러진 우리가 태어나 처음 겪는 전대미문의 계절이다.

가을이 오면
어제 굶은 자를 하루 더 굶게 하고
오래된 연인들은 헤어지게 하고
슬픈 자에겐 더 큰 슬픔을 얹어주소서.
부자에게선 재물을 빼앗고
학자에게는 치매를 내리소서.
재물 없이도 행복할 수 있음을 알게 하고
닳도록 써먹은 뇌를 쉬게 하소서.
육상선수의 정강이뼈를 부러뜨려
혹사당한 뼈와 근육에 긴 휴식을 내리소서.
수도자들과 사제들에게는
금욕의 덧없음을 알게 하소서.
전쟁을 계획 중인 자들은

더 호전적이 되게 해서
도처에 분쟁과 혁명과 전쟁이 일어나게 하소서.
아우슈비츠 이후에도 시를 써온 자들은
서정시의 역겨움을 깨닫게 해서
이제 그만 붓을 꺾게 하소서.
그리하여 시집을 찍느라
열대우림이 사라지는 일이 없게 하소서.
다만 고요 속에서 이루어지는 시들고 마르고 바스러지는
저 무수한 멸망과 죽음들이
이 가을에 얼마나 큰 축복이고 행운인지를
부디 깨닫게 하소서.

졸시, 「가을의 시」

모호한 허무와 속절없음 속에서 이런 역설과 아이러니로 가득 찬 시나 쓰던 그해 가을 내 마음은 얼마나 사나웠던가! 오래된 연인과 헤어지고 욕망에 눈이 멀었던 내 가난한 마음은 사나운 맹수로 돌변했으니 이런 시나 썼을 테다. 가을의 신성(神聖)을 모독하고 악담과 저주를 퍼붓는 시를 후회하지는 않는다. 나는 몹시 지쳐 있었다. 그렇건만 가을은 사나운 폭염과 내 피를 훔치려는 물것들의 공격을 물리치고 얻은 전리품이다. 이 계절은 빵과 희망을 베푸는 동시에 저 보이지 않는 저편에서 무수한 멸망과 죽음들을 기른다. 나는 신들조차 침묵에 빠지는 이 계절에 무수한 삶을 살기 위해 죽어야 한다는 사실을 깨닫는다. 나는 직조공처럼 절망과 열망을 날실과 올실 삼아 삶의 안감을 짜야 하지만, 자, 일손을 놓고 바깥을 응시하자. 가을은 무른 영혼을 단련하기에 좋은 계절이다. 그래서 사람들은 도달할 수 없는 곳을 향해 떠나고, 떠나지 못한 자들조차 가을의 저변에서 서성이고 방황에 목을 매는 것이다.

어떤 글은 지루하고 권태에 빠뜨린다. 밋밋한 사유를 담은 상투적인 이야기를 늘어놓은 글을 읽을 때 그렇다. 관습적인 사유로 얼룩진 글에는 분명 뭔가가 빠져 있다. 정강이뼈가 부러지는 듯한 날카로운 고통은 물론이거니와, 새로운 발견이나 깨달음이 없고, 문장과 문장 사이에 침묵과 여백도 없고, 지적인 자극이나 감동은 눈을 씻고 찾아봐도 없는 글을 읽는 건 매우 지루하다. 평생 겪는 수많은 밤들은 다 다르다. 부엉이가 울던 밤, 개가 짖어대던 밤, 평온했던 밤, 아버지가 밤이슬에 젖은 채 돌아온 밤, 먼 친척의 부음이 전해진 흉흉한 밤, 어머니가 부엌에서 흐느끼는 것을 우연히 목격하고 의기소침해졌던 밤, 누이동생이 신열을 앓던 밤, 식구 중 누군가 귀가하지 않아 걱정하던 밤, 이웃 사람이 혁명이 일어났다고 바깥소식을 전하던 밤, 첫 키스의 추억이 아련한 밤, 유성우가 쏟아지던 밤, 누군가 떠나서 어깨뼈

를 탈골시키고 싶을 만큼 막막하고 슬펐던 밤……. 그러나 사물을 정밀하게 살피는 눈이 없다면 그 밤들은 똑같은 하룻밤으로 뭉개진다. 어제의 밤과 오늘의 밤은 차이가 있는데, 그 차이를 분별하는 매처럼 날카로운 눈이 없다면 그 밤들은 항상 똑같다. 새로운 인식과 분별도 없을 때 사람들은 쓰나마나한 무의미한 글쓰기를 반복한다. 이제 냉정하게 말하자. 아무 느낌의 울림도 없는 문장을 쓰느니 차라리 낮잠을 자는 게 낫다!

알아야 진실 되다

글쓴이의 체험을 반영하지도 않고, 독창적인 생각이 없다면 글들은 밋밋해질 수밖에 없다. 왜 그 글을 써야 하는지, 절박성이나 진정성 따위가 없는 것이다. 대개는 표피적 생각을 담은 글쓰기, 관습적인 글쓰기에 머문다. 그렇게 영혼 없는 글쓰기를 하는 까닭은 자기 체험, 자기 이야기를 끌어내는 방법을 모르는 탓이다. 사람들은 저마다 이야기의 풍부한 보고(寶庫)이다. 사람들 내면에는 정말 엄청난 이야기들이 숨어 있는데, 태반이 그런 사실조차 모른다. 먼저 자기가 가장 잘 아는 얘기를 써야 한다. 체험의 풍부한 세부를 주의 깊이 살피고, 그 안에서 얘기를 끄집어내라. "자신이 쓰고 있는 대상에 대해 충분히 알고 있다면 작가는 그가 아는 것들을 생략해도 된다. 작가가 더할 나위 없이 진실하게 썼다면, 독자는 그 작가가 아무것도 생략하지 않은 듯이 깊은 감명을 받을 것이다."(헤밍웨이, 『오후의 죽음』) 자기가 잘 모르는 것을 쓸 때 공허한 글쓰기를 할 가능성이 커진다. 아울러 글을 쓰려는 자는 많은 책들을 읽고 필요한 자양분을 취하고 제것으로 만들어야 한다. 책이라는 탐욕스러운 새 떼가 독자에게 달라붙어 피를 흡혈한다. 이번에는 독자들이 그 살찐 새 떼를 집어삼켜 제 정신을 위한 자양분으로 삼는다.

서울 살림을 접고 경기도 안성 호숫가로 작은 집을 지어 거처를 옮긴 뒤 해마다 봄이 오면 집 주변에 나무시장에서 사온 나무들을 심었다. 매화, 해당화, 모란, 영산홍같이 꽃을 관상하기 위한 나무들과, 감나무, 대추나무, 배나무, 복숭아나무, 매실나무, 앵두나무, 보리수 같이 열매가 열리는 유실수들을 두루 구해 심었다. 몇 해 지나지 않아 유실수들이 열매를 맺기 시작했다. 유독 눈길을 끈 것은 대추나무다. 대추나무는 다른 유실수보다 늦게 잎과 꽃을 피우고 열매를 맺었는데, 폭염과 장마를 거치며 열매가 속수무책으로 떨어졌다. 가을 무렵 대추나무 가지에는 대추가 불과 대여섯 개밖에 달려 있지 않았다. 대추나무 가지에 매달린 붉고 단단하게 익은 대추알들을 보고 어느 가을밤, 이런 짧은 시 한 편을 썼다.

저게 저절로 붉어질 리는 없다.
저 안에 태풍 몇 개

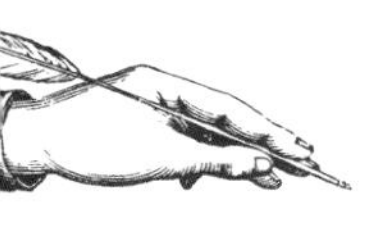

저 안에 천둥 몇 개
저 안에 벼락 몇 개

저게 저 혼자 둥글어질 리는 없다.
저 안에 무서리 내리는 몇 밤
저 안에 땡볕 두어 달
저 안에 초승달 몇 날

졸시, 「대추 한 알」[20]

대추나무는 어디서나 볼 수 있는 흔한 유실수 중 하나고, 엄지 손가락 한 마디만 한 대추 역시 흔하다. 나는 그 흔한 것을 시로 썼다. 아무 꾸밈도 없이 담담한 마음으로 쓴 이 시는 우연한 계기로 세상에 널리 알려지면서 중학교 국어교과서에도 실렸다. 정말 많은 사람들의 애송시로 회자되는데, 정작 당사자인 나는 이 작품이 이토록 널리 사랑을 받게 되리라고는 전혀 예감하지 못했다. 이 시는 단지 대추가 겪은 신산스러운 이력에 대해서 쓴 게 아니다. 이 시의 이면에는 내가 겪은 수많은 삶이 녹아 있다. 그것은 전적으로 내 이야기들이다. 이때 이야기란, "말하는 행위

20 장석주 시집, 『붉디 붉은 호랑이』, 애지, 2005.

안에서 있는 모든 것"이고, "우리는 이야기로 길을 찾고, 성전과 감옥을 지어 올린다." 어디 그뿐인가. "하나의 장소가 곧 하나의 이야기이며, 이야기는 지형을 이루고, 감정이입은 그 안에서 상상하는 행위이다."[21] 사람들은 저마다 다른 이야기로 이루어진 존재다. 크고 작은 시련들, 인생의 고비마다 겪은 역경들, 연애의 실패, 인내와 숙고와 기다림들, 변함없던 벗들과의 우정……. 그러니까 이 여덟 행에 불과한 시 안에 이 모든 영혼의 스토리가 다 담겨 있다.

깊이를 두고 숙성하라

글을 쓸 때는 진심을 다해 써라! 선사가 좌선을 하듯 맹렬하게 집중하는 글쓰기! 자기만의 체험에서 길어낸 사유, 상상력, 창의적인 관점이 없다면 그런 글은 진부함으로 얼룩지고 만다. 대개 표층의 사유는 진부함을 벗어나기 힘들다. 진부함은 글쓰기에서 피해야 할 가장 큰 악덕이다. 대학교의 문예창작과나 시립도서관의 글쓰기 교실에서 강의한 경험에 의거해 말한다면, 초보자들은 이 표층적 글쓰기에서 벗어나지 못한다. 생각은 좁고 졸렬하며, 표현은 빈곤하고, 글은 아무 울림도 없는 화석 같은 상태다. 클리셰로 얼룩진 글들. 자기 생각의 함량이 현저하게

21 리베카 솔닛, 『멀고도 가까운』, 김현우 옮김, 반비, 2016, 13쪽.

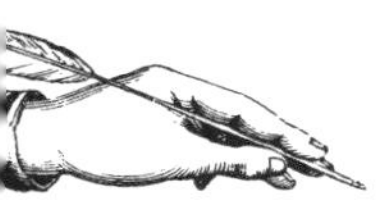

작은 글들. 그런 글들은 십중팔구 실패로 귀착한다.

왜 이런 실패에 이르는가? 상투적인 글쓰기는 그들이 제대로 된 글쓰기 학습이나 훈련이 없었기 때문이리라. 그들은 도무지 무엇을, 어떻게 써야 할지 모른다. 체험의 심부, 무의식의 격동 속에서 생각의 실마리를 찾지 않고, 단지 머리를 쥐어짜서 써낼 뿐이다. 이른바 영혼 없는 글쓰기다. 어떤 사물, 어떤 현상에 대해 독창적인 관점을 취하지 않으면 좋은 글을 쓸 수가 없다. 최초의 착상, 아이디어, '평범한 경계선'을 넘어서 오는 경험의 발견, 무의식의 솟구침은 글쓰기의 좋은 씨앗이다. 거기에서 얻은 생생한 감정과 감각들을 생동하는 언어로 써야 한다. 표현은 언어를 통해 완성되는 것이다.

초고를 썼다면 그 다음은 '숙성'의 과정이 필요하다. 글쓰기 초보자들은 이 '숙성'의 중요성을 깨닫지 못한다. 초고를 쓴 뒤 출력해서 책상 서랍에 넣은 뒤 한동안 들여다보지 않고 방치한다. 이것은 '망각'을 위해 거쳐야 하는 필요한 과정이다. 그 글을 썼다는 사실조차 까마득하게 잊어버린 뒤 어느 날 다시 꺼내 읽는다. 망각 뒤에 읽으면 그 글은 내가 쓴 것임에도 불구하고 낯설어 보인다. 그 작품을 붙들고 마음에 들 때까지 몇 번이나 읽고 고쳐나간다. 이것을 퇴고라 하는데, 어떤 글은 열 번, 스무 번 퇴고를 한다. 책을 쓰는 일은 긴 여정이다. 따라서 오랫동안 노동의 강도를 감당하고 긴장을 견뎌낼 만한 체력이 필요하다. 장편소설이나 두꺼운 책을 쓰면서 퇴고를 할 때 지치지 않는 체력이 반드시 필요하다. 한 유명한 소설가는 이런 조언을 한다. "기초 체력이 몸에 배도록 할 것. 다부지고 끈질긴, 피지컬한 힘을 획득할 것."[22] 정신의 나태와 방만함은 신체의 부실함에서 기인하는 바가 크다. 영혼을 다한 글쓰기를 하려면 먼저 근육과 체력을 키워라. 영혼의 글쓰기란 기본적인 체력에 의해서만 뒷받침되며, 그런 체력에서 나오는 집중력이 없다면 불가능한 일이다.

22 무라카미 하루키, 『직업으로서의 소설가』, 양윤옥 옮김, 현대문학, 2016, 260쪽.

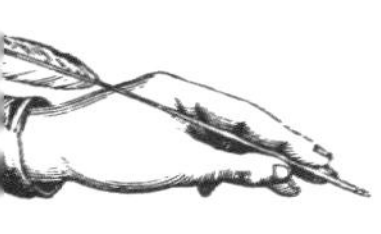

악마조차 감동하는 글쓰기

작가가 되려면 많은 책을 읽어야 한다. 의심할 여지없이, 이 말은 진리다. 다양한 책 읽기, 경험의 심연을 들여다보기, 넓게 사유하기! 무엇보다도 독서 경험 자체가 훌륭한 문학 수업이다. 우리는 작가들의 책을 읽으면서 자기 체험을 문학 언어로 형상화하는 기술을 배우는 것이다. 책을 읽는 것은 대가들의 글쓰기 기술을 배우기 위함만이 아니다. 글쓰기 기술을 넘어서는 것, 즉 대가들의 글쓰기 태도와 원칙들을 익히는 게 중요하다. 원숙한 작가들의 태도는 물론이거니와 사유하는 방식, 사물과 세계에 대한 반응, 그리고 도약하는 상상력을 눈여겨보라. 카프카에서 오에 겐자부로까지 세계의 작가들에게서 배우고자 했던 것은 기술을 넘어서는 그런 것이다. 이들은 영혼의 심오함을, 삶의 모호한 국면을 투명하게 응시하고 드러내는 글쓰기를 했다. 그 심오함은 어떤 태도를 통해 예기치 않은 순간에 불거진다.

책 읽기란 프루스트의 말대로 "눈이 하는 정신 나간 짓"[23]일 뿐인지도 모른다. 정말 그것뿐일까? 우리가 책을 읽을 때 눈이 지면을 훑어가면서 '보는' 것은 자음과 모음으로 조합된 문자다. 이 문자란 기호에 지나지 않는다. 이 문자들을 꼭꼭 씹어서 삼키듯이 읽는 건 아니다. 우리는 눈으로 지면을 스윽 훑고, 그다음 머리로 유추하고 분석하며 집어삼킨다. 진짜 보는 것은 항상 문자 너머에 있다. 우리가 무언가를 읽을 때 공감각이 작동하면서, 소리를 보고, 색깔을 들으며, 냄새의 세계 속에 온몸을 맡기는데, '읽기'라는 행위는 텍스트에서 촉발된 상상하고 환원할 수 있는 저 너머의 세계를 헤매는 일이다.

책 읽은 사람의 상상 속에는 이미지라는 불청객들이 무시로 드나든다. 소설을 읽었을 때 뇌에 앙금처럼 남는 것이란 우리가 기억하고 싶은 대로 왜곡된 것, 제멋대로 각색되어 믿을 수 없게 되어버린 허구의 기억이다. 피터 멘델선드는 "책 읽기는 경험한 '현재'를 하나씩 하나씩 차례로 실에 구슬 꿰듯 잇는 게 아니다"[24]라고 단정한다. 책 읽기는 과거와 현재와 미래를 뒤섞고, 그

23 피터 멘델선드, 『책을 읽을 때 우리가 보는 것들』, 김진원 옮김, 글항아리, 2016, 186쪽.
24 피터 멘델선드, 앞의 책, 125쪽.

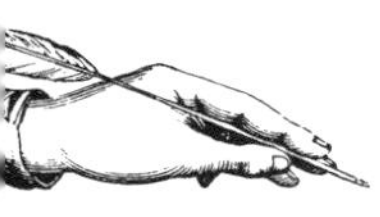

것이 뒤죽박죽 뒤엉[25]키는 과정이기 때문이다. 그에 따르면 "읽은 내용에 대한 기억(과거)과 '바로 지금' 의식하는 체험(현재)과 읽을 내용에 대한 추측(미래)이 서로서로 뒤엉"키는 것이다. 이렇게 과거-현재-미래가 뒤엉켜 혼융될 때 우리는 의미 유추의 불능 상태에 빠진다. 하지만 책은 문을 꽉꽉 닫은 채 좀처럼 제 안의 비밀을 누설하지 않는다.

독자는 거의 아무것도 이해하지 못한 채 그다음 페이지로 밀쳐진다. 이때 기억의 강박증에 매인 독자라면 더 이상 앞으로 진전할 수가 없다. 그의 독서는 이 지점에서 돌연 멎는다. 그런 강박증에서 자유로운 사람만 책 읽기를 이어갈 수가 있다. 눈은 지면에 머물며 그 내용을 훑지만, 어느 부분은 문맥의 이해와 상관없이 껑충 건너뛴다. 왜 그럴까? 처음 책을 펼친 순간 아직 의식은 산만하게 흩어진 상태이기 때문이다. 책은 이 무질서와 혼란으로 뒤엉킨 의식 상태를 비집고 들어오려고 하지만, 방금 펼친 상태에서 책은 머릿속으로 일목요연하게 장악되지 않는다. 어느 정도 시간이 흐른 뒤에야 의식은 책에 집중한다. 우리는 책을 읽으며 몽상에 빠지고 그 몽상이 이끄는 대로 상상을 펼친다.

상상을 통한 자유연상은 책의 내용과 딱히 관련이 없다. 그것은 어떤 것에 자극된 기억을 기반으로 하는데, 닫힌 기억의 빗

25 피터 멘델선드, 앞의 책, 126쪽.

장이 풀리면서 기억의 창고 안에 쌓여 있던 것들이 밖으로 쏟아져나온다. 그것은 그냥 기억이 아니라 상상과 뒤섞인 기억이고, 상상에 의해 부풀려진 기억이다. 사실 기억과 상상은 서로 맞물려 있다. "기억은 상상으로 짓고, 상상은 기억으로 짓는다."[26] 우리의 기억이 늘 모호한 이유가 거기에 있다. 기억은 실제와 달리 왜곡되고 변형된 기억이다. 그 왜곡과 변형에 관여하는 게 바로 상상이다. 진짜 책 읽기는 문맥에 대한 이해가 아니라, 공감각적 전이에 의한 이미지를 떠올리기이고, 현재 속에서 과거를 겹쳐 내는 행위이며, 마음속에서 떠오르는 대로의 무한자유 누리기, 즉 상상활동이 그 핵심이다. 독서는 내용을 '보는' 것이 아니라 상상 '하는' 것이다.

대가들의 책을 읽는 것, 이 사적이고 은밀한 행위를 통해 우리는 책을 '연주'한다. "우리는 책을 연주한다. 정확하게 책 읽는 행위를 연주한다. 우리는 책을 연주하면서 공연에 참여한다."[27] 전업작가가 되려면 독서의 열정이 본성으로 고착되어야 한다. 성공한 작가들 대부분은 습작하는 내내 독서광으로 산 것에 대한 자긍심을 갖고 있다. 프루스트, 카프카, 나보코프, 헤밍웨이에서 레이먼드 카버, 폴 오스터, 무라카미 하루키, 오르한 파묵에 이

26 피터 멘델선드, 앞의 책, 317쪽.
27 피터 멘델선드, 앞의 책, 178쪽.

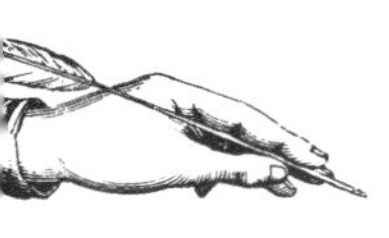

르기까지 단 하나의 예외도 없다. 이들은 젊은 시절, 읽고, 읽고, 또 읽으며 시간을 보냈다. 책 읽기를 좋아하지 않는다면 작가를 직업으로 삼을 생각을 아예 하지 말아야 한다.

내면에서 벼려지는 창조성

글쓰기는 창조적 통찰의 영역에 속한다. 그것은 새로운 것을 창조해서 세계에 보태는 일이다. 창조는 경험에 대한 직관적 이해이고, 이는 사물과 세계에 대한 새로운 통찰에 바탕을 둔다. 인생의 중요한 경험들은 영혼의 내면 지형을 바꾸는 감각적인 질료들이다. 글쓰기는 평범한 생활에 연관된 경험이거나, 혹은 우연과 기이함을 느끼게 하는 특별한 경험을 바탕으로 이루어진다. 글쓰기에 막 입문하는 자들은 이 경험이라는 질료 앞에서 창조성과 불안 사이에서, 재능에 대한 불안과 쓰고자 하는 의욕 사이에서 진자운동을 한다. 불안이 항상 나쁜 것만은 아니다. 불안은 의식과 감성을 날카롭게 벼리는 데 기여한다. 어느 정도 불안을 품을 때 무덤덤한 상태에 있을 때보다 더 예민한 글쓰기가 가능해진다.

글쓰기는 창조성을 언어로 구현해내는 일인데, 언어가 그 도구다. 작가에게 언어란 광부의 곡괭이와 같다. 언어는 모호함과 불확실함에 맞서 형태 없는 것에 형태를, 윤곽 없는 것에 윤곽을 만들어주는 일이다. 언어는 이것을 수행하는 가장 기초적인 도구이자 기반이다. 글쓰기에 나서는 사람은 언어에 통달해서 언어를 자유자재로 다룰 수 있어야 한다. 아무 형태 없이 질료 상태에 있는 것들에 언어라는 형상을 입히기, 그게 글쓰기다. 창조는 아무것도 없는 바탕에서 만들어지는 게 아니다. 이미 있는 것들을 뒤섞고 숙성시켜 세상에 없는 새로운 것을 빚는 일이다. 빚어낸다고 했지만 기존 것들의 배열만 바꿔도 새로움이라는 효과가 나타난다. 글쓰기에서 질료가 되는 재료는 일차적으로 꿈·기억·환경이다. 창조는 이것들 속에 무질서하게 움직이는 힘들, 이 힘의 배열과 구조를 바꾸는 것이다.

창조에 대해 더 생각해 보자. 창조성은 가장 앞세워야 할 가치이자 하나의 에너지 덩어리다. 글쓰기에서 '신성한 불꽃' 같은 생동감 있는 창조성의 발현은 내적인 고요함에서 이루어진다. 내면이 혼란과 소음으로 어지러울 때 제대로 된 단 한 문장도 쓸 수가 없다. "창조성은 한편으로 '신성한 불꽃'에, 설명할 수 없이 떠오르는 참신한 아이디어, 다시 말해서 영감에 의존한다. 그 비밀이 스스로 모습을 드러내게 하는 조건은 집중력과 내적인 고요함이다."[28] 창조성은 헌신적인 자기 투신의 시간, 즉 고도의 집중력에서 나온다. 글쓰기를 하는 자에게 혼자 있기와 더불어 '내적인 고요함'은 무리에 휩쓸리지 않고 혼자 사유하는 공간과 자유를 확보하기 위해 반드시 필요한 조건이다. 그런데 창조성의 기반인 집중력과 내적인 고요함은 저절로 얻을 수 있는 게 아니

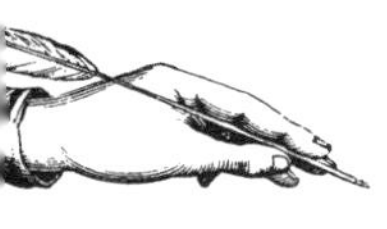

다. 이것은 지속적인 학습과 훈련을 통해서만 기를 수 있는 미덕이다.

준비된 자가 쓴다

다시 한 번 강조하건대, 글쓰기는 꾸준하면서도 반복적인 연습이 필요하다. 좋은 작가들은 쓰고, 쓰고, 또 쓰는 일을 게을리하지 않는다. 창조성은 그런 훈련을 반복한 결과물이다. "모든 힘들의 배열 전체를 아우를 수 있는 시야를 확보하고 있어야 그 힘들을 뚜렷이 의식할 수 있다. 그래야 그 힘들의 원칙들을 명확히 의식하는 것이다. 연습이란 한마디로 그런 것이다."[29] 창조는 우연히 하늘에서 떨어지지 않고 무수한 연습의 바탕 위에서 이루어진다. 세상에 없는 새로운 것을 빚어야 한다면 창조가 삶의 양식(樣式)이 되어야 한다, 이 창조성을 살찌우고 규모를 키우려면 어떻게 해야 하는가? "이 에너지를 이끌어내는 수단에 대해서는 이미 잘 알려져 있다. 육체 단련과 좋은 섭생, 양질의 수면, 꿈을 추구하는 것, 명상, 삶의 기쁨을 만끽하는 것, 책을 많이 읽고 폭넓은 경험을 쌓는 일 등이다."[30] 글쓰기에 집중하려면 안정된 섭생과 수면을 통해 항상 최고의 심신상태를 유지하고, 명

28 프랑크 베르츠바흐, 『무엇이 삶을 예술로 만드는가』, 정지인 옮김, 불광출판사, 2016, 190쪽.

29 프랑크 베르츠바흐, 앞의 책, 202쪽.

30 프랑크 베르츠바흐, 앞의 책, 211~212쪽.

상과 독서를 하는 게 도움이 된다.

글쓰기는 결국 경험과 이야기의 구조화다. 시든 산문이든 소설이든 모든 글쓰기는 구조의 건축술이다. 구조는 평면이 아니라 입체인데, 지붕, 벽, 창문, 바닥, 문, 마루 따위들로 이루어진다. 글이 구조화에 실패할 때 그것은 무질서하고 조악하며 평면에 머무른다. 구조화에 이르지 못한 글은 리듬감이 없는 문장들이 뒤섞인 채 진부한 형식에 갇힌다. 그런 글에는 지각의 명징함이나 숙고의 흔적, 새로운 앎의 발견이 깃들지 않는다. 평범한 소재, 평범한 사유의 평면화에 그친 글은 입체화하는 데 실패한다. 좋은 글은 흠잡을 데 없이 완벽한 구조화에 이른다. 위대한 문학은 몇 개의 좋은 문장으로 요약되지 않고, 구조를 통해 그 심오함과 의미를 전달하고, 관습적인 인식에서 벗어나 홀연한 인지적 유연성으로 이끌며 형언할 수 없는 기쁨과 감동을 자아낸다.

좋은 글은 꿈, 기억, 상상력을 뒤섞고 발효할 때까지 진득하니 기다려야 나온다. 경험을 살피고, 내면에서 울려나오는 목소리를 들어야 하며, 삶의 모든 찰나들에서 새로운 통찰을 이끌어내야 한다. 이를 위해 필요한 것이 인내와 기다림이다. 글을 쓰려면 기다리고, 기다리고, 또 기다려야 한다. 기다림은 에너지를 집중하기 위함이다. 준비가 되었다면, 첫 문장은 머뭇거리지 말고 과감하게 써라. 화살이 활시위를 떠나듯이. 혹은 갑자기 말문

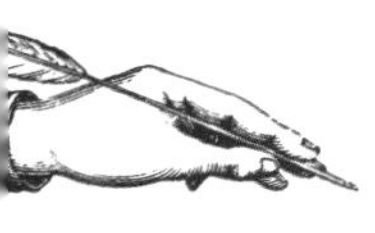

이 터진 벙어리 소녀가 말을 쏟아내듯이. 다만 자만심이나 나태함과는 결별하라. 먹잇감을 노리는 뱀처럼 주의를 집중하고, 비둘기처럼 날개를 펼쳐 공중으로 도약하라. 언제나 사물과 세계를 처음 바라보는 자의 경이로움을 갖고 써라.

나는 좋은 산문을 만날 때마다 속절없이 매혹당했다. 내가 아껴가며 읽은 산문들은 다음과 같다. 알베르 카뮈의 『결혼·여름』, 장 그르니에의 『섬』, 앙드레 지드의 『지상의 양식』, 니코스 카잔차키스의 『어두운 심연에서』, 다니자키 준이치로의 『그늘에 대하여』, 이태준의 『무서록』, 고은의 『세노야 세노야』, 김화영의 『행복의 충격』, 김훈·박래부의 『문학기행』, 이광호의 『지나치게 산문적인 거리』, 루스 베네딕트의 『국화와 칼』, 막스 피카르트의 『침묵의 세계』, 마르탱 파주의 『비』, 프랑수아 줄리앙의 『무미예찬』, 마르크 드 스메트의 『침묵예찬』, 미셸 투르니에의 『흡혈귀의 비상』, 앙토냉 아르토의 『나는 고흐의 자연을 다시 본다』, 세이 쇼나곤의 『마쿠라노소시』, 발터 벤야민의 『일방통행로』, 수전 손택의 『은유로서의 질병』, 롤랑 바르트의 『기호의 제국』, 알랭 드 보통의 『행복의 건축』, 샤를 보들레르의 『화장 예찬』, 오르한 파묵의 『다른 색들』. 다양한 주제들을 다룬 이 산문들을 읽으며 사유를 정제하고 문장을 가다듬는 법을 배웠다. 이 산문들을 통해 자양분들이 내 문장에 스며 살이 되고 피가 되었을 테다. 나는 지금까지 시, 근대, 사랑, 사물, 일상, 책 읽기, 고독,

시간, 장소, 병, 죽음, 미니멀라이프 따위에 대해서 썼다.

자, 낯익은 것을 낯설게 보라. 세상에 처음 태어난 자의 눈으로 사물을 보듯. 낯설게 하기는 새로운 인지의 지평을 얻는 수단이다. 그다음 명쾌하고 생동하는 언어로 독자의 마음을 사로잡을 만한 것을 써라. 스타일이 없는 글은 죽은 글이다. 다른 작가의 것을 모방하지 말고 자기만의 문체로 써라. 자신의 개성, 피의 기질, 독특한 호흡법이 문장에 스며들도록 하라. 스타일은 누가 보아도 자기의 글임을 증명하는 여권이다. 악마의 마음을 사로잡아 악마의 눈에서 눈물이 흐를 만큼 감동할 만한 글쓰기를 하라. 그렇지 않다면 아까운 인생의 시간을 허비하면서 글을 쓸 이유가 없다.

그 힘은 이야기의 진정성과 집중력에서 나온다. 글을 쓸 때는 몰입하라. 자기가 잘 아는 세계에 대해 쓰되 독자들이 알고 있는 것과 다른 얘기를 펼쳐라. 누구나 자기가 산 만큼 쓸 수가 있다. 자기가 겪은 것을 잔뜩 부풀려 과장하고 그 이상을 쓰려는 자들은 거짓과 과잉, 허영심의 유혹에 빠져들기 쉽다. 한 번뿐인 경험을 마치 빛나는 보석인 듯 주의를 기울여서 살펴라. 경험에 상상력을 불어넣고 그것이 어떤 파장을 만드는지를 보라. 경험에 상상력이라는 자양분을 보태고, 독창적인 관점을 취하고, 전혀 새로운 방식으로 얘기를 끄집어내라. 새로운 이야기라야만 독자에게 창조적인 기쁨과 만나는 순간들을 선물하면서 흥미를 이끌어낼 수가 있다.

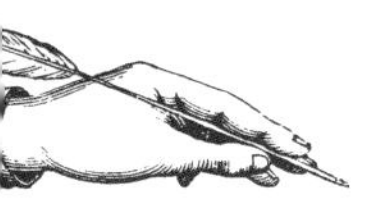

읽고 쓴다는것

누구나 읽는 자에서 시작한다. 나 역시도 그랬다. 읽을 수 있는 모든 것을 읽어내고, 더러는 읽을 수 없는 것조차 읽으려고 했다. 활자로 이루어진 모든 것에 대한 중독, 즉 책, 신문, 기업의 리플릿, 약의 사용설명서 따위, 그 밖의 활자로 이루어진 모든 것을 닥치는 대로 읽는 행위는 무한성 앞으로의 자발적 자기 소환, 혹은 '살아 있음'의 지도 그리기다. 사사키 아타루에 따르면, 읽기는 "실오라기 하나 걸치지 않은 무의식의 벌거벗은 형태로 도박"[31]을 하는 것이다. 무의식의 층위에서 나는 아무것도 되지 않은, 그 무엇이 될 수도 있고 아무것도 아닌 채로 머물 수 있는, 한 마디로 말해, 무위자연(無爲自然) 상태이

31 사사키 아타루, 『잘라라, 기도하는 그 손을』, 송태욱 옮김, 자음과모음, 2012, 51쪽.

다. 읽기가 이루어지는 순간 무의식에는 균열이 일어나며 '하나'는 여럿으로 쪼개진다. 질 들뢰즈와 펠릭스 가타리의 용어를 빌려 말하자면 "'리좀 모양이 된다는 것'은 줄기들이 새롭고 낯선 용도로 사용되어도 상관없으니, 뿌리를 닮은 줄기들, 더 정확히 말하면 나무 몸통으로 뚫고 들어가면서 뿌리들과 연결접속되는 굵고 가는 줄기들을 생산하는 것을 의미한다."[32] 나는 리좀이라는 뿌리줄기로 변해 여기저기로 뻗어간다. 무의식이라는 뿌리줄기에서 더 많은 굵고 가는 줄기를 이리저리 뻗는데, 어느덧 한 몸통을 가진 나무에서 뿌리줄기로, 하나에서 여럿으로 변한다. 리좀은 무수한 새로운 관계의 생성이다. 그러나 "리좀은 '하나'로부터 파생되어 나오는 여럿도 아니고 '하나'가 더해지는 여럿(n+1)도 아니다. 리좀은 단위로 이루어져 있지 않고, 차원들 또는 차라리 움직이는 방향들로 이루어져 있다. 리좀은 시작도 없고 끝도 갖지 않고 언제나 중간을 가지며, 중간을 통해 자라고 넘쳐난다."[33] 이런 맥락에서 나는 무의식의 다양체다. 무의식으로서의 '나'는 나무의 형태를 취하지 않고, 뿌리줄기로 변하고 뻗는다. 뿌리줄기는 고른 판 위에서 동시에 여러 방향으로 뻗어간다. 그러는 사이 '나'는 본성이 바뀌고 끝없이 변신한다. "리좀

32 질 들뢰즈 · 펠릭스 가타리, 『천 개의 고원』, 김재인 옮김, 새물결, 2001, 35쪽.
33 질 들뢰즈 · 펠릭스 가타리, 앞의 책, 47쪽.

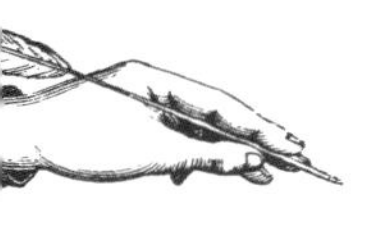

은 항상 선들로만 이루어"질 뿐 아니라 "변이, 팽창, 정복, 포획, 꺾꽂이를 통해 나아간다."[34] 이 선은 여러 방향으로 뻗어가며 새로운 연결접속을 만든다. 질 들뢰즈와 펠릭스 가타리는 이 선을 도주선 또는 탈영토화선이라고 부른다. 토끼는 드나드는 입구를 만들되 포식자가 덮칠 때 달아날 또 다른 구멍을 만든다. 이게 바로 도주선 또는 탈영토화의 선이다.

읽기란 놀이다

읽는 자는 대개 읽고 있는 것과 연애에 빠진다. 누군가를, 혹은 무엇인가를 사랑한다는 것은 무엇인가? "언제나 군중 속에서 한 사람을 포착해내고 그가 속해 있는 집단에서 그를 가려낸다는 것. 그것이 아무리 작은 집단이라도, 가족이든 다른 뭐든 간에. 나아가 그 사람에게 고유한 무리들을 찾아내고, 그가 자기 안에 가두어놓고 있는, 아마 완전히 다른 본성을 가졌을 그의 다양체들을 찾아낸다는 것. 그것들을 내 것에 결합시키고 내 것들 속으로 그것들을 관통하게 만들고 또한 그 사람의 것을 관통해 간다는 것."[35] 독서는 연애다. 연애는 뿌리줄기가 어느 방향으로 뻗어나가다가 만난 연결접속이다. 이 연결접속이 도주선 또는

34 질 들뢰즈·펠릭스 가타리, 앞의 책, 47쪽.
35 질 들뢰즈·펠릭스 가타리, 앞의 책, 71쪽.

탈영토화의 선을 만든다. 나는 달아난다. 내 본성은 바뀌고 변한다. 나는 연애에 빠질 때 '하나'가 아니라 여럿, 차라리 강렬한 무리다. 연애에 빠진 자는 무의식이라는 다양체 속에서 "늑대-되기, 탈영토화된 강렬함들의 비인간-되기"[36]로 나아간다. 읽기의 본질은 쾌락이고 놀이이다. 그것은 어떤 유용성이나 생산적인 목적을 갖지 않는다. 우리는 읽기란 '장(場)' 안에서 축구장으로 들어간 선수들이 공을 좇듯이 — 공은 어디로 갈지 예측하기 어렵다 — 책에 그려진 코드나 위계가 없는 무작위의 선을 따라 좇아간다. 그저 한없이. 읽기, 읽기, 읽기의 한가운데에서 나는 얼마나 많은 분화와 분열을 겪고, 변화를 그리며, 새로운 선을 따라 나아갔던가? 읽기라는 행위의 지속 가운데 겪은 가장 무서운 분열은 글쓰기의 발명이다. 이것은 읽기의 파생물도 아니고 퇴적물도 아니다. 글쓰기는 연애가 그렇듯이 무의식의 발명, 무의식이라는 다양체가 만들어낸 도주선이다. 나는 쓴다, 나는 그렇게 리좀으로 살며 리좀으로 달아난다.

읽는 자는 쓰는 자로

1850년 12월 16일 이른 오후, 허만 멜빌이라는 갓 서른 살이 된 미국의 젊은이는 책상 앞에 앉아 소설을 쓰고 있었다. 그는

36 질 들뢰즈·펠릭스 가타리, 앞의 책, 76쪽.

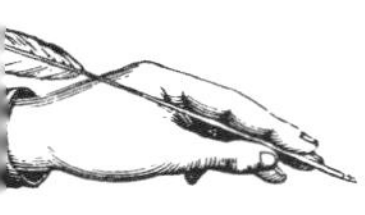

거대한 흰 고래를 쫓는 한 포경선 선장의 이야기를 쓰는 참이었다. 이 소설은 사람이 주인공이 아니라 차라리 자신의 자비, 자신의 힘만으로 스스로를 다스리는 바다, 지구를 뒤덮고 압도하는 바다, 황무지와 같은 바다, 무수한 생명들이 우글거리며 그 안에서 서로를 잡아먹으며 천지개벽 이래 끝나지 않는 전쟁에 빠져 있는 바다가 주인공이다. 그 안에 거대한 흰 고래라는 악마가 산다. 그는 아침마다 책상 앞에 앉아 소설 쓰는 일에 매달렸는데, 종종 자기가 쓰고 있는 이야기에 잡아먹힌다는 상상에 빠지곤 했다. 때로는 쓰는 일에 너무 열중한 탓에 밥 먹는 것도 잊었다. 시계를 보면 오후 네 시가 훌쩍 넘어 있었다. 이듬해에 『모비딕』이라는 소설을 출간했다. 그것은 진정한 미국의 서사시라는 평가를 받았다. "창조 신화, 복수 설화, 민간전설, 창조하고 또 파괴하고자 하는 상충하는 충동을 엮어 이 모든 것을 지구의 광대한 대양을 배경으로 펼치며, 미국의 강력한 원형을 거의 전부 구현"한 소설이다.[37] 허만 멜빌은 『모비딕』에서 자기만의 리좀을 찾아 헤맸던 게 아니었을까? 나는 바다라는 거대한 부조리의 세계에 내동댕이쳐진 인간의 사투, "자연의 어느 무엇을 볼 때보다도 더욱 강력하게 신성(神性)과 그 가공할 힘을 느"끼게 하고, "만약 앞날에 고도의 문명을 이룬 어떤 시적인 나라가 고대의

37 너새니얼 필브릭, 『사악한 책, 모비딕』, 홍한별 옮김, 저녁의책, 2017, 71쪽

유쾌한 오월제의 신들을 되살려, 오늘날 일신이 지배하는 하늘, 신들이 사라진 언덕에서 다시 왕좌에 올린다면, 틀림없이 거대한 향유고래가 주피터처럼 지고의 자리에 군림할" 것이라고 상상을 불러오는 악마고래를 쫓는 애이버브 선장의 복수심에 불타는 모험을 그린 허만 멜빌의 『모비딕』이야말로 리좀의 참 모습을 구현해낸 소설이다. 포경선 피쿼드호와 에이해브 선장은 거대한 흰 고래를 쫓아 지구 위의 거대한 대양을 종횡으로 가로지르는데, 이것이 바로 세계로부터 도주선을 타는 것이다. 그런데 에이해브 선장이 타고 달아나는 도주선은 안타깝게도 자기-파괴의 선이다.

읽는 자는 자기 안의 열망으로 말미암아 쓰는 자로 진화한다. 그가 원해서 그렇게 되는 것이 아니다. 읽는 동안 뇌가 바뀌기 때문이다. 읽는 뇌는 어느 순간부터 쓰는 뇌로 진화한다! 읽는 자는 틀에 박힌 자기를 거부하고 자기를 벗어난다. 그는 기어코 자기가 읽은 것을 전유하며 그 이야기를 타고 탈주의 선을 그리며 나아간다. 나는 쓴다. 쓰는 것은 언어를 언어 바깥으로 밀고 나가는 것, 어떤 '사이'를 지나가는 것, 전체에서 도주하는 것, 무리에서 탈주하는 것이다. 눈꺼풀로는 볼 수 없지만 간혹 눈을 감고 본 것들을 쓴다. 눈을 감고 눈꺼풀로 본 것이 상상력을 자극한다. 어린 시절의 깃발, 병, 울음, 시골집 안방의 앞문과 뒷문을 거쳐 뒤꼍 대추나무에 내리친 벼락, 들판 저 끝에서 타는 노을, 돼지 멱을

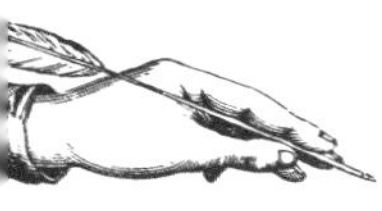

따는 어른들의 웃음소리, 돼지의 구멍 뚫린 멱에서 콸콸 쏟아지던 피, 웅덩이 가에 핀 여뀌, 오디를 따먹어 앞니가 까만 계집애, 떠돌이 사진사, 서리 내린 아침 땅에 추락한 매미들, 절집의 장례, 새벽의 곡(哭), 6·25 전쟁통에 부역자로 몰려 죽었다는 외할아버지, 고구마를 수확한 빈 밭, 개장수에게 끌려갔다가 한 달 만에 살아 돌아온 개, 운동장에 쌓인 적막 따위. 내가 눈꺼풀로 본 것은 달무리처럼 모호하고 어렴풋하지만 그것은 분명 과거의 퇴적물이지만 죽은 기억은 아니다. 내 글쓰기 욕망을 불러일으키는 것, 그것은 이미 오래 전 망각되고, 피와 살과 뼈를 이룬 기억이다.

쓰는 행위에 몰입할 때 그것 자체가 곧 리좀이다. 밥 먹는 것도 잊은 채 자기가 쓰는 이야기에 잡아먹혀버린 채 오직 쓰는 것에 몰입한 허만 멜빌이 그랬듯이. 쓰는 행위가 곧 리좀을 구현하고 외시한다. "그것은 출발점도 끝도 없는 시냇물이며, 양쪽 둑을 갉아내고 중간에서 속도를 낸다."[38] 다시 리좀으로 돌아온다. 나는 1993년 이후 전업작가를 선언하며 쓰는 자로 살았다. 실로 무수한 시간을 많은 이야기를 만들고 빚는 데 썼다. 랠프 왈도 애머슨이 말했듯이 "글을 쓰는 방법은 화살이 바닥났을 때 자기 몸을 과녁에 던지는 것"이라면 나는 쓸 수 있는 모든 것을 쓰고, 쓸 수 있는 것이 바닥을 드러낼 때 쓸 수 없는 것조차 쓰려고 했다. 그것은

38 질 들뢰즈·펠릭스 가타리, 앞의 책, 55쪽.

화살이 떨어진 궁수가 자기 몸을 과녁에 던지는 행위일 테다. 나는 번번이 쓰는 것에 실패했다. 내가 쓴 책은 그런 실패의 집적물이다. 하지만 그것들은 저마다 도주의 선, 탈영토화의 선을 그리며 나아간 흔적을 보여준다. 우리는 왜 도주하는가? 잡히지 않으려고, 잡혀서 노예가 되거나 죽임을 당하지 않으려고!

욕망의 글쓰기

나는 스물 몇 해째 책을 쓰면서 산다. 이 쓰는 삶이 곧 자기 혁명이다. 사사키 아타루는 "텍스트를, 책을, 읽고, 다시 읽고, 쓰고, 다시 쓰고, 그리고 어쩌면 말하고, 노래하고, 춤추는 것. 이것이 혁명의 근원이라고 한다면 어떻게 될까요?"[39]라고 묻는다. 읽는 행위는 내 안의 내재성의 구조, 즉 힘과 의지의 지형과 양태를 바꾼다. 그것을 혁명이라고 할 수도 있고, 잉태라고 부를 수도 있을 테다. 책을 쓰는 것은 탈영토화의 한 방식인데, 이미 주어진 길을, 내가 이미 포획되어 있는 세상의 관습과 관례를 벗어나 멀리 달아나는 것이다. 자꾸 달아나라! 어디에서 어디로? 삶에서, 욕망에서, 낡은 관습에서. 삶은 무수한 실험이고, 잠재적 실패를 떠안고 있는 그 무엇을 움켜쥐려는 욕망이다. "그것은 하나의 수련이며, 하나의 불가피한 실험이다. 그것은 당신이 그

39 사사키 아타루, 앞의 책, 105쪽.

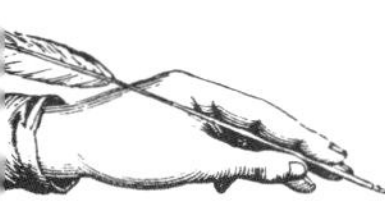

실험을 도모하는 순간 이미 만들어져 있지만, 당신이 도모하지 않는 한 그것은 만들어지지 않는다. 그것은 확실치 않다. 당신은 실패할 수도 있으니까. 또는 그것은 끔찍할 수도 있다. 당신이 죽을지도 모르니까. 그것은 욕망일 뿐만 아니라 비-욕망이다."[40] 산다는 것은 끊임없는 욕망의 생산과 그 생산의 포획에서 벗어나려는 꿈틀거림, 약동, 몸짓이다. 죽은 자는 더 이상 욕망을 생산하지 않고 그것의 포획에서 벗어나려고 꿈틀대지도 않는다. "사람들은 묻는다. CsO가 뭐지? 하지만 사람들은 이미 그것 위에 있으며, 벌레처럼 그 위를 기어 다니거나 장님처럼 더듬거리거나 미친 사람처럼, 사막 여행자나 초원의 유목민처럼 달린다. 우리는 바로 그것 위에서 잠들고, 깨어나고, 싸우고, 치고 받고, 자리를 찾고, 우리의 놀라운 행복과 우리의 엄청난 전략을 인식하고, 침투하고 침투 당하고, 또 사랑한다."[41] CsO는 욕망이고, 욕망으로 빚어진 몸, 쾌락과 죽음의 실재이고 몸이자 동시에 우리 존재 그 자체다. 충만한 신체야말로 "쾌활함, 황홀경, 춤"으로 가득 차 있는 존재의 거점일 테다. 산다는 것은 이것을 쓰는 일이다. 나는 날마다 책상 앞에 앉아 글을 쓴다. 이것은 무(無)와 공(空)에 맞서 추는 리좀의 춤이다!

40 질 들뢰즈·펠릭스 가타리, 앞의 책, 55쪽.
41 질 들뢰즈·펠릭스 가타리, 앞의 책, 287쪽.

3장

나 자신을 증명하는 글쓰기

고물 타자기로 몇 문장을

겨우 쓰던 청년은 이제 예순을 넘겼다

영화롭고도 가여웠던 시절

서른 무렵, 콧대는 높고 눈동자는 맑았으니 내가 멀쩡해 보였겠지. 20대 후반 맨손으로 시작한 출판사는 그럭저럭 번창하고, 대인관계는 원만했다. 그다지 까탈스럽지 않았으니 공연히 손가락질 당할 일도 없었다. 몇 년간 수영으로 단련한 탓에 팔다리는 탱탱하고, 일에 파묻혀 살았지만 피곤한 줄을 몰랐다. 출판사 사무실은 여의도에 있었다. 나는 아침 일찍 출근해서 창문을 연 뒤 셔츠 소매를 걷어붙이고 일에 몰두했다. 책상에는 기획서와 교정지들, 출간을 검토하는 원고들이 쌓여 있었다. 나는 그것들을 붙잡고 하루를 다 보낸 뒤 퇴근하면 지인들과 어울려 밥집이나 술집으로 갔다. 밤 늦게 술집에서 나와 거리로 나서면 막막함이 몰려왔다. 어쨌든 아무 문제가 없는 듯 보였지만 내면은 피폐하고 영혼은 불행의 음습한 기운에 찌

들어 있던 시절이다. 잠 깬 새벽녘에는 기어코 다시 잠들지 못한 채 뒤척이기 일쑤였다. 혼자 지내던 잠실의 서민아파트에서 나와 차를 몰고 서울 교외의 북한강으로 나가 새벽 강물을 망연하게 바라보다 돌아왔다. 카오디오에서 빌리 조엘의 노래가 흘러나올 때, 아아, 이렇게 살아도 되는 걸까 하는 막막함으로 무참해지곤 했다.

1980년대 중반 즈음 시대는 암담하고 엄혹하고 살벌했다. 누군가 실종되거나 죽었다는 흉흉한 소문이 자주 돌았다. 봄이 오면 인왕산 능선의 성곽을 따라 개나리꽃이 만발하고, 여의도 습지에 군락을 이룬 버드나무들 가지마다 진초록은 싱그러웠다. 하지만 내 마음은 싱그럽지 않았다. 잘 사는 듯 보였지만 내 영혼은 안으로 짓무르고 아팠다. 일요일에는 소파에 널브러져 있다가 겨우 책상 앞에 앉아 이런 시나 끼적였다. "낮잠을 깨고나니/슬픔이 없는 것도 속수무책이군/비가 내리는데/눈썹을 적시며 내리는데//서른살을 넘고나니/옛사랑의 얼굴도 희미해지는군/꿈은 빠르고 현실은 더딘 것을/깨닫고/쓸데없는 희망들을 끊고나니/아아, 편하군/이렇게//단순하게/비가 내리는데/눈썹을 적시며 내리는데/변두리에 싼 땅이나 몇 평 사둘까/오늘은 근사하게 낮술이나 마셔볼까."(졸시, 「서른 살의 시」) 서른 무렵, 나는 삶의 초안대로 살지 못했던 게 분명하다. 이렇게 살지 말자, 이렇게 살지 말자고 되뇌면서도 관성에 끌려가며 차선일 수밖

에 없는 삶의 전선(戰線)에서 허덕이고 있었다.

강남에 대지 200평을 사들여 지하 1층, 지상 2층 규모로 출판사 사옥을 지었다. 건물 외관을 분홍색 타일로 꾸민 단정한 사옥이다. 나는 분열증도 없고 팔다리는 멀쩡했으며, 출판사는 건재했지만, 실은 속절없이 무너지고 있었다. 책 한 권 읽지 않고 문장 한 줄도 쓰지 못한 채 세월이 흘러갔다. 마음은 무감각하고, 알 수 없는 깊은 무기력과 환멸에 잠겨 허우적거렸다. 겨우 시 몇 줄을 끼적이었다. 돌이켜보면 한창 출판사가 커가고 업무가 폭주할 땐데, 어느 틈에 그 시들을 다 썼을까, 하는 생각이 든다. 죽지 않으려고 숨을 쉬듯이 필사적으로 시를 썼겠지. 그 시절은 시인으로서 활동은 미흡하고 아쉬운 바가 있다. 좋은 시가 품어야 할 긴 시간, 느릿한 숙성, 자애의 적요(寂寥) 같은 게 모자랐다. 1988년 서울올림픽이 한창일 때 강남 한복판의 집 앞 대로로 마라톤 주자들이 달려나가는 걸 물끄러미 지켜봤다. 올림픽 개폐회식 때는 공중에서 폭죽이 펑펑 터지며 불꽃놀이가 한창이었지만, 나는 올림픽 주경기장 근처에 살았지만 인류의 축제에 동참할 엄두조차 내지 못했다.

출판사의 규모가 커지고 직원은 늘어났다. 내 업무량도 끔찍할 만큼 늘어나 책 한 줄 읽을 시간마저 사라졌다. 퇴근하고 지친 몸을 끌고 단골술집에 가서 독주를 한 병씩 마시고 돌아오곤 했다. 집에 돌아와 침대에 누워 옆구리를 더듬으면 얼음 같은 게 만져졌다. 얕은 잠에 빠져들어 기억도 나지 않는 악몽을 단속적으로 꾸었다. 나는 어디에도 갈 수 있었지만 어디에도 가지 못했다. 내 30대는 영화(榮華)로웠으나 속으로는 가여웠다. 세속과의 싸움, 젊음의 끝 간 데 없는 열정, 어지러운 방황들, 이상한 허무주의, 선량함과 위악(僞惡)들로 얼룩진 그 시절, 내 안의 어떤 장력(張力)들이 슬픔과 불행을 끌어당겨 블랙홀처럼 삼켰다. 결국 30대의 끄트머리에서 무너지듯 출판사를 접고 현실의 전면에서 물러나 앉을 수밖에 없었다.

망원 인근의 근심들이 북적대는 여름 저녁,
시장 끝 좌판들이 모인 데를 지나니
열기 잃은 햇빛은 진흙 얼굴들을 굽고
나는 비탈 많은 데를 돌아온 구두를 본다.
트로이 들판에는 개양귀비 꽃들이 흔들리고
무화과나무와 돌무더기를 돌아나올 때 내 생각은
사자조차 할 수 없는 일은
어쩔 수 없는 일이라는 것,
서른 즈음이라면 나쁜 패를 쥐고도
담배연기를 내뿜으며 후회하지 않을 자신이 있다.
서른 즈음이라면 나는 저녁마다
거리를 헤매며 알제리 해변을 상상하고

생몰연대를 모르는 이의 전기를 읽었을 것이다.
나는 실패하지 않았구나, 하고 안심하며
시골에서 살구나무를 심고 텃밭에 파나 키우지만
싸움은 아직도 나의 비탈이다.
서쪽을 편애하는 이가 망원에 산다.
그가 왜 싸움을 피하는지를 알지 못하지만
나는 생애의 유적지 한가운데 서서
떠나간 서른 즈음이 다시 돌아오지 않을 것임을,
혼자 조용히 되새겨보는 것이다.

졸시, 「서른 즈음 – 가객을 위하여」

서른 시절을 부의(賻儀) 봉투 속에 넣어 떠나보낸 뒤 나는 광야로 나선다. 출판사를 접은 뒤에도 서울에서 몇 년을 더 전전긍긍하며 살았다. 니체, 이사도라 덩컨, 라이너 마리아 릴케. 내가 흠모하고 동경하던 그들은 저 멀리 있었다. 니체는 『차라투스트라는 이렇게 말했다』에서 이렇게 쓴다. "춤추는 사람 차라투스트라. 가벼운 사람 차라투스트라. 그는 그의 날개로써 신호한다. 날아오를 준비를 한다. 모든 새들보다 더 높이, 축복받은 가벼운 영혼은 날아오를 준비를 한다." 오, 나는 차라투스트라와 만나 차라투스트라를 동경하고, 무용수를 사랑한 사나이로 살고 싶었다. 삶이 춤의 도약으로 이어지기를 바라고, 몸이 공기처럼 가벼워져서 날아오르기를 갈망하던 사람이여. "나는 바다에서 태어났고, 나는 아프로디테의 별 아래서 태어났다. 내가 아는 건 춤뿐이다. 춤은 나의 운명이었다."라고 이사도라 덩컨은 말했지만, 나는 그러지를 못했다. 행운은 타인의 것이고 슬픈 추락, 실패, 불운은 내 몫이었다. 나는 먹구름 아래서 겨우 숨을 쉬고 살았을 뿐이다.

삶은 과부하가 걸리고, 영혼은 피로에 젖어 혼곤했음을 너무 늦게 깨달았다. 쥐고 있던 패를 내려놓으니 홀가분했다. 상대의 패를 확인하지도 않은 채 먼저 패를 내려놓았으니 나는 자발적 패배자인 셈이다. 저 아수라와 같은 서울을 등지고 경기도 남단의 한 작은 도시 외곽 저수지가에 집을 짓고 내려왔다. 나는 쌀과 부식을 구하러 뛰어다니는 대신 한량처럼 자연 휴양림과 낮은 산들의 오솔길들을 기웃거리며 노자와 장자를 읽으며 지냈다. 그래도 다행히 끼니를 거르지는 않았다. 어둠을 타고 너구리와 오소리가 번갈아 찾아오는 시골에서 외로움을 벗삼아 살며 물이 얼어붙고 천지가 냉기로 가득찰 때 서재에서 시린 무릎에 담요를 덮고 『도덕경』을 읽어나갔다. 봄에는 나무시장에서 구해온 매화와 작약을 심고, 반송과 산벚나무와 꽃사과와 대나무를 심었다. 앵두나무 가지에는 빨간 루비 같은 앵두들이 다닥다닥 열렸다. 젊은 벗들이 와서 힘을 합쳐 연못을 파고 수련을 심

었다. 여름 새벽이면 작은 연못에서 노랑어리연꽃과 수련들이 홀연 꽃을 피웠다. 시골에서 보낸 날들은 외롭고 가난했으나 평화롭고 아름다웠다.

어느 날 김광석의 「서른 즈음에」라는 노래를 들었다. 청년의 맑은 음색, 짙은 애수를 담은 가사가 귀에 박혔다. 노래가 슬프군. 이런 느낌이었다. 서른의 슬픔, 서른의 연민, 서른의 아름다움을 담은 그 노래는 귓가에 이렇게 속삭였다. "삶이 말했다: 나는 슬프다. 나는 운다./음악이 말했다: 나는 운다. 나는 슬프다."(폴 발레리, 『발레리 산문선』) 나는 대중가요를 부르지 않고, 한사코 멀리 하며 살았다. 대중가요는 '대중'의 것이었으니까. 아는 유행가라고는 가왕 조용필의 「허공」과 김광석의 「서른 즈음에」 단 두 곡뿐이었다. 노래방에 우르르 몰려가서 노래를 부를 때 차례가 오면 분위기를 망치지 않으려고 「서른 즈음에」를 불렀다. 지금은 술도 밤의 벗들과의 사교도 끊은 지 오래다. 그랬으니 벗들과 노래방에 몰려가는 일도 사라졌다. 더는 「서른 즈음에」를 부를 기회조차 없는 것이다.

서른세 번째 생일,
서른세 번째 인생

눈을 떠보니, 낯선 곳이다.

인생이란 기대하지 않던 순간 낯선 곳에서 눈을 뜨는 게 아닐까.

서른 몇 해 전 겪은 그 일은 지금도 믿기지 않는다. 밤새 토하고 뒹굴다가 깨어난 듯 찜찜하다. 간밤에 별로 의리도 없는 친구들과 어울려 서울 어딘가에서 술을 마시고 만취해버린 것이다. 그 시절엔 왜 그토록 자주 술을 마셨던가. 어느 때쯤 기억이 끊겼다. 그 블랙아웃에서 깨어나니, 처음 와 보는 낯선 곳이었다. 창밖의 낯선 풍경에 놀랐다. 창밖 아래 소나무 숲이 이어지고, 경사진 언덕 아래는 가파른 벼랑이었다. 벼랑 아래로 푸른 강물이 도도하게 흘러갔다.

백제의 유물을 모은 박물관이 있는 고도(古都) B시였다! 서울에서 B시까지 어떻게 왔는지 알 수가 없다. 기억을 되살려 보았

지만 소용이 없었다. 아마 친구들과 헤어져서 또 다른 술집에 들러 양주 몇 잔을 더 마시고 자정 무렵쯤 거리로 나왔을 테다. 쓸쓸한 기분으로 거리를 걸었다. 외롭군, 그러나, 뭐, 최악은 아니군. 세계의 어두운 뒤편에서 미아가 되어 걷는 느낌 속으로 멜랑콜리가 섞여들었다. 아직은 살 만해! 힘내자고! 어느 순간 걷잡을 수 없는 취기가 내 존재를 삼켜버렸다. 길바닥이 빙그르 돌며 뒤집힌 그 직후였을까. 나는 대로에서 택시를 붙잡고 기사와 요금을 흥정했다. 술김의 호기(豪氣)로 벌어진 불상사였다. 맨정신이었다면 상상조차 할 수 없는 만용이었다.

어느덧 해가 지고 밤이 온다. 강물은 솔숲 사이로 달빛을 받아 은박을 입힌 듯 반짝이며 숨죽여 우는 듯하다. 언덕의 소나무들 그림자가 길어지고, 달은 새벽녘 빛을 잃고 사라진다. 나는 달이 뜨고 지는 세계에 살고 있다. 이 자명한 세계의 어딘가에 깊이를 알 수 없는 크레바스같이 심연을 가진 틈들이 있어, 우리는 가끔씩 그리로 굴러 떨어져버린다. 얼음과 얼음 사이로 나락(奈落)이라니! 크레바스로 추락한 자는 곧 타인의 기억에서도 사라진다. 나는 크레바스 바닥에 무중력 상태로 한참 동안을 누워 있었다.

청어와 비빌디

지난주는 그럭저럭 괜찮았다. 행운이 따랐던 한 주일이다. 축구경기라면 상대하기 까다로운 팀에게 3대 1의 스코어로 한 점의 모호함도 없이 명쾌하게 이긴 게임이다. 공격수와 수비수의 호흡이 잘 맞았다. 전방에서 후방으로 이어지는 패스는 물 흐르듯 자연스럽고, 수비진이 가로채 넘겨준 볼은 최전방 공격수까지 매끄럽게 전달된다. 우리 팀 수비는 촘촘해서 좀처럼 뚫리지 않는다. 수비진에서 공격진으로 이어지는 패스도 좋다. 이쯤되면 상대가 강팀이라고 해도 지는 일은 어렵다. 자로 잰 듯한 패스 한 방으로 상대의 수비 전열이 무너진다. 측면 공격수들이 중앙으로 볼을 올려줄 때 힘차게 도약한 공격수가 우왕좌왕하는 상대 수비수를 따돌리고 이마로 공의 방향을 바꾸자 공은 골네트로 빨려들어간다. 골키퍼가 손을 쓸 수 없는 골이다. 그렇게 연달아 세 골이나 터진 한 주였다!

월요일과 화요일 이틀 동안 단골식당에서 점심식사로 청어구이를 시켰는데, 두 번 다 청어는 알로 꽉 차 있었다. 갓 구운 청어살은 달고 부드러웠다. 청어 알을 입안으로 밀어 넣자 식감이 기가 막혔다. 나는 행복한 점심을 먹고 식당 밖으로 나왔다. 거리에는 금싸라기 같은 햇살이 환하게 빛났다. 화요일 오후에 인쇄소를 가기 위해 택시를 탔는데, 뜻밖에도 비발디의 「사계」가 잔잔하게 흘러나온다.

“라디오에서 나오는 건가요?” 내가 묻는다.

“카세트테이프인데요.” 나이가 마흔두엇쯤 되는 택시기사가 대답한다.

바흐나 라흐마니노프는 아니지만, 비발디를 듣다니! 흔치 않은 일이다. 흠, 비발디를 즐겨 듣는 택시기사라니! 이건 칸트의 책에 빠진 부동산 중개인, 비트겐슈타인 책에 심취한 여배우, 프로이트를 읽는 동네 슈퍼마켓 주인, 들뢰즈를 탐독하는 정육점 주인, 니체를 읽는 축구선수, 말라르메 시를 줄줄 외는 기상청 예보관을 만나는 것만큼이나 희귀한 일이다. 비발디의 「사계」 중 「봄」을 들으며 상상에 빠져든다. 또 다른 택시를 탔는데, 이번에는 니콜로 파가니니 바이올린 협주곡 1번 2악장 선율이 흐른다.

"파가니니를 좋아하시나요?"

"네. 20년째 듣고 있지요. 파가니니 바이올린 협주곡 1번은 알튀르 그루미오의 연주가 듣기에 편안하죠. 지노 프란체스카티의 명쾌한 곡 해석도 싫지는 않더군요. 요즘 윤이상을 듣기 시작했죠. 현대음악이라 어려울 거라고 예상했는데, 막상 들으니 나름대로 느낌들이 오더군요." 클래식 애호가인 택시기사가 대답한다. 오, 이건 전문가 수준인데!

"그렇군요!"

나는 파가니니 바이올린 협주곡을 즐겨 듣는다는 운전기사를 존경의 눈빛으로 쳐다본다. 하하하하. 택시기사와 이런 대화를 나눌 가능성은 로또복권이 연거푸 두 번 1등에 당첨하고, 그 직후에 벼락을 맞을 확률보다 더 낮다. 고전음악에 20년째 빠져 보냈지만 에릭 사티에서 더 나가지 못했다. 그게 내 청음의 한계였다. 현대음악은 난삽해서 소음이나 다를 바가 없다. 나는 차량들이 붐비는 주중의 택시 안에서 비발디를 들으며 안락함 속에서 이런저런 상념에 빠졌는데, 그게 화요일 오후의 일이다.

늙고 젊은 사람들

보름 전 한 신문사의 하프마라톤 대회에 참가신청을 하고, 새벽마다 집 근처 중학교 운동장에 나가 뛰었다. 처음엔 7킬로미터 뛰다가 차츰 거리를 늘려 12킬로미터를 뛰었다. 첫날 5킬로미터가 넘자 호흡이 터졌다. 심장이 터지는 듯 짧고 날카로운 통증이 왔다. 밭은 숨을 연신 몰아쉬며 남은 거리를 마저 뛰었다. 주파 기록이 조금씩 나아졌다. 수요일에는 국어교사인 후배의 요청으로 여학교에서 문학 강연을 했다. 강당을 가득 메운 여고생들을 마주하니, 머릿속이 하얗게 비워진다. 원고에 없는 엉뚱한 이야기가 입에서 흘러나온다. 그것으로 강연은 엉망이 되고 말았다. 진땀을 흘리며 가까스로 강연을 끝내자 참새 떼같이 조잘거리던 여학생들이 강연이 끝나자 함성을 지르며 박수를 친다. 물론 집중하지 않은 여학생들이 내 강연을 알아듣고 감동받았을 리는 없다. 박수와 환호는 강사에 대한 예의였을 테다.

목요일에는 낯선 여학생의 전화를 받았다.

"『완전주의자의 꿈』을 쓰신 시인님이시죠? 저는 여고 2학년인데요. 왜 전화를 했느냐면 말이지요." 그 여학생의 이름은 잊

어버린 지 오래다. 편의상 명은희라고 하자.

"저는 두 번이나 자살기도를 했었거든요. 어느 날 시인님의 시집을 읽고 살아봐야겠다는 생각을 갖게 되었어요. 시인이 되기로 결심했거든요. 시인님께 고맙다는 인사를 하려고 전화를 했어요. 그런데 어떻게 시인이 될 수 있나요?" 명은희가 묻는다.

"대학교에 문예창작과라는 데가 있는데, 거길 가면 시 쓰는 법을 배울 수 있단다." 명은희는 3년 뒤에 다시 연락을 해왔다. 재수를 해서 서울 소재 대학의 문예창작과에 입학해서 학교를 다니고 있다고 근황을 전한다. 명은희는 이듬해 학보사 편집장이 되었다. 시 쓰는 일이 쉽지 않다고 툴툴거렸다. 시집을 낸 뒤 가끔 예기치 않은 전화를 받는다. 시집 한 권이 누군가에게 생에의 의지를 불러일으켰다는 게 밤바다에서 방향을 잃고 헤매는 배를 위해 등대 하나를 세운 것 같은 뿌듯한 보람을 갖게 한다.

남녀가 산다는 것

금요일 오후, 별거를 해온 아내와 이혼에 합의를 하고 가정법원을 갔다. 이혼을 하려는 사람들이 이토록 많은가! 긴 줄의 끝에 서서 지루하게 차례를 기다렸다. 가정법원 판사가 매우 따분한 얼굴로 서류를 들여다보며 눈도 마주치지 않은 채 딱 두 가지 질문을 던진다. 판사가 본인임을 확인하고, 이혼 의사에 변함이 없는지를 물었는데, 답변은 10초도 소요되지 않는다. 이혼 절차는 그렇게 싱겁게 끝났다. 본적지 관할 관청에 가서 판결문을 제출하고 호적을 정리하면 부부로 살 붙이고 살던 남녀는 남남으로 돌아선다. 우리는 가정법원을 벗어나와 햇빛이 반짝이는 가정법원 밖에서 악수를 하고, 잘 먹고 잘 살라는 덕담을 건네면서 헤어졌다. 나는 한 여자가 등을 돌리고 걸어가는 모습을 지켜보며, 왜 모든 뒷모습은 쓸쓸한가에 대해 짧게 의문을 품었다. 이제 한 시절이 끝났군! 그 시절 그토록 깨고 싶고, 더러는 깨고 싶지 않았던 질서와 안녕이 막을 내린다.

여자와 남자가 한 방을 쓰며 한 침대에서 살을 맞대고 잔다. 한 변기를 쓰고 한 식탁에서 밥을 먹고 사는 동안 여자는 1년 이내에 고유한 것 스물세 가지를 잃는다. 결혼을 기점으로 처녀 시절과 달라지는 것인데, 여자는 함께 사는 남자를 제 소유물로 여기고 시시콜콜한 것들을 간섭한다. 남자는 인생이란 교향악단의 지휘자 자리에서 지휘봉을 빼앗긴 채 덧없이 쫓겨난다. 대부분은 어리석고 착해서 그걸 숙명이려니 하고 포기하고 순응하지만, 불행하게도 나는 남의 간섭을 받지 않으려고 버티는 유별난 부류에 속했다. 여자가 잃어버린 스물세 개의 목록을 적은 적이 있다. 나비 날갯짓 같은 부드러움, 모란의 우아함, 봄비의 고요함, 치즈처럼 녹으며 존재의 안쪽으로 스미는 미소, 친밀하고 다정한 포용력, 뱀 같은 날카로운 주의력, 자기 인식에의 욕구, 지식에 대한 예의, 가을 명태와 같은 투명한 슬픔……. 그것들이

사라진 뒤 여자는 부끄러움을 잃고 파렴치하고 뻣뻣해진다. 어찌 여자만 변하겠는가!

남자들은 결혼 뒤 독신으로 살 때보다 대체적으로 상태가 나빠진다. 수컷의 무지몽매와 단점들이 무방비하게 드러나 버린다. 하지만 그들은 그걸 개선하려는 아무 노력도 하지 않는다. 그들은 한껏 게을러지고 뻔뻔스러워지고 더러워져서 마침내 수컷 고유의 참기 힘든 악취마저 풍긴다. 세상 모든 게 다 변하지만, 남자들의 변화 진폭은 큰 편이다. 인간에서 개로 변했다고 '나'를 버릴 수는 없는 일이다. 변해버린 나를 꿋꿋하게 견디며, 혐오와 경멸을 속으로 눅이며 그럭저럭 살아간다. 그 수컷이 풍기는 혐오감을 평생 견디겠다는 아내의 숭고함에 나는 감동하지 않았다. 각자 따로 삶을 꾸린다면 훨씬 더 좋아질 것인데, 아내가 받아들이지 않는 것은 관습에의 굴종이거나 두려움 때문이라고 짐작했다. 내 예단이다. 나는 부동산과 동산 전부를 아내에게 양도하겠다고 제안했다. 그래봤자 30평대 연립주택 한 채와 3,000만 원이 든 통장이 전부다. 전 재산을 넘기겠다는 제안을 아내가 흔쾌하게 받아들이며 우리는 이혼 합의에 이르렀다. 그렇게 인생의 난제 하나를 끝내며 안도감을 느꼈다.

삶은 흘러간다

토요일에는 출판사에 나가지 않고 미취학 연령인 딸아이를 데리고 충청도의 한 온천을 다녀왔다. 서울에서 자동차로 두 시간 거리에 있는 온천 지대에 도착해 호텔에 들었는데, 사위가 적막해진 새벽 벽 너머에서 들려오는 낯선 여자의 교성에 잠을 설치고 말았다. 여자는 새벽 내내 병든 고양이처럼 계속 비명을 질러댔다. 여인의 계면조 애원성으로 흐르는 구음을 음악 삼아 나는 두꺼운 마호메트 전기 한 권을 통독했다. 다행히도 어린 딸아이는 고단했던지 깊은 잠에 빠져들어 깨지 않았다.

이튿날 아침 온천욕을 하고 딸과 식당에 들러 밥을 먹은 뒤 우리는 서울 근교 동물원엘 들렀다. 딸아이는 호랑이 우리 앞에서 꼼짝도 하지 않았다.

"아빠, 호랑이가 나를 봤어!" 호랑이들은 미동도 하지 않은 채 앉아 있었다. 딸아이의 눈은 기쁨과 놀라움으로 반짝이고, 까르륵 까르륵 웃었다. 딸아이의 목소리는 기쁨으로 평소보다 두 옥타브는 높아졌다.

"그만 가자." 아이의 손을 잡아끌며 재촉한다.

"싫어." 아이가 고개를 저었다. 역시 피는 못 속이는 건가. 아이가 그 많은 동물들 중 하필 호랑이를 좋아한다는 것에 가슴이 뭉클해진다.

그 다음 날 생활비를 보내라고 빚쟁이 재촉하듯 다그치는 노모의 전화를 받았다. 별로 친하지 않은 중학교 동창 아버지의 부음을 받았다. 그동안 바닥을 모른 채 빠지기만 하던 건설주 종

목이 반등하고, 금융주는 하락세로 돌아섰다. 금융주는 손절매를 해야 할지도 모른다. 한 주일이 빠르게 흘러갔다. 나는 여전히 10여 킬로미터를 달리며 심폐기능과 팔다리의 근육을 단련한다. 지방이 빠져나가고 양질의 근육으로 두터워진 가슴은 단단하고 부드러워졌다. 그 주에 복권 두 장을 샀으나 당첨되지 않았다. 그러나 분명 나쁜 일보다는 좋은 일이 많았던 한 주였다.

그날, 하필 기억이 끊긴 채 낯선 곳에서 맞은 그날이, 내 서른세 번째 생일이었다! 복잡한 인생의 틈으로 들이닥친 서른세 번의 생일, 서른세 번의 인생은 낯설었다. 그 낯선 시간을 통째로 반납하고 싶다고 침대 모서리에 머리를 찧으며 나는 낯선 크레바스에서 무중력 상태로 누워 있다가 천천히 몸을 일으켰다. 두통이 밀려왔다. 그 찰나 한 깨달음이 번개보다 빠르게 몸에 꽂힌다. 서른세 번의 인생에서 서른세 번째의 생일은 그렇게 예기치 않은 방식으로 당도한다.

세라비!

그게 인생이다!

연필로 글쓰기

나는 전업작가로 산다. 마흔 해 이상 글을 쓰며 살았으니 이 말에는 한 치의 거짓이나 과장이 있을 수 없다. 나는 매체에 원고를 넘기고 받는 원고료나 출판사에서 받는 인세 수입으로 살아간다. 온몸을 갈아 쓴 문장을 돈으로 바꿔 쌀과 부식을 사고, 어린 것들을 기르고, 공과금과 각종 세금을 낸다. 운 좋게도 먹고살 만큼 원고 청탁이 끊이지 않는다. 그 원고 청탁을 선물로 받아들이며 몸의 땀 한 방울까지 짜내면서 최선을 다해 쓴다. 전업작가로 살며 여러 매체에 다양한 글들을 써왔는데, 아마 좋은 글도 있고 나쁜 글도 섞여 있을 테다. 이토록 오랫동안 글을 쓰고 있다는 사실에 나는 새삼 놀란다.

초저녁에 잠들고 새벽 4시쯤 일어나 몇 문장씩을 쓰고, 낮엔 산책에 나선다. 나날의 삶은 단조롭다. 단순하게 사는 게 좋다고

도, 딱히 나쁘다고도 할 수 없다. 사람마다 처지가 다르고 생활 방식이 다르니까! 내 단순한 삶은 좋은 점과 나쁜 점이 섞인 방식이라고 할 수 있겠다. 좋은 점은 아침마다 텁수룩하게 돋아난 터럭들을 면도로 밀어내고 넥타이를 매지 않아도 되는 점, 자고 싶을 때 해가 중천에 뜰 때까지 맘껏 잘 수 있는 점, 하루를 아무 강제도 없이 자유로이 쓸 수가 있다는 것 정도다. 나쁜 점은 수입이 불규칙하다는 것, 일을 하지 않으면, 다시 말해 원고를 쓰지 않으면 수입이 전무라는 것, 노후 보장이 일절 없어 불안하다는 것이다. 좋은 점과 나쁜 점을 더하고 빼면 보통이겠으나 나는 이 삶을 기꺼워한다. 다소 느슨하고 여유 있는 내 삶의 방식에 100퍼센트 만족한다.

책을 쓸 때 초고는 대개 종이에 연필로 쓴다. 나는 오른손잡이니까 오른손에 연필을 쥐고 흰 백지에 별다른 생각 없이 끼적이며 써나간다. 그걸 글쓰기의 엄격한 원칙이라고 말할 수는 없지만 나는 그렇게 한다. 꽤나 오래된 습관이다. 사각거리는 연필 소리가 호흡을 가지런하게 가다듬고 심신을 조율하며 안정시킨다. 연필의 검은 심이 종이와 마찰하면서 내는 사각거리는 소리에 귀를 기울이며 무언가를 쓸 때 세로토닌 수치가 올라가 기분이 좋아진다. 새벽이나 한밤중같이 사위가 고요할 때는 연필의 사각거림이 유독 크게 울린다. 그 고요 속에서 퇴적암 같은 마음의 어느 구석이 이 사각거림으로 부서지고 깊은 속내를 드러낸다. 글을 쓰는 것은 마치 연필이 사각거리는 소리를 듣기 위한 행위처럼 느껴질 때도 있다.

다들 연필 회사들이 곧 폐업할 거라고 했지만 그 예측은 보기 좋게 빗나갔다. 독일의 파버카스텔은 여전히 잘나간다. 파버카스텔이 1731년에 설립되었으니 그 연조가 300년 가까운 연필 제조회사다. 정말 대단하지 않은가? 반 고흐는 한 편지에서 파버카스텔의 연필을 두고 '이상적인 연필'이라고 했다. 그동안 수많은 필기구들이 나왔으나 세상 어딘가에는 여전히 연필을 좋아하는 사람이 살고 있다. 나는 굳이 상표를 따지지 않는 사람이지만 연필심이 가는 건 싫다. 4B연필같이 굵고 진한 심을 선호하는 편이다. 4B연필이 백지에서 미끄러지며 자연스러운 궤적을 그리는 글씨들이 좋다. 내 필체는 활달한 편인데, 다른 필기구보다 연필을 쓸 때 이 특징이 더 두드러진다.

자유롭게 쓰는 연필

연필로 초고를 쓸 때 글의 내용이나 형식에 크게 구애받지 않는다. 그저 손 가는 대로 써내려갈 뿐이다. 연필로 쓰면 머리의 독단에서 벗어나 몸의 느슨한 자유로움에 맡긴 채 리듬을 타고 글을 쓴다는 실감이 더 확연해진다. 초고는 늘 카오스 상태에서 나온다. 망각 속에서 희미해진 옛 기억들이 튀어나오고, 무의식의 파편들이 왈칵 쏟아진다. 구릉들, 봄비, 버드나무, 노란 싹이

돋은 늦봄의 감자들, 하얀 벚꽃의 분분한 낙화, 배롱나무의 붉은 꽃, 가을 모란, 무르익어 벌어진 석류 열매, 구월의 달, 바닷가 여인숙 벽 너머의 파도소리, 시월 밤의 한가운데를 지나가는 기차, 건널목, 외따로 떨어진 단층집, 돌의 정원, 첫서리, 고양이들, 어느 집에선가 울려나오는 피아노곡, 동지 팥죽, 아궁이의 사과나무 장작에서 피어나는 불꽃, 시골집 저녁 대숲의 소란스러운 되새 떼, 울산 앞바다의 고래, 강원도의 폐사지들, 지중해의 여름, 방랑자들, 옛 노래, 죽은 사람이 남긴 수첩 — 수첩에는 이런 시시콜콜한 것들이 적혀 있다. 콜라를 샀다, 소화제를 샀다, 연준이가 친구를 만나러 갔다 등등 — 에 남은 글씨들에 내 상상력은 재바르게 반응한다. 초고 노트에는 내면의 카오스에서 흘러나온 괴상망측한 최초의 착상들, 뒤죽박죽인 채 기이한 상상들, 반토막 문장들, 맥락을 이루지 못한 채 삐뚤빼뚤 흩어진 자음과 모음들로 어지럽다. 초고 노트에서 쓸 만한 한 문장도 건질 수 없을 때조차 나는 낙담하지 않는다.

소설가 김훈은 평생 연필로만 장편소설을 몇 편이나 썼다. 그는 연필을 깎고 갈아서 꾸역꾸역 글을 쓰는 것으로 유명하다. 연필은 오래된 도구이고, 어쩌면 시대에 뒤진 연장이다. 연필로 글을 쓰는 것은 낙후된 방식일지도 모른다. 편집자들은 저자들이 연필로 쓴 원고를 그다지 달가워하지 않는다. 김훈이 고집스럽게 연필로 쓰는 것은, 연필로 쓸 때 더 잘 써지기 때문이라고 한다. “연필로 쓰면, 내 몸이 글을 밀고 나가는 느낌이 든다. 이 살아 있는 육체성의 느낌이 나에게는 소중하다.” 물론 몸에 밴 습관의 문제이겠지만 누군가는 연필로 쓰기를 고수한다. 연필로 글을 쓰는 자는 제 몸을 갈아 쓰는 것이다. 아마 몸이 글을 밀고 나간다는 느낌이 그럴 것이다.

연필로 글을 쓸 때 ‘자, 이제 시작이야’ 하며 의식을 집중한다. 연필로 적은 것은 언제라도 지워버릴 수 있다. 지울 수 있으니까 더 자유롭고 대담하게 써버릴 수 있다. 육체의 힘을 고르게 배분하면서 글자를 눌러 쓸 때 쓰고 있다는 육체적 실감과 더불어 뿌듯함이 커진다. 어쩌면 연필로 초고를 쓸 때 오는 육체적 행복감을 더 누리려고 글을 쓰는지도 모른다. 연필로 쓴 초고를 랩톱의 키보드를 두드려 옮기는 행위는 건조하다. 그 과정은 지루하고 권태롭지만 덜 익고 서투른 원고를 책으로 만들 수는 없기에 불가피하다. 연필로 쓴 미완의 문장을 올곧게 펴고 바로 세워야 글은 쓸 만해진다. 오늘 새벽에도 연필을 손에 쥐고 백지 위에 몇 문장을 끼적이었다. 그러다가 끼적이던 손을 멈추고 그것을 물끄러미 바라본다. 소설가는 “세상은 결국 만져지지 않고, 말과 세상 사이에서 연필을 쥔 손은 무참하다.”고 썼지만, 연필을 쥔 채 노동에 투신하는 손은 갸륵하고 기특하다. 연필을 쥔 손에 힘을 주고 꾹꾹 눌러쓸 때 가슴이 설레는 느낌은 여전했다.

연필로 덕성과 기쁨에 대해 쓸 때 마음은 더 환해지고, 치욕과

불명예에 대해 쓸 때 그 통증은 엷어진다. 연필이 쉽게 쓰고 지울 수 있는 연성(軟性)의 도구이기 때문인지도 모른다. 그런 까닭에 나는 당분간 연필로 초고를 쓰는 보람과 기쁨을 다른 무엇에게 양보하지 않을 것이다.

타자기로 쓰던 시절

마흔 해 넘게 책을 쓰며 밥을 번다. 글쓰기는 내 평생의 취향이고, 열망이며, 직업이다. 나는 문장 노동자이거나 전업작가로 살아가는 일을 기꺼워한다. 어느 날 거울을 보다가 옆머리가 허옇게 센 것을 발견하고 놀랐다. 아, 나는 늙는구나! 가끔 늙는다는 두터운 실감 속에서 초조해질 때도 있다. 쓰고 싶은 것들은 많은데, 시간은 빠르게 증발한다. 글 쓰는 시간을 연장하려고 행인들에게 10분씩 생의 시간을 구걸하고 싶다는 소망을 담은 카잔차키스의 문장을 읽었을 때 나는 그 절박한 심경에 얼마나 깊이 공감했던가!

안톤 체호프는 "누구나 밤의 덮개 같은 비밀 아래서 자신만의 가장 흥미로운 진짜 생활을 살고 있다."(「개를 데리고 다니는 부인」) 라고 썼다. 드러난 생활과 숨겨진 비밀스러운 생활이 다른 것은

드문 일이 아니다. 밤의 덮개 같은 비밀 속에서 이루어지는 내 진짜 생활은 '쓰는 삶'이다. '쓰는 삶'은 집요한 욕구 속에서 이루어지는 내 생업이다. 나는 오직 쓰기 위해 밥을 먹고, 쓰기 위해 숨을 쉬며, 쓰기 위해 잠을 잔다. 한 가지 분명한 사실은 글은 영감을 받아쓰는 게 아니라 생명과 에너지로 쓰는 것이라는 점이다. 이 모든 일은 '우연'에서 시작되었다.

새벽 4시 무렵 조간신문을 읽으며 하루 일과를 시작한다. 그 시각 창밖의 나무들과 지붕들은 어둠 속에 있다. 새벽의 정밀(靜謐)한 시간은 그 무엇에도 방해받지 않고 쓸 수 있는 나만의 오롯한 시간이다. 나는 낮의 추방자이거나 어둠의 질량 속에서 새로 태어난 자로 책상 앞에 앉는다. 새벽마다 새로 태어났음으로 어떤 관례나 관습에 구애받지 않는다. 봄날의 모란, 새벽녘 더딘 개의 출산, 속눈썹을 찌르는 여름의 눈부신 햇빛, 늦가을의 풀밭에 떨어진 모과 열매 따위의 과거는 다 날조된 것이다. 과거는 체험된 게 아니라 상상 속에서 허구로 창조된다. 나는 과거에 얽매이지 않은 채 선험적 인지 속에서 자유롭게 쓴다.

날마다 글을 쓰고, 날마다 두루 구한 책들을 읽는다. 읽는 것은 글쓰기의 동력이자 엄연하게 쓰는 일에 귀속되는 일부다. 책 읽기는 고갈된 상상력을 충전시키고, 무언가를 쓰는 동기를 부여한다. 나는 문득 흡혈의 운명을 가진 자가 피를 탐하듯이 책을 읽는다. 끔찍한 은유이지만 책을 읽는 자는 누구나 문자라는 피를 빨아들이는 흡혈귀다. 나는 책 읽는 자로 살면서 우연이 빚은 이 어처구니없는 불행에 대해 불평하지 않는다. 그건 어쩔 수 없는 일이라고, 이 운명의 불가피함을 순순히 받아들인다.

다만 자주 나는 왜 쓰는가, 라는 물음을 스스로에게 던져본다. 그 물음에 100가지도 넘는 대답을 할 수 있지만 그 어떤 대답도 흡족하지는 않다. 왜 쓰는가라는 물음과 어떻게 쓰는가라는 물음은 사실 하나다. '왜'라는 물음이 항상 '어떻게'를 품는 까닭이다. 글을 쓴다는 것은 왜 쓰는가라는 물음 앞에 벌거숭이로 소환되는 일이다. 젊은 시절 읽었던 우리 작가 이청준의 중요한 소설들은 작가의 내밀한 물음, 즉 왜 글을 쓰는가에 대한 대답의 형식으로 씌어진다. 이렇듯 진지한 작가라면 왜 쓰는가라는 물음과 필사적으로 싸워야 한다.

도서관에서 싹 틔운 문학

1970년대 중반, 강북의 경기고등학교가 강남으로 교사를 이전하고 그 자리에 정독도서관이 들어섰다. 한때 그 시립도서관을 날마다 드나들었는데, 내가 좋아하는 공간은 참고열람실이었다. 나는 어깨 너머로 햇빛이 쏟아져 들어오는 창가 자리에 앉아 책들을 읽었다. 어깨 너머로 환한 햇빛들이 비쳐들어 책의 펼친 면들을 물들였다. 나는 문득 손바닥을 활짝 펴서 햇빛을 받아보곤 했다. 햇빛은 손안에 숨어 있다가 나타나는 것 같다. 그

러다가 햇빛이 눈에 부셔서 눈을 감았다. 김현, 김우창의 평론집들, 〈문학과지성〉이나 〈창작과비평〉 같은 문학 계간지들, 프리드리히 니체와 가스통 바슐라르의 책들, 니코스 카잔차키스의 『어두운 심연에서』라는 얇은 산문집 한 권, 에밀 시오랑의 염세적인 산문들, 콜린 윌슨의 『아웃사이더』, 하이데거의 난삽한 철학 책들, 헤르만 헤세, 알베르 카뮈, 프란츠 카프카의 번역소설들, 김승옥과 이청준, 송영과 서정인의 단편들, 고은과 정현종의 시집들, 보들레르와 말라르메의 시집 들을 읽었다. 간혹 노트에 시를 적거나 짧은 단상들을 적어나갔다. 누구의 방해도 없이 책을 남독하던 세월이 흘러갔다. 햇빛은 금싸라기처럼 빛나는데, 나는 백수로 한가롭게 책이나 뒤적거리고 있었다. 가끔은 가슴에 차 있던 불안을 밀어내며 낙관적인 꿈들이 싹을 내미는 걸 느꼈다. 책을 읽는 찰나에는 알 수 없는 설렘과 동경으로 가슴이 벅차오르곤 했다. 그 가을 시립도서관의 참고열람실에서 종일을 보내며 여러 편의 시를 쓰고, 문학평론 비슷한 글 두 편을 끼적이었다.

시립도서관에서 쓴 시와 평론이 신춘문예에 당선하는 행운을 거머쥐고, 1979년 1월 한 출판사 편집부에 입사했다. 신춘문예 당선이 안정적인 직장까지 구해 주었던 것이다. 아침에 시립도서관 대신에 출판사 사무실로 출근했다. 나는 2년 넘게 출판사 편집부에서 일했는데, 출판사의 일은 이내 익숙해져서 단조롭고 지루했다. 그 일에 생을 다 바친다는 것은 끔찍해 보였다. 나는 세 해를 마저 채우지 못하고 사표를 던지고 나왔다. 허전한 마음으로 거리를 걷다가 출판사를 직접 꾸려보면 어떨까 하는 생각을 했다. 얼마 뒤 나는 구청에 가서 직접 출판사 등록을 마치고 출판사 사무실을 마련했다. 나는 13년 동안 출판사를 꾸리다가, 전업작가로 살기 위해 출판사를 접었다. 그리고 읽고 쓰는 일을 하며 오늘에 이르렀다.

가끔 시립도서관에 처박혀 문학이나 철학 책들을 읽는 대신 자연과학 공부를 했으면 내 삶은 어떻게 바뀌었을까, 하고 공상할 때가 있다. 지금과는 달라졌으리라. 그 당시에는 미래를 두루 살필 여유가 없었고, 삶과 세계를 꿰어 통찰하는 지적 능력이나 균형 잡힌 '인지적 자각'이란 게 희미했다. 20대 초반에 나는 이미 문학을 숙명으로 수락하고 고분고분 받아들였던 게 아닌가 싶다. 내 20대는 고독과 가난을 빼고 말할 수는 없는데, 아마 그것들이 내 문학을 키운 자양분이 아니었을까.

짧은 우정과 긴 고독 속에서

책과 몇 되지 않던 문우들의 우정으로 그 시절의 헐벗음과 비참에서 벗어났다. K대 국문과에 문예장학생으로 특별 입학한 Y군과의 우정을 잊을 수가 없다. 그는 비범한 재능을 보인 소설로 학원문학상을 받고, K대 국문과 교수인 황순원 선생의 발탁으

로 대학에 입학했다. 우리는 한동안 어울려 다녔다. 그를 통해 J란 문학도를 사귀었다. Y의 고등학교 선배로 공대를 다니며 시를 쓰는 친구였다. 우리는 문학에 심취해 한껏 고무된 청춘들이었다. Y는 재기발랄한 단편들을 쓰고, J는 박목월의 「사력질」 연작 같은 후기 시에 영향을 받아 짧고 개성적인 서정시를 썼다. Y와 J가 학교에 간 뒤 나는 그들의 하숙방에서 뒹굴며 서가에 꽂힌 책들을 읽었다. 나는 그 벗들과 문학 얘기를 하며 창작에의 자극을 받았다. 나와 Y는 한 계절 내내 400매 분량의 중편을 써서 한 월간지의 '중편문학상' 공모에 응모를 했다. 나는 피카레스크 형식의 소설을 썼는데, 그 소설은 미숙했다. 우리는 담담하게 낙선 사실을 받아들였다. 그것으로 가난과 낭만과 연민, 멜랑콜리로 버무려진 한 시절이 막을 내린다. Y가 휴학하고 군대에 입대한 뒤에 한동안 '문학병'을 앓으며 방황을 하던 나는 백수로 떠돌며 저 미지의 내일을 향해 나아간 것이다.

오후에는 선글라스를 끼고 나와 햇빛과 바람을 맞으며 산책을 한다. 그리고 헬스클럽에 나가 땀이 날 때까지 러닝머신 위에서 달린다. 단골 카페에서 커피를 마시고, 책을 읽는 것도 빠뜨릴 수 없는 일과다. 하루를 혼자 보내고, 그 혼자 보내는 시간의 호젓함을 즐긴다. 무리 속에 있을 때에도 입을 다물고 메마른 고독에 빠진다. 혼자 밥 먹고, 혼자 산책하고, 혼자 사유할 때 오히려 충만감을 느끼는 탓에 굳이 고독을 피하지 않는다. 고독은 내 글쓰기의 동반자다. 내 영혼은 고독에서 단련되었다. 고독을 피동으로 수납하는 자가 아니라 고독에의 결연한 참여자인 탓에 나는 무리 짓는 걸 좋아하지 않을 뿐만 아니라 고립과 칩거를 조금도 두려워하지 않는다. 남루함으로 얼룩진 젊은 시절을 보낼 때조차도 고독에 대해서는 의연했다.

20대 초반 헌책방에서 구한 휘문출판사판 헤밍웨이 전집을 읽었다. 한여름 내내 폭염 속에서 헤밍웨이의 소설들을 읽으며, 작가로 등단해 볼까 하는 생각을 품었다. 그래서 단편 몇 개를 썼지만 흡족하지 않았다. 신춘문예와 문예지 공모전에 응모했지만 결과는 참담했다. 나는 여전히 혼자 떠돌았는데, 돌이켜보면 오늘의 나를 만든 건 스무 살의 고독이고 스무 살의 슬픔이다. 우이동의 적막한 골짜기 낯선 이의 묘지에서 보낸 시간들. 아카시아나무들이 서 있고, 아카시아나무 가지에는 흰 꽃이 숭어리숭어리 매달려 있다. 향 봉지가 터진 듯 아찔한 아카시꽃 향기가 공중에 퍼져나갈 무렵 나는 먼 도시들을 상상하며 아련한 그리움을 품었다. 늦봄 햇빛에 데워진 마른 풀 위에 누워 손에 들린 책을 천천히 읽었다. 구할 수 있는 모든 책을 읽고, 읽고, 또 읽었다. 그것은 무력한 행위지만 내가 할 수 있는 최선의 일이었던 것이다.

그 책 어딘가에서 이런 구절들이 눈에 박혔다. "모든 씌어진 것들 가운데 나는 피로 쓴 것만을 사랑한다. 글을 쓰려면 피로

써라. 그러면 당신은 피가 곧 넋임을 알게 되리라." 눈치채셨는가. 저 철학의 성자인 니체의 『차라투스트라는 이렇게 말했다』에 나오는 구절이다. 내가 이 책은 얼마나 여러 번 읽었던지 표지가 떨어지고 낱장도 낡아진 상태였다. 내게는 글쓰기를 가르쳐줄 스승이 없었다. 멀고 고단한 독학의 길에 서 있던 나는 혼자 읽고 쓰며 길을 찾을 수밖에 없었다. 스무 살 청년이 니체의 책에서 구한 것은 철학이 아니었다. 나는 이 책을 닳도록 읽으며 글쓰기의 기술, 정신, 작법을 배우고자 했다. 이 성자는 "피로 써라!"라고 가르쳤다. 피는 영혼, 정신, 넋, 그 모든 것을 집약한다. 시는 차라리 피의 분출이다. 모든 책은 마지막 문장을 끝낸 뒤 피로 서명하는 것이다. 세상의 책들은 두 종류밖에 없다. 피의 서명이 있는 책과 없는 책. 나는 책을 펼쳐 읽을 때마다 피의 서명이 있는가 없는가를 살펴본다. 피의 서명이 없는 책을 나는 믿지 않는다.

고독을 함께 보낸 낡은 타자기

나는 몸을 뉘면 꽉 차는 관같이 좁은 골방에서 밥상에 낡은 타자기를 올려놓고 두드려 몇 문장씩을 써내려갔다. 타자기는 미국의 스미스코로나 제품으로 오래된 구형이다. 녹색 몸통의 타자기는 장식이 없이 단순했지만 잔 고장이 없었다. 본디 영문 알파벳으로 나온 자판을 한글 자모로 교체한 타자기인데, 한글 자모 활자가 매우 투박했다. 하지만 제 기능에 충실한 그 고물 타자기를 나는 아꼈다. 나는 재능에 대한 지독한 회의와 죽을 듯한 외로움 속에서 아무도 읽지 않는 문장들을 써내려갔다. 단 한 줄의 문장도 회의나 외로움 없이 씌어지는 경우는 없었다. 철공소에서 일할 만한 근력도, 사무직을 감당할 만한 지식이나 경력도, 장사를 할 만한 눈곱만큼의 수완도 없었으니, 말라빠진 몸뚱이로 고작 그 하찮은 문장 몇 줄을 쓰는 수밖에 없었다. 하지만 그건 또 얼마나 힘에 부치는 일이었던지!

경험이 얕고, 지식도 모자란 스무 살 난 청년의 문장이 인류의 존엄을 고양할 만한 수준에 이를 수 없음은 자명한 일이다. 정직하게 말하자면, 그건 수확이 끝난 들판을 헤매며 드문드문 떨어진 이삭줍기에 지나지 않는 보잘것없는 것이다. 비루먹은 듯 사유가 빈약한 문장을 나는 꾸역꾸역 쓰고, 쓰고, 또 썼다. 무언가를 쓰고 있을 때 미래에 대한 불안과 막막함, 척추를 옥죄는 실패에 대한 두려움에서 벗어날 수 있었다. 가장 열심히 쓰고 있는 순간에도 내 안에서 "그만 써라! 다 집어치워라!"라는 음울한 외침이 울려 나왔다. 그 목소리에서 멀리 도망가고 싶었다. 골방 벽에 기대어 쌓아놓은 책더미 사이에서 자주 날밤을 새웠는데, 밤새 낡은 타자기 자판을 악기처럼 두드리며 글을 쓸 때 리듬을 타고 울려퍼지는 그 소음은 마치 날려고 안간힘을 쓰는 새의 날갯짓 소리 같다. 타타타타타…… 하고 골방 가득히 울리던 타자

기 자판 두드리는 소리가 가끔 환청처럼 들리곤 한다.

고독이 반드시 부정적인 것만은 아니다. 그것은 순정한 것의 결핍, 그리고 기쁨과 보람의 지속적 결여의 결과다. 한 청년이 문학과 음악에 대한 강렬한 열망 같은 걸 품었다면 그것은 고독 때문이리라. 고독은 나의 힘이다. 나는 고독 속에서 '심연'을 들여다본다. 니체는 "우리가 심연을 너무 오래 들여다보면, 심연 또한 우리를 들여다볼 것이다."라고 썼다. 20대 초반일 무렵 나는 시립도서관에서 책만 읽은 게 아니라 광화문의 '르네상스'나 명동의 '필하모니', '전원', '티롤' 따위에서 고전음악에 빠져 많은 시간을 보냈다. 그곳은 도피처이자 은신처였다. 나는 바흐와 베토벤, 차이콥스키나 브람스, 말러와 바그너를 들었다. 한때는 무소르그스키와 파가니니에 몰두하며, 음악에서 위로와 기쁨을 구했다. 그 순수하고 투명한 기쁨 속에서 나는 행복했다. 내 초기 시의 미학주의적 성향은 서양 고전음악들이 드리운 희미한 영향 같은 것이다.

내 첫 책은 『햇빛사냥』이란 시집이다. 1979년 5월 31일 출간된 시집이다. 스물다섯 살 때다. 그 뒤로 마흔 해 가까운 세월이 덧없이 흘렀다. 황무지와 사막을 거쳐, 강과 계곡들을 돌아서, 어둠과 비바람을 뚫고, 나는 지금 여기에 도착했다. 책을 100여 권 썼다. 믿을 수 없을 만큼 엄청난 분량이다. 1975년 초, 〈월간문학〉 신인상에 우연히 투고한 시 중에서 「심야」라는 작품이 당선되었다. 시 쓰는 것 말고는 다른 아무 희망도 없던 막막한 시절, 시 쓰기는 처음부터 희망 없음을 상대로 벌인 버거운 싸움이었다. 나는 글 쓰는 자로 반세기 가까운 세월을 꿋꿋하게 버텨왔는데, 이건 자랑스러울 것도, 부끄러울 것도 없는 사실이다. 인생은 격류다. 니체는 "나는 격류 옆에 있는 난간이다."라는 구절쯤은 아무렇지도 않게 쓴다. 이렇게 쓸 수 있는 니체는 천재다! 그렇지 않은가? 대중은 자기 의지와 상관없이 시대의 격류에 휩쓸려간다. 소수의 사람만이 격류 옆의 난간이 될 수가 있다. 제대로 된 책을 쓰는 사람은 누군가를 격류에서 구원하는 난간이다. 나는 '격류'인가, 아니면 '난간'인가?

누군가에게서 공짜로 얻은 고물 타자기로 몇 문장을 겨우 쓰던 청년은 이제 예순을 넘겼다. 세월은 믿을 수 없이 빨리 지나가고, 계곡의 가느다란 물줄기는 하류에서 넓고 큰 강을 이룬다. 계곡의 물줄기가 강을 이루고 흘러가듯 우리는 세월과 더불어 흘러간다. 저 영원과 무한으로 출렁이는 바다가 점점 다가온다. 넓고 따스한 바다는 햇빛을 받아 빛나는데, 나는 하류에 닿아 눈앞에 펼쳐진 저 바다를 경이로운 눈길로 바라본다. 이번 생에서 이렇듯 큰 바다는 첫 경험이다. 심장 박동이 빨라진다. 나는 여전히 글을 쓰고 있다. 나는 니체처럼 이렇게 말할 수 있어야 한다. "진실로, 나는 백 개의 영혼을 가로질러 내 길을 걸어왔으며 백 개나 되는 요람과 해산의 고통을 겪어가며 내 길을 걸어왔

다." 나는 백 개의 영혼을 가로질렀는가? 백 개나 되는 요람과 해산의 고통을 겪었는가? 글을 쓰려는 자는 백 개의 영혼을 횡단해야 한다. 백 개의 영혼을 거쳐 백 개의 길을 걸어보지 않은 자는 그 빈곤 속에서 질식한 채 숨이 끊어진다.

카페에서 글쓰기

글 쓰는 자들은 집중할 수 있는 공간을 찾는다. 시간과 더불어 공간은 글쓰기에 필요한 절대 조건이다. 참을성 있게 저 무의식의 생각들을 끌어내고, 숙성시키며, 어휘들을 조합하고 문장을 만드는 일에는 공간이 거드는 부분이 있는 것이다. 글 쓰는 이들마다 저마다 다른 공간 취향을 갖고 있다. 누군가는 햇빛이 잘 드는 방을 좋아하고, 누군가는 두터운 암막 커튼으로 외부의 빛을 차단한 채 인공조명을 밝힌 공간을 더 좋아한다. 커튼으로 햇빛을 차단한 채 밝은 등을 켜놓은 고요한 서재에서만 글을 쓸 수가 있다, 라고 말하고 싶지만, 정직하게 말하자면, 나는 공간을 까탈스럽게 따지고 가리지는 않는다. 어디에서나 책을 읽듯이 어디에서나 글을 쓴다. 나는 거실, 침대, 부엌, 베란다, 야간열차, 야외 탁자, 시골집의 툇마루, 절, 감옥, 병

원 로비, 도서관, 공항, 호텔 객실, 바닷가의 펜션…… 등 장소를 가리지 않고 책을 읽는다. 책 읽기에 좋은 곳이라면 글쓰기에도 좋다고 생각한다.

글 쓰는 자의 천국, 서재

미국 작가 조이스 캐롤 오츠(1938~)는 "나는 내 서재를 사랑한다. 그곳은 내가 무수한 백일몽과 불완전한 기억, 신문 스크랩을 품은 채 돌아오는 장소다."[1] 라고 쓴다. 물론 백일몽과 기억들, 자료 더미가 있는 서재보다 더 좋은 글쓰기 공간은 없을 것이다. 서재는 글쓰기에 적합한 공간이다. 글쓰기를 직업으로 삼은 자로서 서재를 갖는 것은 행운이다. 나는 30대가 되어서야 겨우 작은 서재를 마련했다. 서재에 책상을 들이고, 사방 벽에 서가를 세우고 책을 꽂을 때 설레고 행복했다. 서재는 책을 읽고 글 쓰는 곳이라는 의미를 넘어서서, 지식의 융합을 통해 새로운 것들을 생산해내는 거점 공간이다. 당연히 서재는 지식의 보고(寶庫)다. 또한 서재는 묵언을 실천하는 청정도량이자 수도원 같은 곳이다. 글 쓰는 자는 서재에서 침묵하고 명상하는 수도사가 된다. 평생 글쓰기를 하려면 자기만의 책상, 자기만의 방, 자기만의 서재를 마련해야 한다. 혼자 몽상에 빠지고 글을 쓸 수 있는

1 조이스 캐롤 오츠, 『작가의 신념』, 송경아 옮김, 은행나무, 2014, 182쪽.

서재는 글 쓰는 자의 천국이다.

카페도 좋다

내가 서재 다음으로 좋아하는 공간은 카페다. 서울의 서교동에는 크고 작은 카페들이 널려 있다. 날씨가 화창하건 잔뜩 구름이 끼었건 상관없이 오전 작업을 끝내고 휴식을 취한 뒤, 나는 랩톱을 들고 북카페로 간다. 랩톱을 펼치는 곳이 곧 내 작업 공간이 되는 것이다. 북카페는 글 쓰는 공간으로 나쁘지 않다. 안락한 의자와 탁자, 햇빛이 환하게 비쳐 드는 카페에서 글 쓰는 것은 나쁘지 않다.

글쓰기와 궁합이 잘 맞는 공간들이 있는데, 시드니 교외주택의 베란다, 원주 토지문화관 귀래관, '호접몽'이라 명명한 안성의 서재 들이 그런 곳이다. 나는 이 공간들에서 고적감에 휩싸인 채 글쓰기에 집중했다. 글쓰기에 최적화된 공간이 거저 주어지는 것은 아니다. 서재의 대안 공간으로 찾은 곳이 동네 카페인데, 실내 음악이나 왁자지껄한 수다는 별 문제가 되지 않는다. 랩톱을 열어놓고 글쓰기에 몰입하면 소음 따위는 아득해진다. 오히려 적당한 소음은 집중하는 데 도움이 된다. 단골 카페에서 사람들이 랩톱을 펼치고 작업에 몰두하는 풍경은 흔한 일이다. 카페에서 글을 쓰는 사람, 전공 공부를 하는 사람, 영화를 보는 사람, 영어회화 강좌를 듣는 사람들을 보는 것은 낯설지 않

다. 나는 그들 틈에 자연스럽게 끼어 에스프레소를 천천히 마시며 랩톱의 자판을 두드리며 내 글을 쓰는 것이다.

유일한 갈망이자 숭고한 소명, 글쓰기

글의 촉매는 최초의 영감, 번뜩이는 아이디어, 천재적인 직관이 아니다. 어린 시절 유전자와 타고난 재능이 만드는 '천재'가 따로 존재한다고 믿었고, 스무 살 무렵 내가 천재의 부류가 아니라는 걸 알고 절망했다. 그럼에도 글쓰기를 포기할 수 없었는데, 그건 쓰는 일을 좋아했기 때문이다. 글 쓰는 일보다 더 의미가 있는 다른 무엇을 찾을 수가 없었다고 생각한 것은 그때 내가 문학이라는 열병에 들린 상태였기 때문이다. 나는 '천재'가 곧 열망의 다른 이름이라는 것을 어렴풋하게나마 깨달았다. 책상 앞에 진득하니 앉아 있는 힘, 그게 나를 글쓰기로 이끈다. 글쓰기에의 열망만이 오래 책상 앞에서 떠나지 않고 오래 머물 수 있게 한다. 영감이나 직관 따위는 잊어라! 글쓰기는 한없이 메마른 노동이다. 좋은 노동자는 오래 숙련된 기술을 가졌을 뿐만 아니라 꾀부리지 않고 자기 일을 묵묵히 해낸다. 좋은 작가는 숙련된 상태에서 꾸준히 쓰는 작가라는걸 이해하는 데 마흔 해나 걸렸다. 머리가 나쁜 탓이다.

문학을 한다는 건, 철학자이자 작가인 베르나르 앙리 레비의 표현을 빌리자면 "피와 종이와의 전쟁"을 치르는 일이다. 문학은 백지 위에 자기 피를 찍어서 쓰는 일이고, 늠름한 문학은 언제나 "피와 종이와의 전쟁"을 통해서만 나온다. 20대 때 주변에 문학을 한다는 친구들이 들끓었는데, 대부분 단 한 줄의 문장도 쓰지는 않은 채 문학 얘기를 늘어놓은 것을 좋아했다. 내가 아는 한 지금 그 친구들 중 누구도 글을 쓰지 않는다. 냉정하게 보자면 그들은 쓰고자 하는 열망 없이 문학의 외피에 둘러쳐진 광휘, 즉 문학의 아우라만을 갈망한 셈이다. 그걸 비난하려는 게 아니다. 문학을 한다는 건 쓰는 일에 목숨을 거는 일이다. 쓰는 일에 몰두해서 어깨가 마비되고 팔을 움직일 수 없을 때까지 나가야 한다. 농부가 쟁기로 땅을 갈 듯이 작가는 쉬지 않고 백지 위에 문장을 써나가는 사람이다. 문학을 한다는 건 더도 아니고 덜도 아닌 쓰는 노동에 자기를 봉헌하는 일이다.

써라! 쓰고, 쓰고, 또 써라! 문학을 한다는 것은 제 시간을 들여 끊임없이 쓴다는 것이다. '쓴다'라는 동사에 제 모든 것을 거는 것, 자신을 바치는 것, 그게 작가의 길이다. 누구나 쓰고 있을 때만 '작가'라고 할 수 있다. 진짜 작가란 글을 쓰지 않는 자신을 송두리째 부정할 수 있어야 한다. 작가는 글쓰기를 통해서만 존재 증명을 할 수 있다고 믿은 오스트리아 출신의 소설가이자 시인인 잉게보르크 바흐만(1926~1973)은 그 점을 누구보다 투명하게 응시했다. "나는 글을 쓸 때만 존재한다. 글을 쓰지 않는 나는 존재하지 않는다. 글을 쓰지 않을 때면 나 자신이 몹시 생소

하게 느껴진다. 이상한 존재 방식이다. 반사회적이고 고독하며 지긋지긋한 일이다."[2] 작가란 직업은 글쓰기라는 특이한 노동으로 먹고사는 운명을 받아들여야 한다. 글을 쓰지 않는 작가는 작가가 아니다. 작가라면 자기의 욕망, 타성, 습관, 대인관계에 휘둘려서는 안 된다. 글쓰기는 그 모든 것들에 앞서야 한다. 작가에게 쓰는 일이란 유일한 갈망이고, 숭고한 소명이며, 그걸 하지 않고는 배길 수 없는 본성이어야 한다.

선배들의 카페

여러 책들과 자료를 뒤적여보니, 카페에서 글을 쓴 유명 작가들이 의외로 많다. 집 없이 호텔을 전전하며 생활하던 장 폴 사르트르(1905~1980)는 카페에서 여러 책들을 쓴 것으로 널리 알려져 있다. 당대 유명인이자 하나의 깃발이었던 그를 흠모하던 사람에게 사르트르는 영토를 갖지 않은 국가와 같은 존재다. 그는 날마다 생 제르맹 데 프레의 '뒤 마고'에 나와 앉아 샹송가수 그레코를 위한 노랫말을 쓰거나 여성들에게 열 통 정도의 편지를 쓰거나 누군가와 대화를 하면서 제 말을 써내려갔다. 카페 '플로르'에서는 1942년에서 1943년 겨울까지 모피 인조 코트를 걸친 채 날마다 4시간씩 꼼짝도 하지 않은 채 『존재와 무』라

2 타니아 슐리, 『글쓰는 여자의 공간』, 남기철 옮김, 이봄, 2016년, 86쪽.

는 대작을 썼다. 사르트르에게 카페는 거실이자 사무실이고 집필실이었다. 사르트르와 계약결혼을 한 작가 시몬 드 보부아르(1908~1986) 역시 카페에서 식사를 하고 책을 쓰고 사람들을 만났다. 사르트르나 보부아르가 호텔이나 카페 같은 공공장소를 생활공간으로 삼고 글을 쓴 것은 가사노동에 매이지 않는 완벽한 자유를 갈망했기 때문이다. 두 사람은 같은 호텔에 묵었지만 방은 따로 썼다.

파리에서 가난 속에서 젊은 시절을 보낸 어니스트 헤밍웨이(1899~1961)도 카페에서 글을 썼다. 가난한 탓에 겨울에는 난방시설이 잘 된 카페보다 더 나은 집필 공간을 찾을 수 없었으리라. 헤밍웨이는 카페 '클로즈리 데 리라'에서 푸른색 표지 노트, 연필 두 자루, 연필깎이, 행운을 부르는 토끼발 부적을 지닌 채 원고를 썼다. 초고는 연필로 쓰고, 나중에 타자기로 옮겨 썼다. 2005년 쿠바 아바나를 여행하면서 말년의 헤밍웨이가 살던 집을 들렀다. 이 놀라운 이야기꾼이 생전에 쓰던 서재가 보존되어 있었다. 책상 위에 타자기가 있었는데, 그게 파리에서 썼던 것인지는 알 수가 없었다.

프랑스 작가 나탈리 사로트(1900~1999)도 수십 년간 카페에서 글쓰기를 했다. 아이들과 남편이 있는 집은 글쓰기에 좋은 환경이 아니었다. 사로트는 날마다 글쓰기를 위해 집 근처의 카페로 나갔다. "그녀는 매일 아침 9시 15분부터 12시 30분까지 파

리 집 근처의 카페에 가 있었다. 레바논 사람들이 즐겨 찾는 시끌벅적한 카페로, 때로는 무슨 말인지도 알아들을 수 없는 언어들이 사방에서 들리는 곳이었다. 그녀는 그곳의 구석 자리에 앉아 담배를 피우며 공책에 글을 썼다. 그녀의 작품 대부분이 이곳에서 탄생했다."[3] 내가 카페를 자주 찾는 것은 편안함과 자유로움 때문이다. 카페에서는 익명성이 만드는 자유의 공기로 인해 편안해진다. 카페는 기분전환에도 좋고, 소소한 일상의 일들에서 차단된 채 홀가분해진 기분으로 글을 쓸 수가 있는 것이다.

집중할 수 있는 곳이라면 어디든

누군가는 낯선 이들이 북적이는 카페에서 글을 쓰지만 또 다른 누군가는 아무도 없는 폐쇄된 공간에서만 글을 쓴다. 사람마다 취향과 습관이 다르다. 집중할 수 있다면 어디에서든지 글을 쓸 수 있다. 카페는 선택할 수 있는 가능한 글쓰기 공간 중의 하나다. 『하드리아누스 황제의 회상록』을 쓴 소설가 마르그리트 유르스나르(1903~1987)는 "편하게 글을 쓸 수 있는 장소라면 어디건 상관없다."[4] 라고 했다. 자기만의 서재가 없는 작가들이 그랬듯이 카페를 서재 삼아 쓸 수도 있는 것이다. 작가라면 어느

3 타니아 슐리, 앞의 책, 179쪽.

4 타니아 슐리, 앞의 책, 204쪽.

곳에서든지 쓸 수 있는 준비가 되어 있어야 한다. '장르의 경계를 지운 글쓰기'를 한다는 평가를 받는 데이비드 실즈는 "나는 위대한 인물이 방에서 홀로 걸작을 쓴다는 생각을 이제 믿지 않는다."라고 썼다. 이 문장을 읽자마자 무릎을 치며 공감을 했다. 맞다, 맞아! "내가 믿는 것은 병리학 실험실, 쓰레기 매립지, 재활용 센터, 사형선고, 미수로 끝난 자살의 유언장, 구원을 향한 돌진으로서의 예술이다."[5] 누군가에게 글쓰기는 구원이고 그것을 향한 돌진이다! 뿐만 아니라 모든 글쓰기는 창조고 치유이며 실험이다. 일이고 직업이고, 웃음과 망각을 위한 놀이다. 누군가에게 글쓰기는 삶의 다양성에 대한 갈망이고, 존재 증명이고, 자기 과시의 한 방식이다.

글을 쓰려면 작업을 방해하는 온갖 것들과 싸워서 극복해야 한다. 신경을 긁어대는 소음들, 성가신 전화들, 불청객들, 실내에 어질러진 물건들, 후각을 자극하고 정신을 산만하게 만드는 음식 냄새들……. 이런 환경은 글쓰기에 좋지 않다. 집중력을 흩뜨리고 의식을 산만하게 만든다. 글을 쓸 수 있는 쾌적한 공간을 확보하는 것은 만만치 않은 일이다. 그 어떤 방해도 없이 편안하게 글을 쓸 수 있는 최적의 공간은 어디일까? 저마다 살아온 배경과 취향이 다르고, 살아가는 처지와 삶의 방식이 다르니까, 좋

5 데이비드 실즈, 『문학은 어떻게 내 삶을 구했는가』, 김명남 옮김, 책세상, 2014, 227쪽.

아하는 공간도 다를 수밖에 없다. 누군가는 서재에서, 누군가는 부엌 식탁에서, 누군가는 카페 탁자에서 글을 쓴다. 독방이건 공 공장소건 어디에서 쓰든지 상관이 없지만 오직 쓰려는 일념과 꿋꿋한 의지, 갖가지 방해들을 이겨낼 수 있는 정신은 반드시 필요하다. 오늘날의 카페는 글쓰기를 할 수 있는 낙원 중의 하나다. 카페는 시끌벅적한 소음을 내며 소란스러운 장소이지만 누구의 방해도 없이 글을 쓸 수 있는 공간이다. 나는 글을 쓰려고 즐거운 기분으로 카페에 나간다. 햇빛이 화창한 오늘 오후, 나는 배낭에 랩톱을 챙겨 나와서 집 근처 카페에서 이 원고를 쓴다. '카페에서 글쓰기'만큼 카페에서 랩톱을 펼치고 쓰기 좋은 주제가 또 있을까?

나는 쓴다, 고로 존재한다

추석 연휴에도 문 여는 카페에 이른 아침부터 나와 앉아 책을 읽고 글을 썼다. 단골 삼아 다니는 집 앞 카페는 연중무휴다. 추석 연휴에는 평상시보다 한 시간 늦춰 문을 열었다. 카페가 막 문을 여는 시각, 고객이 한 명도 없어 테이블들은 텅 비어 있고, 조명들만 성실하게 실내를 밝히고 있다. 아직 늦더위가 가시기 전이라 에어컨이 조용히 가동하고 있어서 카페 내부는 차가운 공기로 쾌적하다. 테이블 위에 랩톱을 펼쳐 자판을 두드릴 때면 나 혼자 카페를 통째로 빌려 쓰는 기분이다. 내 기분은 모호한 구석 없이 기쁨으로 명석하고 글쓰기는 수월하다. 나는 아메리카노 한 잔을 위로 쏟아부은 뒤 카페인이 핏줄로 번져가는 것을 느끼며, 어제 쓴 것에 이어서 쓴다.

나는 재능이 타고나기보다는 학습과 훈련을 통해 길러지는

것이라고 믿는 사람이다. 따라서 날마다 글쓰기의 습관을 몸에 각인시키는 게 중요하다. 마라톤 주자가 날마다 일정한 거리를 뛰면서 근력을 다지고 달리기의 속도를 차츰 높여가듯이, 하루에 최소 네 시간에서 여덟 시간 동안 글을 쓴다. 마라톤 선수에게 달리기가 그렇듯이 혹은 수영선수에게 수영이 그렇듯이, 작가에게 글쓰기는 "한없이 개인적이고 피지컬한 업(業)"[6]이다. 마라톤 선수가 뛰듯이 나는 사전과 책과 메모장을 늘어놓은 채 하루도 거르지 않고 글쓰기를 한다.

작가들이 글을 쓰는 것은 습관이나 의무감, 또는 숭고한 소명 때문이 아니다. 작가는 불가피한 운명인 듯 쓰는 것을 좋아하기에 날마다 쓰는 것이다. 나는 새벽에서 정오까지 글을 쓴다. 주말에는 빈둥거려도 달마다 400매의 원고가 쌓이고, 이런 리듬으로 밀고 나가면 해마다 원고 5,000매를 쓰는 셈이다. 이는 꾸준한 건강, 진득함, 투철한 성실함 없이는 불가능하다. 어쨌든 기억에 축적된 사실, 사건, 현상들을 질료로 사유하고 상상을 펼쳐내면서 '쓴다'는 행위는 내 불가피한 본성에서 나오는 일이고, 삶과 자아를 빚는 한 과정이기도 하다. 나는 쓴다. 고로 나는 존재한다. 작가로 살기로 마음을 먹은 뒤로 내 안에서 소용돌이치는 글쓰기에의 갈망이라는 운명을 거역할 수가 없었다. 모든 일

6 무라카미 하루키, 『직업으로서의 소설가』, 양윤옥 옮김, 현대문학, 2016, 173쪽.

들 중에서 오직 글쓰기에 몰입할 때만 일상의 잡다한 소음에서 벗어나 자유로워지고, 존재의 충일감을 만끽할 수 있었다.

무라카미 하루키의 근작 에세이집 『직업으로서의 소설가』를 읽다가 '라이터스 블록(wrirter's block)'이라는 생소한 단어를 보았다. '라이터스 블록'이란 쓰고 싶지만 글쓰기가 전혀 되지 않는 구간이다. 하루키는 쓰고 싶은데 써지지 않는 경우란 없었다고 말한다. 그는 언제나 소설이 신나게 써질 때만 썼다고 고백한다. 작가라면 누구나 '라이터스 블록'을 겪는다. 많은 작가들이 마감을 넘기고도 써지지 않는 고통에 대해 털어놓는다. 글이 술술 써진다면 좋겠지만 그런 경우는 아주 드물다. 무엇을 쓴다는 것은 일종의 창조다. 자신을 열고 동시대와 소통하면서 인생의 궤적과 경험을 바탕으로 언어적 형상을 가진 발랄한 현존들을 빚어내는 창조로서의 글쓰기는 격심한 스트레스와 고통을 동반한다. 글쓰기를 생살이 찢기는 듯한 산통(産痛)에 견주는 작가들도 드물지 않다. 다들 산통을 겪듯이, 라이터스 블록의 시간을 견뎌내며 힘들게 한 줄 한 줄 써내는 것이다. 내가 만난 작가 중 그 누구도 글쓰기가 쉬웠다고 말한 사람은 없었다.

로맹 가리의 글쓰기

추석 연휴 동안 작가의 운명에 대해 곰곰 생각하는 말미를 준 책을 읽었다. 로맹 가리(1914~1980)의 탄생 100주기를 기념

해 나온 『내 삶의 의미』다. 이미 한 번 읽었지만, 서가에서 찾아 내 재독했다. 로맹 가리를 처음 접한 것은 김화영이 번역한 단편 「새들은 페루에 가서 죽는다」를 통해서다. 그 이전 신구문화사 판 전집으로 나온 『하늘의 뿌리』나 『새벽의 약속』이란 장편들을 읽고, 에밀 아자르라는 가명으로 공쿠르상을 받은 뒤 문학사상사에서 번역해 내놓은 『자기 앞의 생』을 읽었을 뿐이다. 앞서 말한 두 소설이 문학과지성사에서 재간되고, 로맹 가리의 전 작품이 마음산책에서 새로 번역돼서 산뜻한 장정으로 출간되고 있다. 그의 소설들을 찾아 읽으며 그가 얼마나 매혹적인 작가인지를 새삼 깨달았다.

로맹 가리는 1914년 러시아에서 두 사람 모두 배우인 부모에게서 태어난다. 그는 제 첫 기억이 연극과 무대 뒤의 정경들이라고 고백한다. 그는 어렸을 때 프랑스의 모든 것을 경외하는 홀어머니를 따라 폴란드를 거쳐 프랑스로 이주해 대학을 나오고 정착하는데, 그 과정에서 러시아인의 정체성은 퇴색하고 그 희미해진 것 위에 프랑스인이라는 새롭고 강렬한 정체성이 덧씌워진다. 꼼꼼하게 다시 읽은 이 얇은 책은 비행기 조종사, 외교관, 뛰어난 소설가라는 독특한 이력을 가진 로맹 가리의 생애에 대한 회고로, 1980년 겨울 권총을 입에 물고 방아쇠를 당기기 몇 달 전 캐나다의 한 방송국과 인터뷰한 내용을 엮어낸 것이다.

그는 청년 시절 생활비를 벌려고 천 가지도 넘는 일을 하고,

프랑스의 위대한 작가 겸 외교관이 될 거라고 확신하는 홀어머니의 기대에 부응하기 위해 안간힘을 쓴다. 그는 젊은 시절을 "파리에서 먹고살기 위해 대부분 두 가지 일을 동시에 했고, 셔츠는 두 장밖에 없었고, 오이와 빵만 먹고 살았습니다."라고 회고한다. 19세 때 주간 문예지에 단편 하나가 실려 1,000프랑의 원고료를 받았을 뿐 출판사에 보낸 습작들은 번번이 퇴짜를 맞고 홀어머니의 기대에 부응하지 못한다는 점을 괴로워했다. 왜 네 이름이 신문에 나오지 않느냐고 묻는 어머니에게 엉뚱한 작가 이름을 들이대며, 이게 제 이름이에요, 가명으로 책을 쓰고 있어요라고 둘러대기도 한다. 1941년 홀어머니가 위암으로 죽은 뒤 불가능한 것으로 보였던, 한 가난한 이민자 가정 출신의 이 작가는 어머니의 아득한 갈망을 넘치게 이루며 화사한 인생의 시기를 맞는다.

첫 소설 『유럽의 교육』이 나온 것은 1945년이다. 첫 소설로 비평가상을 받고, 언론의 찬사를 들었으며, 몇십만 부가 팔려나갔다. 하지만 비평가들은 그가 단 한 권의 책의 저자로 그칠 것이라고 혹평을 퍼붓는다. 이어서 『튤립』, 『거대한 옷장』, 『낮의 빛깔들』도 성공을 거두지만, 비평계의 기이할 정도로 비우호적이고 싸늘한 묵살이 이어진다. 1956년에 내놓은 『하늘의 뿌리』는 아프리카에서 해마다 7만 마리씩 학살당하는 코끼리 보호를 위해 쓴 매우 앞선 생태학 소설이다. 이 소설로 엄청 큰 성공을

거두고 명성이 드높은 공쿠르상을 거머쥐었으니 프랑스의 위대한 작가로 우뚝 선 셈이다. 그는 프랑스 외무부에 들어가 동유럽과 유엔에서 대표단 부대변인으로 외교 업무를 맡고, 로스앤젤레스 주재 프랑스 총영사로 재직했다. 17년 동안이나 외교관 활동을 했으니, 홀어머니가 그에 대해 품은 꿈과 기대를 다 이룬 셈이다.

『내 삶의 의미』를 읽고 난 뒤, 그가 할리우드 영화의 시나리오 작업을 했다는 것, 직접 영화감독으로 나섰다는 새로운 사실을 알았다. 아내와 이혼하고 로스앤젤레스 주재 프랑스 총영사일 때 만난 24세 연하의 아름다운 여배우 진 세버그와 연애에 빠져 결혼하고 아들까지 얻지만 결혼생활은 평탄치 않았다. 불행으로 얼룩진 결혼생활에 관해서는 폴 세르주가 쓴 『로맹 가리와 진 세버그의 숨가쁜 사랑』에 자세히 나와 있으니 더 말하지 않겠다. 둘은 사랑으로 맺어졌지만 "젊은 아내의 이상주의"를 용인할 수도 없고 따를 수도 없었던 탓에 비극적 파국을 맞는다. 진 세버그가 여러 사람들에게 이용만 당하다가 죽음을 맞고, 로맹 가리는 그런 불행을 말없이 감내하며, 하루에 일고여덟 시간 이상씩 소설 쓰는 일에 매달린다.

로맹 가리라는 유명 작가로 널리 알려진 이름 말고도 에밀 아자르라는 낯선 가명으로 소설을 펴내는 특이한 행태를 보여준다. 1974년 비단뱀과 동거하는 남자의 이야기를 그린 『그로칼

랭』을 에밀 아자르라는 가명으로 출판사에 투고한다. 이 작품은 신인작가들이 거치는 심사를 통해 출간되는데, 이것이 에밀 아자르의 신화가 시작되는 계기다. 그는 로맹 가리와 에밀 아자르로 나뉜 삶을 완벽하게 살아낸다. 에밀 아자르는 자기에게서 도망가려고 허구를 만들어 참칭한 행위이기보다는 오히려 로맹 가리를 허구화하려는 기묘한 장난, 자신과 불화하는 세상을 향한 블랙 유머, 시틋한 소리나 내뱉는 비평가들 물 먹이기가 아니었을까. 에밀 아자르의 이름으로 펴낸 『가면의 생』에서 그는 로맹 가리가 멍청이, 늙어빠진 사기꾼, 가짜 레지스탕스 대원, 위선자라고 맹비난한다. 이런 기이한 짓을 어떻게 받아들여야 할까? 그가 갈망한 것은 타자들이 만든 허구의 삶이 아니라 진짜 자기의 인생이었다. 로맹 가리는 진 세버그가 자동차 안에서 죽은 채 발견된 그 이듬해인 1980년 12월 2일, 파리의 바크가 108번지 자택에서 권총을 입에 물고 방아쇠를 당겨 자살한다. 그는 비극적 파멸로 생을 마치기 직전 『에밀 아자르의 삶과 죽음』이라는 원고를 출판사에 보내 사후 에밀 아자르와 관련된 진실이 밝혀지도록 한다.

다시 『내 삶의 의미』로 돌아가서, 그가 진솔한 목소리로 고백하는 대목을 눈여겨보자. "나는 삶을 살아가기보다는 내 삶에 의해 살아졌다는 느낌이 듭니다. 내가 삶을 선택했다기보다는 삶의 대상이 되었다는 느낌입니다. 분명 우리는 삶에 조종당합니

다. 지금 여기서 이야기하고 있는 것처럼 미디어를 통해, 여러분의 카메라를 통해 대중 속에서 만들어지는 이미지라는 기이한 현상은 사실 인간의 실제와는 거의 관계가 없습니다. 사람들이 나에 관해 쓰는 모든 것에서 매일 나를 보지만 나는 내가 끌고 다니는 그 이미지 속에서 결코 나를 알아보지 못합니다."[7] 로맹 가리는 우리가 삶을 살아가기보다는 삶에 의해 살아지는 것이라고 말한다. 인생의 주도권은 믿기 힘들겠지만 우리 자신에게 있는 것이 아니라 인생 그 자체에 있다. 우리가 삶을 선택하는 게 아니라 삶의 대상이 되고 있는 셈이다. 그런 까닭에 우리는 삶, 혹은 인생에 조종당한다라고 말할 수 있다. 겉으로 드러난 삶, 혹은 인생은 '나'의 실제와는 관계없이 미디어나 대중에 의해 만들어진 것에 지나지 않는다. '나'의 진짜 삶은 그 껍데기 저 안쪽 어딘가에 숨어 있는 것이다.

로맹 가리에 앞서 러시아 출신으로 미국으로 망명한 작가 블라디미르 나보코프를 좋아한다. 나보코프의 『롤리타』를 몇 번이나 되풀이해서 읽었다. 두 천재 작가는 닮았지만, 실은 다른 점이 더 많다. 나는 나보코프와 로맹 가리를 겹쳐 보고 싶은 유혹을 느낀다. 나보코프는 영어로 썼고, 로맹 가리는 프랑스어로 썼다. 나보코프가 나비 수집에 기이한 열정을 보이고, 로맹 가리

7 로맹 가리, 『내 삶의 의미』, 백선희 옮김, 문학과지성사, 2015, 109쪽.

가 할리우드의 시나리오를 쓰거나 영화감독을 하는 등 작가 본업을 벗어나 외도를 했다. 하지만 두 작가는 작가로서 '쓴다'라는 것에 시종 헌신하는 태도를 보였다. 로맹 가리는 하루에 일곱 여덟 시간 내지 아홉 시간을 소설 쓰는 일에 매진한다. 그는 글쓰기의 용광로에 제 불행과 불운, 야심과 실패, 역사적 기억과 개인적 기억을 녹여내어 끊임없이 소설을 빚어낸다. 심지어 제 인생이 통째로 '로맹 가리'란 이름에 갇히는 것조차 거부하고 가명으로 허구의 작가를 만들어 새로운 자기를 빚어내려고 시도한다. 로맹 가리가 말했듯이 "작가는 자기 자신의 최고의 것을, 책 속에 담고 그 나머지, 앙드레 말로의 표현대로라면 '한 무더기의 보잘것없는 비밀'은 홀로 간직"[8] 하는 자들이 아닌가? 로맹 가리는 나는 쓴다, 고로 존재한다, 라는 명제에 충실하고, 그 어떤 작가보다도 자기 자신을 최고로 끌어내 그것을 질료로 전대미문의 새로운 세계를 발명하고, 자기를 빚는 존재로 살았다고 말할 수 있을 것이다.

8 로맹 가리, 앞의 책, 110쪽.

여전히 글쓰기가 즐겁다

나는 비교적 젊은 나이에 글쓰기를 필생의 업으로 삼았는데, 나를 글쓰기로 이끈 것은 다름 아닌 삶이고 동시대의 인간들이다. 철학자 쇼펜하우어는 "제 동족을 죽이고 그 시신의 비계로 자신의 장화를 닦을 법한 인간이 비단 한 명만은 아닐 것이다."라고 썼다. 가장 더럽고 잔인하고 비열한 존재이면서, 또한 가장 숭고하고 아름다운 존재가 바로 인간이다. 내가 이 인간의 일원으로 태어난 것은 우연의 일이다. 인간은 누구나 비천하고, 짧고, 조야한, 그리고 거짓과 악과 무지에 감싸인 채 비참과 고통 속에 뒹굴다가 죽는다. 나는 아버지의 죽음을 겪고, 어머니의 죽음을 겪었다. 고로 나도 죽을 것이다. 스무 살 무렵 나는 죽음에 절망하고 허무주의에 기울었는데, 죽음에 대한 어둡고 비관적인 인식이 나를 글쓰기로 이끌었다. 인간은 왜 태어나고 죽는가. 이 삶에는 어떤 의미가 있는가. 나는 삶에 대한 그런 의문들을 품었다. 그 의문들을 풀려고 책의 세계를 기웃거리다가 우연한 계기로 책을 쓰는 사람이 되고 만 것이다. 지금까지 읽고 쓰는 사람으로 살아온 것은 내 불가피한 운명이다.

나는 직장에 출근하려고 아침 일찍 턱수염을 깎고 넥타이를 매지 않아도 되는 사람이다. 그런 매임에서 자유롭다는 점만으로도 내 인생은 성공한 셈이다. 물론 이것은 나만의 계산법이다. 나는 새벽에 일어나지만, 이것은 외부의 요구나 강제에 의해서가 아니라 자발적인 행위다. 새벽에 책을 읽고 글을 쓴다. 아무도 명령하지 않지만 날마다 그 일을 한다. 내가 영업판촉 인력이나 중등교육 기관에 종사하는 교사로 분류되지 않는 점을 즐거워한다. 나는 하루라는 시간을 온전히 내 뜻대로 쓸 수 있다는 점에서 큰 자긍심을 갖는다. 나는 출근하고, 일과표를 확인하고, 회의를 주재하고, 영업 보고를 하는 대신 햇볕을 쬐며 산책을 하고, 서점을 들르고, 카페에 앉아 책을 읽는다. 사회적 관습에 매이지 않은 채 원하는 시간에 밥을 먹고, 졸음이 쏟아질 때 잠에 든다. 취향에 따라 옷을 입고, 시간을 내 뜻대로 쓰는 지금 이대로의 삶을 좋아한다.

나이를 먹어가면서 늙어간다는 실감은 또렷해진다. 삶의 지평을 덮어오는 하오의 그림자와 노년의 시간을 투명하게 바라본다. 이 늙음은 내 생에서 처음 겪는 전대미문의 사건이다. 이

사태에 어떻게 지혜롭게 대처할지 알려주는 매뉴얼도 없고, 조언을 해주는 사람도 없다. 스스로 겪으면서 대처해야 한다. 내 인생에서 기쁨은 '읽는' 일이고, 의미의 핵을 이루는 것은 '쓰는' 일이다. 읽고 쓰는 기쁨과 보람이 있는 한 늙는 게 그다지 두렵지 않다. 나는 스스로에게 속삭인다. 써라! 그것만이 의미 있다! 날마다 쓰는 일은 힘들지만 한 권의 책을 다 쓰고 나면 그다음 책을 써야 한다. 등불 없이 어둠 속을 걷는 것같이 책을 쓰는 것은 고독과 대면하는 일이고, 세상에 없는 고독의 형상을 빚는 일이다. "책 속의 고독은 전 세계의 고독이다."[9] 책을 쓰는 자는 그 고독의 메마름, 고독의 불모성을 두려워해서는 안 된다. 고독을 오래된 벗처럼 대해야 하는 것이다.

글을 쓸 때 불안해지고, 신경이 예민해지는 까닭은 재능의 얕음 때문이고, 일에 집중해야 하는 탓이다. 나는 자주 글을 쓴다는 것이 무엇인가를 묻는다. 글쓰기는 존재의 심층을 드러내는 일이다. 표면이 곧 심연이다. 표면보다 더한 심연은 없다. 나는 존재의 심층에 대해 쓰려고 전두엽에 번쩍 하고 내리꽂히는 영감의 순간을 기다리지 않는다. 영감을 '신의 번개'라고 할 수 있지만 나는 '표면들'에서 글쓰기를 시작한다. 글을 쓰려면 먼저 표면에서 시작하라! 표면들은 빛과 죽음, 바다와 산맥, 약동하

9 마르그리트 뒤라스, 『고독한 글쓰기』, 이용주 옮김, 창작시대, 1997, 36쪽.

는 어린애들, 싹트는 감자와 시체를 파먹는 구더기, 젊은 여자의 웃음소리, 봄마다 연초록 새잎을 피워내는 버드나무들, 요양병원의 중환자실에 누운 채 죽음을 기다리는 사람들, 오래 앓는 환자의 고독, 판돈이 거덜난 도박꾼의 허탈함, 사랑에 빠진 젊은 남자의 이마, 텅 빈 컵들, 열렸다 닫히는 문들, 여름 새벽, 비 오기 직전 훅 하고 끼치는 흙냄새, 첫눈, 수놓는 중국 소수민족의 눈 먼 처녀, 미얀마의 승려, 호색한, 살인마의 딸, 시드는 풀들, 풀밭에 깃털이 뜯긴 채 죽은 새, 벼락으로 죽은 대추나무…… 따위들이다.

글쓰기란 삶의 본질과 전 존재로 쿵 하고 부딪치는 일이다. 그렇다면 삶이란 무엇일까? 존 클레어는 「삶이란 무엇일까?」라는 시에서 "흐르는 모래시계/아침 해에 걷히는 안개/부산하지만 반복되는 꿈"이라고 노래한다. 삶은 모래시계만큼이나 아침 해에 걷히는 안개만큼이나 짧다. 하지만 인간은 균류나 조류, 설치류나 파충류보다 더 오래 산다. 물론 더 오래 사는 생물들도 있다. 유럽 민물홍합은 190년을 살고, 아이슬란드 연안 해역의 대양백합조개는 405년을 산다.[10] 20세기 초 인류 수명은 40세 안팎이었는데, 지금은 그 두 배인 80세에 달한다. 한 세기 동안 인간 수명은 2배로 늘었지만 노화와 죽음을 피할 도리는 없다. 우

10 조너선 실버타운, 『늙는다는 건 우주의 일』, 노승영 옮김, 서해문집, 2016, 44쪽.

리는 태어나는 순간부터 늙어간다. 이것은 돌이킬 수 없는 사태다. 늙으면 잠이 줄고 밤에는 자주 깨어난다. 피부에 없던 점들이 생기고 주름은 늘어나며 뼈의 강도는 약해진다. 노화는 여러 죽음의 전조 현상들을 드러낸다.

인간은 유산소 호흡을 하며 산다. 이것이 없다면 삶이 불가능하겠지만 유산소 호흡을 하는 한 삶을 지속하는 시간도 영원할 수 없다. 유산소 호흡을 하며 산다는 것은 "생명의 불에 열량을 태울 때마다 스스로를 화장(火葬)하는 장작을 채우는 셈"[11] 이다. 죽음은 모든 생물 종들에게 선택이 배제된 운명이다. 에밀리 디킨슨의 시구대로 "죽음은 영혼과 흙의 대화"다. 내게 그 시각은 닥치지 않았다. 우리는 여러 여름을 맞으며 늙어가는데, 늙음은 죽음의 유예이자 동시에 빛나는 생명 약동의 시간이다. 나이 들면서 좋은 것은 글로 남기고 써야 할 재료들, 즉 경험과 연륜이 더 풍부해진다는 점이다. 늙어서 지혜로운 자들은 더 신중해짐으로써 실수를 줄이고, 삶의 복잡한 의미를 더 잘 짚어낼 수 있는 능력을 키우게 된다. 반대로 나이 들면서 안타까운 것은 생물학적 기능이 쇠퇴하고 죽음에 가까워지면서 글 쓸 시간이 줄어든다는 점이다.

11 조너선 실버타운, 앞의 책, 175쪽.

나이 듦에 관하여

나이 먹는 일은 신체적인 일이자 심리적인 일이다. 늙는 것은 나이를 먹기 때문이 아니라 꿈을 잃는 탓이다. 미국 대통령을 지낸 지미 카터는 "후회가 꿈을 대신하는 순간부터 우리는 늙기 시작한다."라고 말했다. 젊을수록 더 많은 꿈을 품고, 나이가 들수록 꿈은 줄어든다. 젊은 사람이라도 꿈이 고갈되었다면 그는 늙은 사람이다. 늙는다는 건 인생의 의욕과 꿈과 약동을 잃는 일이다. 나이 든다는 사실을 부쩍 의식한 것은 마흔 살 무렵이다. 그때부터 피부에 탄력이 줄고 주름살이 늘어났다. 운동능력이 예전 같지가 않다. 50대로 접어들면 신체 활동 능력이 더욱 떨어지고, 백혈구가 암이나 감염성 질환에 취약해진다. 여자들은 폐경을 겪고, 여성 호르몬인 에스트로겐의 분비가 줄면서 음모가 성겨지며 질의 세포벽은 약해진다. 남녀 모두 중년기에 이르면 날마다 3만에서 5만 개나 되는 신경과 10만 개의 신경세포들을 잃는다. 나이 들수록 기억력이 줄고, 암에 걸릴 확률도 더 높아지지만 여전히 활기 찬 삶을 즐기는 사람들이 있다. 중년에 이르러 지식과 경험들이 무르익고, 그동안 쌓은 연륜과 지혜로 말미암아 원숙기를 맞는 것은 인생을 잘 꾸려온 결과다. 그들은 현실에 휘둘리지 않고 인생의 모양을 제가 원하는 방식으로 빚어낼 만한 능력과 경험을 갖춘다. 그 분별력으로 세상의 일들에는 불가능한 것들이 있고 불가항력적인 부분이 있음을 받아들

이고, 그 대신 가능한 일, 잘 할 수 있는 일에 집중한다. 그럴 때 일과 정체성은 하나로 통합된다.

나이를 잘 먹는 것은 멋진 일이다. 충만한 삶을 사는 데 가족, 일, 벗, 심리적인 안정은 불가결한 조건들이다. 아울러 더 준비할 것들이 있다. 첫째, 나이를 먹는다는 사실을 긍정적으로 받아들이자. 나만 나이를 먹는 것이 아니니 우울해 할 까닭이 없다. 나이 드는 것을 너무 염려하거나 두려워하지 말자. 둘째, 자기 일을 가져야 한다. 나와 인류에게 유익한 일이면 더욱 좋다. 평생 추구해야 할 보람과 가치가 있는 일을 찾자! 셋째, 몸과 마음이 두루 건강해야 한다. 균형 잡힌 식사를 하고 적당히 몸을 쓰는 일을 하며 숙면을 취한다. 건강은 삶의 기본 바탕이고, 삶의 질을 결정하는 중요한 요소다. 건강이 나빠지면 삶의 질도 크게 떨어진다. 헬스클럽에서 운동을 하거나 수영을 하고, 햇볕을 쬐며 야외에서 더 많이 걸어라. 주말마다 산행을 하는 것도 좋다. 넷째, 좋은 철학 책들을 더 많이 읽고, 시집을 부지런히 찾아 읽자! 철학 책은 사색의 기쁨을 주고, 시집은 정서적 생활을 윤택하게 해준다. 지나온 삶을 성찰하고, 잘 죽는 법을 배워야 한다. 다섯째, 나이 먹는 것의 이점을 누려라. 인생에는 나이 먹어서 얻는 좋은 일들도 많다. 나이가 들어야만 일에서 놓이고, 가족 부양의 의무에서도 자유로워진다. 여자는 폐경기에 이르러 모성의 의무에서 벗어난다. 남녀 모두 나이가 들면서 젊은 때보다 더 많은 여유 시간을 누리게 된다. 그 시간들을 효율적으로 써야 행복해진다.

인생을 살아보니 내 주변의 것들이 다 스승이라는 걸 알겠다. 플라타너스, 앵무새, 오래 산 집, 세상의 길들, 변화무쌍한 계절들, 모란과 작약, 먼 나라, 물이 가득 찬 저수지, 앞산……. 이 모든 것들에서 나는 배운다. 최고의 스승은 바로 자기 자신이다. 그동안 쌓은 경험과 지식들로 원숙함에 이른 노인이라면 분명 배울 게 더 많으리라. 질풍노도의 청년 시절을 보내고, 고결한 사랑과 지고한 쾌락의 기억들도 희미해진 채 늙어 내면이 충만해진 노인들은 저마다 '지혜로운 책'이다. 늙는다는 건 생물학적 파산의 징후가 아니라 "우주의 일"이라고 하지 않는가. 중국 시인 왕유(王維)는 "초록은 한순간 빛나고/저녁 노을은 한곳에 머물지 않는구나"라고 노래한다. 꽃이 피었다가 시들 듯, 노을이 저녁 하늘에 비쳤다가 사라지듯이 사람도 세월도 덧없이 흘러간다. 나이듦을 기꺼운 마음으로 받아들이자. 그토록 많은 경험이라는 알을 품어서 새들을 부화시키자.

4장

행복을 주는 글쓰기

글쓰기는 더할 수 없는 매혹이고,
유혹이며, 충만한 삶을 사는 한 방식이다

온전한 나로 살기 위하여

봄비 뒤 눈부시던 벚꽃들이 다 졌다. 늦게 피는 산벚나무 꽃만 산자락에 드문드문 서 있을 뿐이다. 황사 비 내린 뒤 대기는 씻긴 듯 맑고 청명하다. 은행나무 가지마다 새잎이 돋고, 거리에는 석가 탄신을 기념하는 연등들이 내걸린다. 그 연등을 보는 순간 가슴이 덜컹 내려앉으며, 불현듯 이 봄도 다 끝났구나, 했다. 설레며 맞은 봄은 가고, 새로 오는 찬란한 봄은 다시 한 해를 기다려야 한다. 어쩌자고, 어쩌자고. 칠곡으로, 용인으로, 제천으로 지방 강연을 다니거나 원고를 쓰느라 책상에 코 박고 있는 사이 어머니의 두 번째 기일(忌日)이 지나고, 벚꽃 핀 길을 걷자는 약조도 지키지 못했는데, 봄날은 다 갔다.

봄날만 흘러가겠나. 인생도 흘러간다. 파릇파릇 하던 시절이 엊그제 같은데, 어느덧 정수리께 검은 머리가 흰 머리로 바뀌고,

얼굴엔 주름과 검버섯이 슬그머니 늘었다. 나만 혼자 늙는 게 아니니 섭섭해 할 일은 아니다. 눈이 침침해지고, 수면 시간이 부쩍 준다. 새벽에 깨어나 잠 못 이루는 날도 더러 생긴다. 나이가 드니 혈당 수치와 간 수치가 올라가고, 백내장이니 퇴행성 관절염 따위가 빚쟁이 달려들 듯 몸에 달라붙어 괴롭힌다. 그렇게 닥쳐오는 노화와 쇠락을 받아들이는 일은 쉽지 않다. 인생은 짧아 허무하고, 이루려던 꿈과 행복은 아득한 저 멀리 있다.

'베이비붐 세대'로 태어나 노년을 맞는다. 어느 날 거울을 들여다보다가 내가 늙어간다는 사실을 깨닫는다. 오오, 거울에 떠 있는 이 낯선 얼굴이라니! 인생에서 처음 맞는 노년이니 낯설기 짝이 없다. 우리 세대는 중학교 입시를 치를 때 이미 전쟁을 치르는 듯 경쟁이 치열했다. 사회에 나올 때 입사 시험 경쟁도 전쟁 같았다. 첫 경쟁에서 실패하고, 그 뒤 수도 없이 많은 실패를 겪었다. 한데 인생 낙오자로 살면 어떤가, 하고 욕심을 비우니 그럭저럭 살 만했다. 첫 경쟁에서 승리하고, 승승장구하며 높은 직위까지 올라 부러움을 샀던 친구는 직장을 그만두고 집에서 빈둥거린다. 하릴없이 주중 산행을 하거나 또래 친구들과 점심내기 당구를 치고 대낮에 소주잔을 나눈다. 벗의 늙음을 한탄하는 얘기를 듣고 헤어져서 집으로 돌아오는 길에 가슴이 헛헛해진다. 인생이란 본디 이렇게 가난하고, 비참하고, 잔인하고, 짧은 것인가.

오늘 아침 늙음에 대해 더 이상 서러워하지 않기로 한다. 노화는 피할 수 없고, 영원한 것은 아무것도 없다. 온 것은 가고, 가고 나면 새로이 돌아온 것들이 그 자리를 채운다. 지구는 해마다 새로운 계절을 맞고, 새로운 꽃과 생명들로 채워진다. 우리는 다음 세대에게 이 지구를 물려주고 퇴장하겠지만, 지구는 생명 약동하는 별로 존재할 것이다. 노화도, 죽음도 피할 수 없는 거라면 자연스럽게 받아들이자. 날마다 동이 트고 새벽마다 나뭇가지에 와서 노래하는 새들이 있다. 그 새들의 노랫소리는 얼마나 영롱한가. 아직 할 일이 있고, 팔다리는 쓸 만하다면 가진 게 없어도 인생은 살 만하다. 이제 곧 유성우 내리고 반딧불이가 파랗게 빛나는 여름밤이 오고, 태양은 하얀 불꽃처럼 타오르고 수밀도가 익어가는 계절이 돌아오지 않는가!

관조하는 시간

자, 오늘은 오늘 할 일을 하자. 하지만 너무 힘들게 일만 하지는 말자. 평생 노동으로 군살이 박인 손은 쉬게 두자. 미덕이라고 하는 일들은 대개 하찮은 일이다. 누군가에게 도움을 베풀어 보자. 그 도움이 하찮다 하더라도 누군가에게는 삶을 더욱 씩씩하게 살 수 있는 격려가 될 수 있다. 그리고 햇볕을 쬐며 걷고, 걷는 동안 신록의 계절을 만끽하자. "땀이 일의 모든 것이 아니다. 놀이하듯, 자신이 마치 이 세상에서 가장 많이 가진 사람인 듯,

여유롭게 때로는 게을러 보일 만큼 느긋하게 살아볼 일이다."(헨리 데이비드 소로) 느긋하게, 천천히 가자. 마당 한 귀퉁이에서 땅거죽을 뚫고 돋는 작약 움이라도 웅크려 바라보자. 나는 오늘 쓰기와 읽기를 멈춘 채 종일 바흐의 무반주 첼로 조곡 전곡을 들어보려고 한다. 가진 게 없어도 이 세상에서 가장 많이 가진 사람인 듯 살아볼 일이다.

종일 어떤 생각들을 하는가? 내 마음이 품은 생각들을 들여다보자. 대체로 사람들은 돈, 자식, 건강, 사업, 연애, 학문, 예술, 출세 따위 거창한 것뿐만이 아니라 그보다 훨씬 작은 이름 붙일 수 없는 잡다한 상념들에 잠겨 하루를 보낸다. 그것들을 들여다보면, 그 사람이 인생에서 무엇을 중요시하는지를, 그 가치의 순위를 짐작할 수 있다. 자잘한 걱정으로 하루를 보낸다면 그 사람이 삶에 만족하며 산다고 말할 수는 없다. 삶이란 건 우리가 생각하는 것들 이상도 아니고 이하도 아니다.

나는 '쓰기'와 관련한 일들에 대한 생각을 가장 많이 할 것이다. 나는 스스로 글쓰기라는 감옥에 나를 가둔 사람이다. 글을 쓰는 일은 생업이고, 글쓰기는 끝이 없다. 기분이 좋든지 나쁘든지, 몸이 가볍든지 무겁든지 상관하지 않고, 날마다 글을 쓰려고 책상 앞에 앉는다. 밥벌이 때문만은 아니다. 나는 왜 글을 쓰는가? 나는 이 물음에 백 개도 넘는 답변을 쓸 수가 있지만, 단 하나를 들자면, 그것은 '나'로 온전하게 살기 위함이다. 글쓰기는

씁쓸하고 치욕스러운 이 삶에서 저 너머 피안의 불빛을 향해 나아가기다. 아니다. 그것은 메마른 불행과 권태를 삶의 지복으로 바꾸는 일이다. 그 마법의 탈바꿈을 위해 나는 끊임없이 쓰기에 매달린다. 쓰기에 몰입해 있는 동안 나는 삶의 잡다한 소음과 비루함에서 벗어난다. 이것과 저것, 자아와 세계, 삶과 죽음이 경계를 넘어서서 하나로 결합하는 그 몰아의 찰나는 진짜 고독으로 충만한 시간이다. 나는 그 시간을 사랑한다. 그때 나는 진정으로 고요하고 평화롭기 때문이다.

삶이 수수께끼라면 마음에 내재한 불가해함 때문일 테다. 삶은 마음이 그린 설계도를 현실로 옮기는 도정(道程)이다. 죽음은 삶이 그 중심에 품고 있는 씨앗이다. 삶은 그 죽음마저 끌어안고 있는 총체적인 그 무엇이다. 죽음에서 삶은 응축되고, 인생의 마지막 순간 우리는 홀연 죽음을 맞는다. 죽음은 생명의 한계를 그어주는 지평선이다. 우리는 죽음에 이르기 전까지 기쁘고 보람과 의미로 가득 찬 삶을 살아야 할 의무를 지고 있다. 죽음은 삶의 가장자리에 밝은 빛을 둘러준다. 죽음이 있기에 삶은 비로소 의미를 얻고, 감미로운 것으로 변한다.

온전한 삶, 온전한 죽음

스콧 니어링과 헬렌 니어링은 가장 이상적인 방식으로 단순하고 온전한 삶을 산 사람들이다. 그들은 사랑과 원기, 자유와 평화로 가득 찬 삶을 살려고 도시를 등지고, 즉 미국의 지배적인 생활방식을 떨치고 버몬트라는 시골로 들어간다. 땅을 일궈 자신들이 먹을 것들을 스스로 마련하고, 살 집을 스스로 돌을 쌓고 지붕을 얹어 지었다. 유기농법으로 기른 과일과 채소를 먹고, 생명력이 있고 깨끗한 곡물들을 취한 그들은 다른 동물들을 부리거나 사고팔며, 죽이고 먹는 일을 하지 않았다. 그들은 동물들을 사람보다 열등한 존재로 대하지 않았다. 동물들은 우리와는 "형태가 다른 자아들"일 뿐이라고 믿었다. 다만 어떤 것은 지느러미가 있고, 어떤 것은 날개가 있고, 어떤 것은 네 다리를 갖고 있을 뿐 우리와 다르지 않은 자아들이라는 것이다. 스콧 니어링과 헬렌 니어링이 실천한 이 단순하고 소박한 삶은 다른 무엇에 휘둘리지 않고 온전한 '나'로 사는 데 큰 도움이 되었을 것이다.

이들은 소박하고 단순한 삶을 위한 원칙들을 만들고 그것을 지켰다. 이 원칙들에는 고결한 생각들이 고스란히 스며 있다. 누구라도 이 금과옥조들을 지키며 산다면 만족하고 온전한 삶이 되리라. 그들의 정신은 분별 있는 지혜로 가득 차고, 감성은 무뎌지지 않았으며, 팔다리는 강건했을 뿐만 아니라 고독한 순간조차 자기를 돌아보는 기회로 삼았다. 두 사람은 수족을 놀려 부지런히 일하고 수확을 거두지만 필요 이상으로 많이 거두려고 하지는 않았다. 재물을 쌓아 두려고 가외의 시간까지 일하는 것을 좋아하지 않았다. 한 해를 사는 데 필요한 만큼 수확을 거두

고, 남은 시간에는 책 읽기, 명상과 여행 따위를 하며 보낸다. 그게 온전한 삶을 사는 데 꼭 필요한 것이다. 그랬으니 나이가 들어도 활력이 넘치고, 늙음이 그들을 권태와 쇠퇴로 굴복시키지 못했다. 우리는 몸만 돌보는 게 아니라 제 영혼도 돌보아야 한다. 신체적 건강과 영혼의 건강이 조화를 이루어야만 잘 살 수 있기 때문이다.

스콧 니어링은 100세가 되었을 때 기쁜 마음으로 죽음을 맞기를 갈망했다. 죽음이 다가오는 것을 느끼며 음식을 끊고 마시는 것을 끊는다. "죽음은 광대한 경험의 영역이다. 나는 힘이 닿는 한 열심히, 충만하게 살아왔으므로 기쁘고 희망에 차서 간다. 죽음은 옮겨감이거나 깨어남이다. 모든 삶의 다른 국면에서처럼 어느 경우든 환영해야 한다." 스콧 니어링은 수명을 연장하려는 주사, 심장 충격, 강제 급식, 산소 주입, 수혈 같은 의학적 도움을 거부한다. 그는 진정제나 진통제, 마취제의 도움 없이 조용하고 평화롭게 죽음을 맞기를 원했던 것이다. 가장 아름다운 방식으로 자신의 죽음을 맞은 사람에게 죽음이란 나쁜 경험만은 아닐 테다. "씨앗은 터질 때가 되면, 식물은 갑자기 낱낱으로 흩어진다. 그 순간 씨앗은 껍질 속에 갇혀 그렇게 오랫동안 좁게 누워 있던 상태가 파괴되는 것처럼 느낀다. 그러나 사실은 새 생명을 얻는다."(구스타프 페히너) 죽음은 살아서는 한 번도 겪어보지 못한 새로운 경험이다. 껍질 속에 있던 씨앗들이 흩어져 새

생명을 얻듯이 우리는 죽음으로 더 넓은 우주로 나아가는 것이다. 우리가 보람과 의미로 충만하고, 온전한 '나'로 살며 약동할 수 있다면 죽음조차도 두려움으로 피할 까닭이 없다.

가족이라는 풍경

사람은 가족 속에서 태어나고 가족 속에서 살아간다. 가족은 사람이 태어나서 처음 만나는 사회다. 그런데 가족을 생각하면 나는 공연히 슬프다. 가족이 슬픈 게 아니라 슬픈 게 가족이라는 생각을 한다. 이사 갈 때 실내에서 바깥으로 내놓은 가구나 물건들이 그렇다. 영문도 모른 채 느닷없이 햇빛 찬연한 바깥으로 끌려나온 가구들은 어쩐지 창피해 하고 눈에 띄게 풀이 죽어 보인다. 가구에게도 마음이라는 게 있다면 그 마음이 슬플 것이다.

나는 시골에서 태어나 열 살 무렵 서울로 올라왔다. 아버지는 한 고등학교에 용원(傭員)으로 채용되면서 안정적인 수입원을 갖게 되었다. 그러면서 시골 외가에 맡겼던 장남을 서울로 불러올린 것이다. 내가 서울 사대문 안의 청운동에 둥지를 틀고,

청운초등학교(당시에는 국민학교라는 명칭을 썼다)로 전학한 것은 1960년대 중반이다. 어린 시절 청운동을 떠나 명륜동, 혜화동 등으로 이사를 다녔지만 사대문 안을 벗어난 적은 없다. 서울은 종일 걸어도 그 끝에 닿을 수 없을 만큼 컸다. 전차들이 거리를 가로지르며 사람들을 실어날랐다. 도심을 감싼 먼 산에는 봄마다 진달래꽃이 피고, 거리에는 비둘기들이 많았다. 대로와 이면도로들, 그리고 동네의 실핏줄처럼 이어지는 골목들이 인상적이었다. 서울에 처음 왔을 때 내 무의식에는 길을 잃는 것에 대한 두려움이 있었다.

서민들은 연탄을 난방연료로 썼다. 집집마다 문 앞에 육중한 시멘트 쓰레기통 옆에는 연탄재들이 쌓여 있곤 했다. 도시 공기는 회색빛이고, 공기에는 일산화탄소 냄새가 희미하게 났다. 거리에는 소음들이 넘쳐났다. 서울 어디를 가나 장사꾼들의 외침, 자동차들이 울려대는 난폭한 경적, 그 밖에 크고 작은 소음들로 시끄러웠다. 벚꽃 필 무렵에는 창경궁은 밤 벚꽃놀이 나들이에 나선 인파들로 붐비고, 한여름엔 뚝섬 부근 한강에 나와 헤엄을 치는 사람들이 많았다. 겨울로 접어들며 한강이 꽝꽝 얼어붙으면 사람들이 빙판 위에서 스케이트를 타곤 했다.

어린 시절, 거리에서 부모와 우연히 마주쳤을 때 나는 슬며시 피하곤 했다. 왜 그런지 아버지나 어머니의 얼굴을 쳐다보는 게 부끄러웠다. 나는 서둘러 몸을 숨기곤 했다. 지금 돌이켜보니,

나는 몹시도 수줍음이 많은 아이였다. 아버지나 어머니가 부끄러운 게 아니라 차마 나를 마주치는 게 부끄러웠던 것이다. 나는 '가족'에게서 '나'를 보았다.

주변에는 가난한 이들이 많고, 그런 탓에 가난이 수치스럽지 않았다. 물론 가난과 고독을 용납하지 못해 자신의 화실에서 목숨을 끊은 일본 유학을 다녀온 화가도 있었다. 복어 알을 끓여서 나눠먹고 식구가 다 함께 비명횡사한 집도 있었지만 산 사람들은 어떻게든 가난을 견디고 살아냈다. 낱장으로 연탄을 사서 방을 덥히고, 봉지 쌀을 사서 하루하루 끼니를 이었다. 목수는 목수 일을 하고, 생선을 파는 이는 생선을 팔고, 약국을 하는 이는 약을 팔았다. 부산이 고향이라는 옆집 아저씨는 산자락 아래 숲속에 있는 큰 요정의 요리사였다. 그는 날마다 요리를 만든다고 했다. 아버지는 목수였다. 아버지는 집을 짓거나 고치는 일을 했다. 아침에 나갔다가 저녁 늦게 돌아오셨다. 아버지는 열심히 돈을 벌고, 어머니는 어린 다섯 남매를 건사했다. 가족 부양의 책임을 지는 건 가장의 일이니까, 당연한 일이다.

가난에서 벗어날 수 있는 유일한 출구

가난한 환경에서 책을 읽고 글을 쓰는 직업을 갖고 산다는 것은 거의 기적이다. 중학교 시절 처음 글을 끼적이었는데, 그때는 식구들 누구도 거들떠보지 않았다. 그 글이라는 게 조악했을 테니 당연한 일이다. 나는 혼자서 아무도 없는 골방에서, 혹은 학교의 도서관 귀퉁이에서 끼적이는 걸 쉬지 않았다. 이 습관은 스무 살 무렵까지 이어졌다. 나는 시립도서관의 문턱이 닳을 만큼 드나들며 책들을 집중해서 읽고, 제법 많은 습작을 끼적이었다. 재능에 대한 회의로 많은 방황을 했지만 그즈음 글쓰기를 불가피한 운명으로 받아들이는 편이었다. "글을 쓴다는 것은 마술 같고, 무엇에도 비할 수 없는 특별한 일이지만, 글을 쓰기 위해서는 우선 펜을 들고 그 철길을 달려 화물 열차의 마지막 칸에 올라타야 한다."[1] 아마도 나는 스무 살 무렵 글쓰기라는 달리는 화물 열차의 마지막 칸에 올라탔을 것이다. 하지만 집안의 형편은 예전보다 조금도 나아지지 않았다. 그동안에도 아버지는 자그마한 사업들을 벌이곤 했는데 그때마다 엎어지기 일쑤고, 우리는 빈곤이라는 삶의 최저주의 속에서 허덕였다. 그럼에도 나는 밤이고 낮이고 손에서 책을 놓지 않고, 틈이 날 때마다 끊임없이 무엇인가를 끼적이었다. 무엇이 나를 문학으로 끌어당겼던 것일까? 무엇이 문학, 그 뜨거운 화염 속에 나를 무모하게 던져넣도록 이끌었을까? 문학에의 결심과 근성이 더 단단하고 깊어진 것은 문학만이 생의 도약을 실감하게 하고, 자존감을 회복하는 도구이며, 가난이라는 수모에서 벗어나는 유일한 출구였기 때

1 나탈리 골드버그, 『구원으로서의 글쓰기』, 한진영 옮김, 민음사, 2016, 172쪽.

문이다.

다시 가족 이야기로 돌아가자. 나는 가난한 집 오 남매의 맏이였는데, 맏이라고 더 슬프거나 더 행복하지는 않았다. 우리는 행복도 나누고, 슬픔도 똑같이 나누었다. 행복이건 슬픔이건 누가 더 갖거나 덜 갖는 일은 용납되지 않았다. 가족이라는 이름 아래 평등을 누렸다. 우리는 가난했으나 가난으로 인해 기죽는 일은 없었다. 왜냐하면 가족이야말로 세상의 가장 든든한 뒷배였으니까. 가족이 늘 화목했던 것은 아니지만 슬프고 힘들 때 의지가 되고, 고통을 당할 때 위로가 되었다. 우리는 한 솥에 지은 밥을 먹고, 한 냄비에 끓인 찌개를 서로의 수저로 떠먹었다. 한 세월을 웃고 울고 싸우고 화해하고 감정 공동체로 살았다. 오 남매는 가난한 환경을 이기고 다 자라서 뿔뿔이 흩어졌다. 아버지가 돌아가시고 어머니도 돌아가셨다. 이제 우리 오 남매는 아주 가끔 한 자리에 모인다. 바빠. 사는 게 바빠서. 오 남매가 모이면 입을 모아 그런 말들을 한다. 저 어린 시절의 가족은 흩어져 사라지고, 오 남매는 저마다 결혼을 하고 아이들을 낳으면서 새 가족을 꾸렸다. 가족 해체와 새로운 가족의 탄생은 맞물린다. 그러나 가족은 슬프고 애틋하다. 그 슬픔의 바탕은 언제나 피붙이에 대한 연민이다.

글 쓰는 걸 생업으로 삼은 사람은 가족 중에서 유일하다. 나는 그게 늘 궁금하다. 한 부모에게서 똑같은 유전자를 받고, 똑같은 환경에서 자라났는데, 왜 나만 글을 쓰게 된 것일까? 내가 글쓰기에 최적화된 더 특별한 유전자를 갖고 태어났을 리는 없다. 그렇다면 글쓰기는 후천적으로 만들어진 재능임에 틀림없다. 그 재능을 키운 것은 책 읽기다. 책 읽기는 한 사람으로 하여금 '무수한 삶'을 살게 한다. 책을 통해 얻은 무수한 삶은 한 삶에 대한 통찰로 나아가는 데 필요한 인지적 지평을 확장하는 효과가 있다.

책은 살아보지 못한 장소들과 나라들, 사막과 극지방에서의 삶을 가능하게 만들고, 방랑자와 추방당한 자들의 마음을 갖게 만든다. 책은 우리를 일곱 번 태어나고, 일곱 겹의 삶을 살도록 이끈다. 그리하여 책 읽기라는 습관이 최하위 계층의 유전적 열등성에서 벗어나 우연성과 불확정성의 운명을 지금 같은 형태로 빚어낸 것이다. 그토록 끈질기게 책을 읽은 것은 이기적 유전자가 찾아낸 적자 생존법이다.

나는 생존에 덜 우호적인 무산자 계급의 자식으로 태어난 그 환경의 스산함을 자각하고 그것에 굴복하지 않으려고 끊임없이 싸웠다. 공부는 그 싸움의 방식이다. 그 싸움에서 내가 늘 이긴 것은 아니지만 영원히 지지도 않았다. 나는 쓰러지고, 쓰러지고, 그럴 때마다 다시 일어났다. 지난 40년간 나는 수많은 원고를 쓰고, 해마다 새로운 책들을 써냈다. 나도 모르는 새에 뇌를 '책 읽는 뇌'로 바꾸고, 다시 '책 쓰는 뇌'로 진화시켰을 것이다.

도덕, 정의보다 강한 가족이란 연대

한국 사회는 '압축 근대'를 겪으며 그 변동이 빠르고 변화의 폭도 넓었다. 어느덧 우리는 저출산 고령화 시대로 접어들었다. 예전보다 미혼, 비혼, 만혼, 이혼이 늘고, 가족 형태도 놀랍도록 다양해졌다. 또한 '1인 가구', '독거노인'같이 가족이라는 울타리 바깥에서 혼자 사는 사람도 눈에 띄게 늘었다. '고독사' 뉴스도 심심찮게 나온다. 고독사는 가족 없이 외따로 사는 사람이 맞는 비참한 최후다. 사회학자들은 혼자 사는 미래가 온다고 말한다. 혼자 살다가 고독사를 맞는 게 미래 사회의 모습이라면 조금 쓸쓸해진다. 물론 혼자 산다고 다 불행한 것은 아니고, 가족과 산다고 다 행복한 것은 아니지만. 이래저래 변화하는 사회 안에서 가족의 의미도 달라지고 있음을 실감한다.

사회가 변했다고 가족의 가치가 줄어든 것 같지는 않다. 백번 양보를 해도 혼자 사는 것보다는 가족이라는 울타리 속에서 사는 게 더 좋다. 가족은 비열함과 재난으로 가득 찬 이 세상의 피난처다. 아무리 끔찍한 일이라도 가족이 있기에 견딜 만하다. 우리는 상처받을 때 가족이라는 방주에 숨는다. 그 안에서 상처 입은 짐승처럼 꺼이꺼이 울어도 좋다. 우리는 충분히 쉬고 힘을 재충전한 뒤 세상에 나올 수가 있다. 가족이 없는 자는 그런 피난처가 없는 것이다. 그런 까닭에 나는 혼자 살고 싶지 않고, 가족 속에서 삶을 꾸리고 싶다.

날마다 글을 쓰는 자로서 산다는 것은 행복하거나 불행한 일이 아니다. 글쓰기는 하나의 삶이다. 그것은 암흑대륙에서 혼자 탐색에 나서는 고독한 일인데, 쓰는 자만이 아니라 가족까지 고독에 빠뜨린다. 미국에 사는 딸이 모처럼 귀국해서 한 달간 지내다가 돌아갈 때, 아버지 등만 보다가 가요, 라고 쓸쓸하게 토로했다. 늘 책상 앞에 앉아 글을 쓰고 있느라 함께하는 시간을 갖지 못한 내게 제 섭섭한 감정을 드러낸 것이다. 나는 딸애를 사랑하지만 똑같은 상황이 주어질 때 상황이 바뀔 것 같지는 않다. 마르그리트 뒤라스는 이렇게 쓴다. "책을 쓰는 사람은 주위에 있는 다른 사람들과 항상 떨어져 있을 필요가 있다. 그것이 바로 고독이다. 그것은 저자의 고독이고, 쓰기의 고독이다."[2] 나는 누구보다도 그 저자의 고독, 쓰기의 고독을 잘 안다고 자부한다. 글을 쓰는 자는 사랑하는 가족 안에서조차 섬같이 고독 속에 유폐되고 외따로 고립된다. 작가에게 고독은 의무이자 권리다. 한 권의 책이 탈고되는 일은 온전한 고독 속에서만 이루어지기 때문이다.

가족은 여전히 슬픔이고 온기이자 힘이고, 슬픈 연대(連帶)다. 그 연대의 촉매는 피의 맹목적인 이끌림이고, 물리칠 수 없는 본성이다. 내 글쓰기는 가족에게 빚졌음을 고백한다. 그들이

2 마르그리트 뒤라스, 『고독한 글쓰기』, 이용주 옮김, 창작시대, 1997, 14쪽.

글을 쓰라고, 책을 쓰라고 채근한 적은 없지만, 그들과 함께 보낸 시간들, 그들과 관련된 기억은 글쓰기의 중요한 기반이다. 나는 가족을 파먹으며 글을 쓴다. 그런 의미에서 모든 작가들은 가족에게 빚을 진다. 가족이란 연대는 항상 도덕이나 정의보다 더 강하다. 알베르 카뮈는 노벨문학상을 받은 뒤 기자들과 대화를 하며 정의와 어머니 중에서 하나를 택하는 상황이 온다면 기꺼이 어머니를 선택하겠노라고 했다. 나 역시 그렇다. 한 번 가족은 영원한 연대다. 우리는 한 가족이라 강했다. 강했기 때문에 가난 따위에 지지 않고 늠름할 수가 있었다.

글쓰기, 작지만 확실한 행복

왜 생활은 완성되지 않는가

왜 생활은

미완성으로만 완성되는가

왜 생활은

미완성일 때 아름다운가

– 졸시, 「왜 생활은 완성되지 않는가」

봄비 온 뒤 벚꽃이 다 진다. 벚꽃 지면 봄은 끝난다. 산빛은 나날이 푸르러지고, 산 그림자를 안고 저수지 푸른 물은 맑게 출렁인다. 저수지 주변에 서 있는 버드나무 군락의 연초록도 하루가 다르게 짙어진다. 시골집 마당가에 나오는 비비추들은 초록의

창 같다. 비비추 싹이 올라올 무렵 작약 움도 올라온다. 모란과 작약의 계절이 돌아온다. 하늘에 푸름은 깊고 햇빛은 눈길 닿는 곳마다 눈부시다.

서울 도심의 거리마다 부처님 오신 날을 알리는 연등들이 내걸린다. 종이 연등들은 조악해 보이지만 밤에는 꽃인 듯 아름답다. 춥지도 덥지도 않은 봄밤 연등 아래 길을 걷는 건 기분 좋은 일이다. 은행나무와 느티나무의 묵은 가지에는 연초록 새잎들이 돋는데, 새로 돋은 활엽수의 새잎들은 꽃만큼이나 어여쁘다.

곧 여름이 올 것이다. 나는 여름 햇빛을 사랑한다. 공중에서 작열하는 하얀 불꽃들. 그 하얀 화염 속에 서 있을 때 열정이 솟구친다. 여름의 긴 낮 뒤 황혼이 온다. 먼 곳에 있는 사이프러스 나무들이 저녁 어스름 속에 서 있고, 그 뒷전으로 황혼이 길게 뻗친다. 황혼은 짧아서 덧없고, 덧없는 것은 아름다워서 감미롭다. 저녁 문가에 이마를 대고 먼 곳을 내다본다. 그러면서 이런 문장들, 즉 "우리는 우리 자신이 될 시간이 없다. 우리에겐 오직 행복해질 시간이 있을 뿐이다."(알베르 카뮈, 「작가수첩 1」) 라고 혼자 중얼거린다. 바다, 언제나 다시 시작하는 바다가 가까이 있다면 더 좋았을 것이다. 제주도나 통영, 그리스 섬 크레타나 산토리니에 면한 바닷가, 시드니가 끼고 있는 바다를 사랑한다.

나는 언젠가 명징한 의식과 도취를 가져다주는 바닷가에서 살아보고자 한다. 바닷가에서 산다면 고독조차도 감미롭겠다.

내 존재 깊은 곳에는 먼 나라에의 동경과 쓰고자 하는 열망이 타오른다! 평생 읽고 쓰며 살 수만 있다면! 날마다 책을 쌓아놓고 글 쓰며 사는 삶을 얼마나 동경했던가! 지난 스물네 해 동안 직업 없이 글을 써서 밥을 벌며 살아왔다. 나는 이 삶의 충일감을 진심으로 기꺼워한다. 왜 글을 쓰느냐고? 그 대답은 단순하다. 나는 행복해지려고 글을 쓴다.

나라 잃은 왕

내 10대는 방황과 암중모색의 시기였다. 잡학과 남독(濫讀)의 시기를 보내며, 나름 어떻게 살아야 할까, 고뇌를 했다. 방학에는 도서관에 처박혀 한국문학전집을 독파하고, 니체의 『차라투스트라는 이렇게 말했다』, 헤르만 헤세의 『데미안』, 앙드레 지드의 『지상의 양식』 등을 읽었다.

질풍노도와 도약의 시기였던 20대 초반 국립도서관과 시립도서관을 다니며 책을 읽었다. 서울 종로의 대형서점들을 순례하며 신간을 읽었다. 다양한 시인들의 시집들, 가스통 바슐라르와 니체 전집, 김우창과 김현의 책들, 사르트르와 카뮈, 하이데거, 위르겐 하버마스 들의 책들을 읽으며 새로운 인식에 눈을 뜨는 기쁨을 느꼈다. 30대는 약진과 새로운 모색의 시기였다. 출판사 경영에 매달리느라 책을 많이 읽지 못했다. 미학과 철학을 전공삼아 공부하고 싶었지만 여의치가 않았다. 이 시기에 막스

피카르트의 『침묵의 세계』, 존 우의 『선의 황금시대』, 실비아 플라스, 파울 첼란, 잉게보르크 바하만 등의 번역 시집 들을 읽었다.

40대는 좌절과 변화의 시기였다. 서울 살림을 접고 안성으로 거처를 옮긴 뒤 노자의 『도덕경』, 『장자』, 『논어』와 같은 동양고전 공부를 시작한다. 이때 읽은 책들 중에서 뇌과학에 관한 책들, 롤랑 바르트, 발터 벤야민, 수전 손탁, 다치바나 다카시의 책들이 기억에 남는다. 안성에서 40대 중반과 50대를 거치면서 삶은 안정과 평화를 얻었는데, 그 덕분에 책 읽기는 탄력을 받는다. 들뢰즈의 저작물들, 『주역』을 읽고, '선(禪)'에 관한 책들, 『벽암록』, 『금강경』이나 화엄사상에 관한 책들, 자연과학이나 물리학 책들도 부지런히 읽었다. 책을 읽은 건 삭막한 삶에서 다른 무엇을 하며 기쁨과 보람을 구하기 어려웠기 때문이다.

평생 '읽는 인간'으로 살아왔다. 이것은 자랑스러워할 것도, 부끄러워할 것도 없는 사실이다. '읽는 인간'은 '쓰는 인간'으로 진화한다. 읽다 보면 쓰고자 하는 충동을 갖게 되니, 그 진화는 자연스럽다. 나 역시 그랬다. 소년 시절부터 읽는 걸 탐했는데, 그게 한 시절의 일로 끝나지 않고 지금까지 이어진 것이다. 읽는 일은 일종의 업이다. 읽는 일은 뼛속까지 인이 박여 읽지 않고는 살 수가 없도록 되어버린 것이다. 알베르 카뮈는 "짐승은 즐기다가 죽고 인간은 경이에 넘치다가 죽는다. 끝내 이르게 되는 항구는 어디일까?"라고 썼다. 읽는 것은 '경이'에 넘치는 일이다. 나는 인간임으로 읽는다! 읽는 일 다음은 쓰는 일이다. 스무 살 무렵부터 쓰는 일에 매달렸다. 처음에는 멋모르고 발을 들여놓고, 이젠 그것밖에 할 줄 아는 게 없어서 마흔 해가 넘도록 쓰고 있는 것이다.

스무 살 무렵엔 글을 쓴다는 건 아무런 사회적 쓸모가 없는 일이라고 여겼다. 그랬으니 글 쓰는 일은 한없이 부끄러운 것에 속했다. 글을 쓰는 건 사회적 생산이 없는 무위도식이나 진배없다고 여겼다. 시립도서관에서 낭인으로 떠도는 나는 그저 백수에 지나지 않았다. 나라는 존재가 아무것도 아니라는 자의식의 뿌리는 깊었다. 나는 아주 작은 지적질에도 낮아진 자존심이 쉽게 찢기곤 했다. 문학청년들은 누구나 '문학이라는 게토' 안에서 나라를 잃은 '젊은 왕'이다. 내 필생의 소명은 잃어버린 나라를 찾는 것. 그때까지 이 비천한 삶을, 이 도저한 부끄러움을 나는 견뎌야만 할 것이다. 나는 스무 살 무렵에 벌써 그 사실을 알았다.

글쓰기로 생활하기

이상하게 끌리는 바가 있어 되풀이해서 읽는 소설 중 하나가 폴 오스터의 『빵굽는 타자기』다. 폴 오스터는 자전적인 체험을 바탕으로 '직업으로서의 소설가'로 사는 일의 어려움에 대해 솔직하게 쓴다. 중산층 가정에서 태어나 평탄한 어린 시절을 보낸 오스터는 작가가 되기로 한 순간부터 생존의 어려움에 부닥친

다. 가장 큰 어려움은 '먹고사는 것'을 해결하는 과제다. 때때로 그는 '생사의 기로'에 설 만큼 혹독한 가난에 빠지기도 한다. "이따금 돈이 떨어지거나 어쩌다 한 번 허리띠를 졸라맨 정도가 아니라, 돈이 없어서 노상 쩔쩔맸고, 거의 숨막힐 지경이었다. 영혼까지 더럽히는 이 궁핍 때문에 나는 끝없는 공황 상태에 빠져 있었다." 이 말에 담긴 진심을 나는 공감한다. 가난은 자존감에 상처를 내는 그저 조금 불편할 뿐인 경험이 아니라 거의 숨막힐 지경까지 몰아가는 것이고, 영혼을 지옥으로 밀어넣는 경험이다. 가난은 보통 사람을 공황 상태에 빠뜨리고 야수의 영혼이 되게 한다. 폴 오스터가 작가로 진입하는 과정에서 겪은 가난과 글쓰기를 평생의 생업으로 삼으려던 내 젊은 날의 경험은 하나로 포개진다.

1970년대 중반 문단에 막 나왔을 때 소설을 쓰는 사람에게서 매혈 얘기를 듣고 충격을 받았다. 자기 피를 뽑아 파는 사람이 있다니! 그 사람은 돈이 떨어지면 피를 팔아 끼니를 이었다는 고백을 아무렇지도 않게 털어놓았다. 한참 뒤 사회 가장 밑바닥을 전전한 시인 김신용의 소설 ― 그 제목이 『고백』인지 다른 것이었는지 기억이 어렴풋하다 ― 에서 '피를 뽑아 파는' 얘기를 다시 읽었다. 그 '피 뽑아 파는' 얘기는 김신용이 겪은 날것의 체험이었을 테다. 피를 파는 얘기는 위화의 소설 『허삼관 매혈기』에서도 실감나게 펼쳐진다. 가난은 추상적이고 모호한 게 아니다. 가난의 밑바닥은 제 몸의 피를 뽑아서 손에 쥐는 몇 푼으로 주린 배를 채우고 하루치의 삶을 연명하는 것이다. 가난은 그토록 끔찍하고 참혹하다.

대부분의 작가들은 '이중생활'을 한다. 글 쓰는 것만으로는 가족 부양을 할 수 없기 때문이다. 폴 오스터도 이 점을 잘 알았다. "작가들은 대부분 이중생활을 하고 있다. 생계에 필요한 돈은 본업으로 벌고, 남는 시간을 최대한 쪼개어 글을 쓴다. 이른 아침이나 밤늦게, 주말이나 휴가 때, 윌리엄 칼러스 윌리엄스와 루이 페르디낭 셀린은 의사였다. 윌리스 스티븐스는 보험회사에 다녔다. T.S. 엘리엇은 한때 은행원이었고, 나중에는 출판업에 종사했다. 프랑스 시인인 자크 뒤팽은 파리에서 미술관 부관장으로 일했다. 미국 시인인 윌리엄 브롱크는 40년이 넘도록 뉴욕 북부에서 가업인 석탄과 목재상을 경영했다. 돈 드릴로, 피터 캐리, 샐먼 루슈디, 엘모어 레너드는 광고업계에서 오랫동안 일했다. 대학교 또는 중·고교에서 학생을 가르치는 작가도 많다. 교직은 오늘날 가장 흔히 볼 수 있는 해결책일 것이다. 작가와 시인들은 이른바 문예창작과가 개설되어 있는 대학 — 일류 종합대학이든 시골 구석의 단과대학이든 — 에 한자리 얻으려고 상대를 할퀴고 짓밟으면서 끊임없이 쟁탈전을 벌인다. 작가들 중에서 의사, 보험회사, 광고업계, 은행원, 출판업에서 일하는 사람도 있다. 작가들이 처한 현실은 어디나 비슷한 모양이다. 우리

작가들도 글을 쓰는 것만으로 생계를 잇기 어려운 탓에 대부분 이중생활을 하는 것이다.

나 역시 오로지 글만 쓰는 작가로 살기 위한 경제 토대를 만들려고 고심하다가 일찍이 출판업에 뛰어들었다. 한때나마 성공을 거두었지만 작가의 삶과 출판업이라는 '이중생활'의 조화를 꾀하는 일에는 실패했다. 둘 다 잘하기란 힘든 일이다. 스물 몇 해 전 출판업을 접은 뒤 전업작가로 나서는데, 그 결단을 재촉하게 된 계기가 있었다. 1992년에 겪은 마광수 교수의 『즐거운 사라』로 인한 뜻밖의 필화사건이다. 작가와 출판인 구속으로 사회적 파장을 일으킨 필화사건인데, 내 인생에서 엄청난 타격이 된 '마이너스 체험'이다. 그때 입은 내상(內傷) 같은 게 내면의 단단한 흉터로 남아 있다. 분노와 실망으로 내면은 황폐해졌다. 나는 출판사를 접으면서 전업작가의 길을 가자는 결단을 내렸다. 나는 원하지 않은 일들, 만나고 싶지 않은 사람들, 생의 초안과 상관없는 메마른 계획들에서 풀려나 비로소 완전한 자유를 얻었다. 출판사를 접는 결단은 신의 한 수와 같은 선택이었다. 출판사를 경영할 때 책을 가장 적게 읽었다. 출판사를 그만두고 난 뒤, 독서 욕구가 살아나며 오래 굶주린 자가 음식을 탐하듯이 책을 읽었다. 시골 생활이 안정감을 찾은 2005년 『느림과 비움』이라는 책을 펴내면서 반짝, 하는 관심을 받았다. 대여섯 군데 잡지들이 내 시골 생활을 화사한 사진을 곁들여 기사로 내보내고,

EBS 텔레비전에서 내가 사는 모습을 촬영해서 한 시간 동안 방영했다. 그 덕분인지 사보들에서 원고 청탁이 쏟아지듯 밀려왔다. 사보 청탁 원고 쓰기는 일종의 주문 제작인데, 먹고사는 일이 절박해서 사보 글쓰기를 성실한 하청업자와 같이 수행해냈다. 몇 해 동안이나 분투하며 지치지도 않고 그 일을 이어나갔다. 사보 원고를 쓸 기회를 잡은 것은 그나마 행운이다. 그것으로 생활비를 충분히 벌 수 있었다.

괴로움과 행복, 작가의 증거

글쓰기는 더할 수 없는 매혹이고, 유혹이며, 충만한 삶을 사는 한 방식이다. 나는 '쓰기라는 운명'을 피할 수가 없었다. 그것에서 도망갈 수 없었기 때문에 쓰기의 괴로움, 쓰기의 고독을 받아들였다. 글을 쓴다는 것은 불가능한 것에 전 존재를 쿵 하고 부딪치는 일이다. 그것은 육체의 소진이고, 영혼의 고갈이다. "글쓰기는 미지의 것이다. 우리는 쓰기 전에는 곧 무엇을 쓸 것인지 아무것도 알 수 없다."[3] 글쓰기는 세계를 뒤덮은 통속이나 통념과의 투쟁이고, 인습에의 저항이며, 관습적인 것들과 벌이는 전쟁이다. 글을 쓰는 자에게는 미지의 것과 부딪치는 무모함과 만용, 돌연한 발작과 우연의 광기가 반드시 필요하다. 그것들이 없

3 마르그리트 뒤라스, 『고독한 글쓰기』, 이용주 옮김, 창작시대, 1997, 63쪽.

다면 글쓰기는 불가능하다. 작가의 손을 떠난 문장들은 독자들의 몫이다. 나는 이미 쓴 것들을 다시 읽지 않는다. 그 깊이 모를 고통과 두 번 대면하기를 원치 않기 때문이다.

작가는 책 한 권을 쓸 때마다 독자의 심판을 받는다. 글 쓰는 자는 이 심판을 피할 수 없다. 저자로 출판시장에서 살아남는 일은 전쟁이다. 글쓰기는 항상 패배가 예정된 전투다. 그럼에도 글쓰기를 멈출 수 없는 것은 이것이 작지만 확실한 행복이기 때문이다. 그 행복은 첫 번째 몰입의 기쁨에서 오는 것이다. 글 쓰는 일은 몰입에서만 가능한데, 이 몰입이 빚어내는 효과는 잡다한 근심과 걱정들에서 놓여나는 일이고, 나중에는 자아와 맹금, 삶과 죽음 사이를 가로지르는 경계를 허물고 불가사의한 합일에 이르는 일이다. 축복처럼 쏟아지는 몰입의 찰나 내가 누구인지조차도 망각한다. 글쓰기의 한 가운데서 나는 온전한 자유를 얻는다.

글 쓰는 것은 그 누구의 도움이나 협력 없이 자기 혼자 하는 고독한 일이다. 글 쓰는 자는 모순과 난센스, 불행의 장력에서 벗어나 고독의 충만감에 잠긴다. 글 쓰는 자들은 이 감옥으로 스스로 걸어 들어간다. 그 감옥에 자기를 가두고 오직 '쓴다'는 일에 빠져든다. 몇 줄의 문장이건, 한 권의 책이건 그것이 요구하는 만큼의 산고(産苦)를 정직하게 치러야 한다. 작은 에누리도 없다. 문장이나 책은 고독 속에서만 정제되는 침묵의 덩어리다.

한 권의 책을 쓰기 시작해서 끝 문장의 마침표를 찍는 순간 나는 순수하게 행복에 빠진다. 그것은 마치 감옥의 죄수가 형기를 다 마치고 세상으로 나올 때의 행복에 견줄 수 있다. 산고가 클수록 글쓰기의 감옥에서 풀려난 기쁨은 더 커진다. 책이 몇 쇄를 찍으며 들어온 인세로 공과금을 내고 생활비를 충당한다. 이것은 작가의 자존을 위해 매우 중요한 일이다. 누군가가 나를 알아준다는 것, 모르는 누군가와 소통한다는 두터운 확신에서 오는 기쁨이고, 글쓰기라는 노동을 하면서 가족 부양을 한다는 사실에서 얻어지는 뿌듯함이다.

나는 '우연한 걸작' 같은 건 애초에 꿈도 꾸지 않는다. 약간의 피, 약간의 기억, 약간의 상상력을 뒤섞어, 어휘를 고르고 배열하며 몇 문장을 쓰는 것으로 만족한다. 보잘것없는 문장을 쓰더라도 실망하지 않는다. 실패의 운명이 내 의지를 꺾을 수는 없다. 쓰고, 쓰고, 다시 쓴다. 초고를 마치면 퇴고 작업에 들어가는데, 이 과정은 메마르고 지루하며 죽을 만큼 힘들다. 글쓰기가 미지의 바다를 항해하는 일이라면 바다 한가운데에서 배를 멈출 수는 없다. 무슨 일이 있을지 모르지만, 앞으로 나가야만 한다. 풍랑을 만나 악전고투를 겪을 수도 있지만 항해를 두려워해서는 안 된다. 모든 작가는 쓰는 자의 괴로움과 행복을 통해서만 존재 증명을 한다고 믿는 사람들이다.

시는 전쟁이다

시는 더도 덜도 아닌 전쟁이다. 어떤 사람들은 이 끝나지 않는 전쟁에 즐겁게 참전한다. 그들을 시인이라고 한다. 이들은 시라는 전선에서 복무하는 보병이다. 철학이 '강의실'이나 '카페'에서 나오고, 역사가 '감옥'이나 '광장'에서 나온다면, 시는 골방을 '전선'으로 삼은 자의 '전쟁'에서 나온다. 철학의 이성, 역사의 피, 시의 언어는 하나다. 시인이 목숨을 걸고 쓸 때, 즉 시쓰기가 전대미문의 전투일 때, 시는 진리의 형상을 취하며 참되다. 위대한 시는 항상 삶과 죽음의 경계를 넘어서 온다.

시인이여, 참호를 파고, 적들을 응시하며, 적들의 심장에 총구를 겨누어라! 시인은 무엇과 전쟁을 하는가? 시인은 우중(愚衆), 허상, 무지와 억측들, 야만과 억압들, 피상성, 악의 그림자, 상투적인 인습들의 우상들과 전쟁을 벌인다. 그리고 최후의 전쟁에서 바로 자신, 바로 시 자체와 맞선다! 철학이 "소요(騷擾)와 전쟁의 딸"(베르나르 앙리 레비, 『철학은 전쟁이다』)이라면, 시는 철학과 이란성 쌍둥이다. 참다운 철학자는 시인을 닮으려고 하고, 참다운 시인은 철학자를 닮으려고 한다. 시인의 소명은 이 세상에 평화를 주는 것이 아니라, 오히려 피와 살육의 전쟁을, 세계를 파괴하고 해체하는 최후의 전쟁을, 그 전쟁의 격렬한 기쁨을 주는 데 있다.

나는 문자와 예술의 그림자 한 점 없는 척박한 농촌에서 천둥벌거숭이로 태어났다. 이 비문화적 환경을 선택한 것은 아니지만, 이것은 내가 감당해야 할 운명이었다. 열 살 무렵까지 논산의 외가에서 자랐다는 사실은 자랑스러울 것도 욕될 것도 없다. 내가 태어난 곳은 한반도의 토착 정주민들이 모여서 일군 농촌 취락 마을이다. 드물게 관공서의 말단 서기, 정미소, 노름꾼도 있겠지만, 농업은 마을 주민들이 생명을 기대고 비빌 수 있는 생업이었다. 마을에서 언덕을 넘으면 끝도 없는 들이 이어졌다. 외삼촌들을 따라 들에 나가 논과 수로들이 이어지는 망망대해 같은 그 광경을 보았다. 처음 봤을 때 현기증이랄까, 알 수 없는 공포감 같은 걸 느꼈다. 그 유년기 체험은 내 무의식에 새겨진 원체험이다. 서울로 올라와서 소년기와 청년기를 거치며 마흔 해 넘게 살았지만, 나는 그 원체험에서 벗어날 수 없었다. 내 내면

에는 유년기의 낙관적인 자연체험과 청장년기의 부정적인 도시 체험이 공존한다. 그 둘은 융합하지 않고 불화하며 겉도는데, 내 의식은 그 '사이'에서 찢긴 채 있다. 내 가장 중요한 시적 상상력은 그 '사이'에서 나오는 게 분명하다.

시에서 시작된 문인의 삶

첫 시를 15세 때 썼다. 〈학원〉지에 투고한 시가 뽑혀 활자화되었다. 선자가 시인 고은이었는데, 시인 고은의 이름을 처음 듣고 기억에 새겼다. 그게 큰 문화적 자극이 되었으리라. 그 뒤로 10여 편의 시들을 연속으로 발표하고, 이듬해 학원문학상에서 우수작 1석으로 뽑혔다. 고등학교에 진학한 뒤 단편소설 두어 편이 활자화되었다. 나라 안의 쟁쟁한 소년 문사들 사이에 이름이 나고 그들과 교류를 했다. 어떤 절대적인 결핍은 스승이 없었다는 것이다. 학교 도서관에 혼자 틀어박혀 책을 읽고, 장님 문고리 잡듯 어둠 속을 헤쳐나가야만 했다. 거의 자연발생적으로 시가 내게 오고, 시인의 운명으로 호명되었다. 그것을 거부하지 않고 기꺼운 마음으로 받아들였다. 일찍이 제도 교육에서 자발적으로 이탈한 것은 더 자세하게 얘기할 기회가 있겠지만, 여러 가지 사정이 복합되어 빚어진 사태다. 동년배 친구들이 다들 대학에 들어가서 공부할 때 나는 무적자(無籍者)로 몇 년간을 시립도서관에서 책만 읽었다. 그게 내가 할 수 있는 유일한 것이었다. 시립도서관에 처박혀 쓴 시와 평론이 1970년대의 마지막 해에 일간지의 신춘문예에 당선하면서 문단에 나오고, 그걸 발판 삼아 출판사 편집부에 들어갔다. 가끔 그때 내가 혼자 외롭게 시립도서관에 처박혀 문학이나 철학 책들을 읽는 대신 자연과학 쪽 공부를 했으면 내 삶이 어떻게 바뀌었을까, 하고 생각할 때도 있다. 내 삶은 크게 달라졌을지도 모른다. 하지만 내겐 그런 여유가 없었고, 삶과 세계를 하나로 꿰뚫어 통찰하는 지적 능력이나 '인지적 자각'이란 게 없었다. 20대 초반 나는 이미 문학을 숙명으로 수락하고 고분고분 순응했던 게 아닌가 싶다.

내 20대는 고독과 가난을 빼고 말할 수는 없다. 그게 부정적인 것만은 아니다. 그 결핍이 있었기에 문학과 음악에 대한 강렬한 열망 같은 걸 품게 된 게 아닐까? 20대 초반 시립도서관에서 책만 읽은 게 아니라 광화문에 있던 '르네상스'나 명동 근처에 있던 '필하모니', '전원', '티롤' 같은 고전음악을 들을 수 있는 곳에서도 많은 시간을 보냈다. 초기 시의 미학주의적 성향은 서양 고전음악들을 접하며 그 영향을 받았기 때문이 아닌가 싶다. 10대 후반에 한국문학전집들을 독파하고 헤르만 헤세, 알베르 카뮈, 카프카, 헤밍웨이와 같은 널리 알려진 서구 작가들, 그리고 가와바타 야스나리, 미시마 유키오, 다자이 오사무와 같은 일본 작가들의 소설들을 남독하며 보냈다면, 20대 초반에는 시립도서관의 참고열람실에서 보내면서 서양 철학자들의 책들을 많

이 읽었다. 그중에서 가장 크게 영향을 받은 게 니체와 바슐라르였다. 일종의 황홀경 같은 걸 느끼면서 그 책들을 읽었다. 그리고 김현과 김우창 선생의 책들을 읽으면서 내 공부가 얼마나 하찮은가를 깨달으며 매우 큰 지적 자극과 충격을 받았다. 초기 지적 자양분은 전적으로 이분들에게서 얻은 것들이다. 출판사 '고려원'에 들어가서 니코스 카잔차키스의 자서전인 『영혼의 자서전』의 교정을 봤다. 그때도 작가의 방대한 지적 편력에 다시 한 번 충격을 받았다. 그때만 해도 카잔차키스는 국내에 소개가 그다지 되지 않은 생소한 작가였다. 『영혼의 자서전』에서 깊은 감명을 받고 그의 전집을 만들어보자고 출판사 사장에게 건의를 해서 그 전집이 나오게 되었다. 나중에 '고려원'의 편집장 자리를 박차고 나와 출판사를 차린 것은 '니체 전집'을 새로 번역해서 내야겠다는 결심 때문이었다. 일종의 보은(報恩)이었다.

마흔 중반 무렵 서울 살림을 접고 안성으로 내려왔다. 안성으로 내려올 때는 몸도, 마음도, 돈도 다 거덜나버린 상태에서 지푸라기를 잡는 심정이었다. 생계를 걱정하고, 미래의 불안을 견뎌야 했다. 딱히 대상이 없는 분노 같은 게 있었다. 이러다 죽겠다는 자각이 들었다. 무엇보다도 마음을 다독여야 할 필요성이 있었다. 노자와 장자를 무작정 읽었다. 그리고 안성의 들길과 산길들을 찾아 걸었다. 내 몸과 내 마음이 내 것이 아니다, 라는 다만 잠정적으로 '점유'하고 있을 뿐이라는 생각이 들었다. 내 몸과 마음이 내 것이 아니라면 이것을 억지로 쥐고 있으면 안 되겠구나, 하는 생각이 이어졌다. 욕심과 욕망은 내 몸과 마음이 내 소유라는 확신 속에서 번성하는 것이다. 벌써 안성 생활이 13년째 이어지고 있는데, 만족하고 있다. 충분한 자기 위로의 시간들을 보내고, 덕분에 창작의 활화산 같은 시간들을 맞고 있다. 씩씩하게 책들을 써서 밥벌이를 하고 있고, 메말랐던 감성도 충만해졌다. 노자와 장자 읽기는 안성에 정착하면서 우연으로 시작한 것이지만, 나중에 돌이켜 생각해보니 필연성이 있었다. 우선 노자와 장자를 읽을 수 있는 자유가 조건 없이 풍성하게 주어졌다는 점이다. 안성에서의 첫 시작은 백수 노릇이었으니까, 노자와 장자를 100번 이상씩 읽어낼 수 있었다. 물론 지금도 노자와 장자의 그 심오한 철학을 다 이해하고 체화했다고 말할 수는 없다. 『도덕경』 1장에 나오는 "도가도, 비상도(道可道 非常道) 명가명, 비상명(名可名 非常名)"은 내 중요한 화두다. 안성에 내려와 살면서 달라진 부분이 있다면 그 두 현자의 힘이 크겠다. 인생에 대한 긍정과 여유, 넉넉한 관조적 시선, 잃어버렸던 웃음을 되찾게 됐다. 마음을 비우고 욕심을 덜어내니까, 인생이 훨씬 더 살 만해졌다. 삶을 단순화시키면서 책 읽기와 명상, 들길이나 산길 걷기에 집중했다. 그랬으니 지난 13년 동안 그 많은 책들을 읽어내고, 서른 권이 넘는 책들을 써낼 수 있었다.

인생의 시편

시집 『일요일과 나쁜 날씨』(민음사, 2015)에 수록한 시 「큰 찰나」는 "튀긴 두부 두 모를 삼키던 추분", "두드려 펼친 북어 한 쾌를 끓이던 상강", "삶은 고등어 한 손에 찬밥을 먹던 중양절"의 시간을 관조하는 시편이다. 이를 두고 누군가는 곤궁한 기억의 추체험을 통한 찰나의 순간을 보여준다 하고, 평론가 조강석은 이를 '마음의 섭생'이라고 이해했다. 내 단순하고 순일한 일상의 한 면이 드러난 것인데, 실은 튀긴 두부, 북엇국, 고등어조림은 좋아하는 음식들이다. 장 뤽 낭시의 책에서 "먹는 것은 먹은 것을 몸으로 합병하는 행위가 아니라 몸을 제가 삼킨 것을 향해 여는 것, '안'을 가령 생선이나 무화과의 맛으로 발산하는 행위"라는 구절을 읽었다. 음식을 먹고 삼키는 행위는 입으로 들어가는 것들을 몸으로 '합병'하고 '확장'하는 것이 아니라 단지 그것을 향해 내 몸을 여는 것, '안'을 그 매개물에 의지해서 그것의 맛으로 저를 '발산'하는 행위라는 것이다. 미각의 만족감이 삶의 행복과 연결되는 것은 드문 일이 아니다. 먹고 마셔라! 그리하면 행복해질 것이니! 몸은 마음의 외부가 아니고, 따라서 마음은 몸의 내부가 아니다. 다만 몸의 자명함에 견줘서 마음은 자명하지 않다만 몸의 섭생과 마음의 섭생이 그리 멀다고 생각하지 않기에 에피쿠로스라는 고대 철학자의 철학을 유쾌하게 받아들인다. 추분, 상강, 중양절은 몸을 제약하는 시간의 분절들이지만,

역시 마음의 현동을 제약하기도 하겠다. 나날의 일상은 단순하다. 나는 새벽에 일어나 신문과 인터넷을 보면서 하루 일과를 시작한다. 날마다 쓰고, 날마다 이러저러한 책들을 읽는다. 책 읽기는 나 자신에게로 떠나는 여행이고, 꿈과 무의식을 탐사하는 일이다. 아울러 책을 읽는 일은 명석한 사유와 감정의 발달, 그리고 창의적인 시쓰기를 위한 초석이고 영혼의 단련이다. 철학, 역사, 미학, 예술 분야만이 아니라 건축, 요리, 축구, 뇌과학, 양자물리학, 사회생물학, 천문과학 따위의 책들을 다양하게 읽는다. 이런 독서체험이 개별자로서의 삶 체험과 만나 섞이는 과정, 즉 융합을 통해 새로운 시적 상상력이 배양되는 것이다. 오후에는 산책을 하고, 단골 찻집에 들러 즐기는 차를 마신다. 혼자 있는 시간들이 많고, 그것을 유유자적 즐기는 편이다.

첫 시집 『햇빛사냥』(고려원, 1979)이 나온 것은 스물다섯 살 무렵이다. '고려원'에 다닐 때 자비 출판을 준비했는데, 그 사실을 알게 된 사장의 권유로 '고려원'에서 나왔다. 그 뒤를 잇는 『완전주의자의 꿈』(1981, 청하), 『그리운 나라』(1984, 평민사), 『새들은 황혼 속에 집을 짓는다』(1986, 나남)로 이어지는 초기 시편들은 청년의 순수한 자아 제일주의, 세계와 자아 사이의 찢김, 상처와 분열증, 관념주의의 우월성 따위가 우월하다. 대신에 체험의 직접성, 영감의 번뜩임, 광기 같은 것은 희박했다. "왜 생활은 완성되지 않는가/ 왜 생활은/ 미완성으로만 완성되는가/ 왜 생활은/

미완성일 때 아름다운가"(「왜 생활은 완성되지 않는가」)에서 볼 수 있듯이 내 초기 시의 세계는 소진과 과부하에 걸린 소시민적 생활인의 무력한 비애감과 거대 도시에 사는 일의 메마름, 거기에 관념적 이상주의가 뒤섞여진 세계다. 『붕붕거리는 추억의 한때』(문학과지성사, 1991), 『크고 헐렁헐렁한 바지』(문학과지성사, 1996), 『간장 달이는 냄새가 진동하는 저녁』(세계사, 2001)에는 서울이라는 거대 도시에서 끊임없이 타자와 자신에게 착취당하는 느낌이 불가피하게 침착되어 있다. 자아의 궁핍함과 메마른 도시에서의 무의미함과 건조함이 격렬하게 표출되었던 시기였다.

번잡함과 한적함

제대로 살려면 서울을 벗어나야 하는 게 아닌가 하는 강박적 생각을 참 많이 했다. 숲이나 강을 낀 자연에 가까이 접하려는 열망이 있었다. 서울 삶에 대한 진절머리 같은 것들이 나던 시기였다. 가속화되는 속도 속에 갇히고 삶 속에서 자아는 죽어버리고 노동기계가 되는 시간들을 견딘 것이다. 그 집단적 인식 안에 나도 속해 있었으니까 당시에는 메마르고 어둡고 비극적인 정조의 시가 나왔다. 좀 이색적인 시집인 『다시 첫사랑의 시절로 돌아갈 수 있다면』(세계사, 1998)이 그것인데, 그 시집도 사실은 시를 통해 나락에 빠진 나를 필사적으로 일으켜 세우고자 하는 능동적 의지가 있었다. 그 시집에 사랑시가 몇 편 있기는 하지만, 제목과는 달리 사랑 시집은 아니다. 그 시집의 반 정도가 노르웨이 출신의 화가 에드바르트 뭉크의 화집을 보면서 떠올린 것들로 쓴 것들이다. 뭉크의 비극적인 삶과 내 삶이 겹쳐졌다. 그 시집에는 어떻게든 시를 붙들고 새로운 삶으로 도약하려는 몸부림, 자기 치유와 성찰, 상처와 슬픔과 모욕을 끝끝내 견뎌내려는 불굴의 의지 같은 것이 오롯하다. 그 시들을 통해 생의 시련들을 견뎌낸 것이다.

2000년 여름 안성에 내려오면서 삶의 외관이나 내면의식, 감성이 커브를 틀면서 새로운 국면을 맞는다. 시골로 내려오면서 내 몸에 은닉된 도시의 자명성은 해체되었다. 그 해체 과정에서 약간의 명현 현상을 겪기도 했다. 시골의 물, 나무, 안개, 새벽, 뱀, 너구리 따위들이 내 안으로 들어왔다. 그런 것들이 내면으로 들어오면서 자연의 경이로움, 농약을 삼킨 개들의 죽음, 놀아줄 귀신이라도 있었으면 하는 지독한 외로움, 소름끼치는 근본으로서의 고독과 심심함이 정서적 파동을 만들었다. 언제부터인가 서울에서와는 다른 시들이 쏟아졌다. 시골에서 선량한 자연 친화주의나 지고지순한 순정을 기대했다면 크게 실망할 것이다. 시골은 권태롭고 구태의연한 채 오래 방치되어 속수무책으로 쇠락의 기운에 짓눌린 또 다른 삶의 삭막한 현장이다. 이 낙후된 변방은 벌써 피해망상과 배타주의, 뻔뻔한 속물주의로 얼룩진 도시보다 더 끔찍하다. 관습적인 농약 사용과 폐비닐 방

치로 죽어가는 땅, 이웃의 개들을 제초제 따위로 독살하는 비정한 뻔뻔함과 극악한 이기주의, 절망적인 퇴행과 정체로 뒤덮여 있다. 고향의 순정한 온정주의나 너그러움은 시골 어디에도 없다. 천만다행으로 사계절의 변화무쌍한 기후들, 그리고 산, 물, 바람, 나무, 숲은 변방의 낙후와 무관하게 의연하다. 열세 해 동안 안성에 살면서 『물은 천 개의 눈동자를 가졌다』(그림같은세상, 2002), 『붉디 붉은 호랑이』(애지, 2005), 『절벽』(세계사, 2007) 같은 시집을 썼는데, 이것은 내 '안성 3부작'이라 할 만하다. 이 시집들에는 안성의 물, 바람, 흙, 내가 먹은 밥과 젊은 벗들, 밤의 고립과 고독들이 녹아 있다. 이전 시집들을 메마른 콘크리트 감성이 지배했다면 '안성 3부작'에는 식물적 감성, 그늘과 여린 것들에 대한 자애, 자연의 관능성에서 나온 활발함이 두드러진다. 내 안의 촉기가 풍성해진 결과일 것이다. 김영랑은 이 촉기를 두고 "같은 슬픔을 노래하면서도 탁한 데 떨어지지 않고, 싱그러운 음색과 기름지고 생생한 기운"이라고 했다. '안성 3부작'에 깃든 풍성함과 너그러움은 자연과 몸의 오감이 비벼지면서 얻어진 이 촉기 때문일 것이다.

죽음을 사유하다

『몽해항로』(민음사, 2010)는 안성 생활 10년 되는 해에 나왔다. '안성 3부작' 뒤 상상력의 중심이 안성에서 이탈의 징후를 보이며 생의 궁극, 이를테면 죽음을 성찰하는 사유와 상상력으로 돌아선다. 장소마다 장소의 목소리가 있는데, 이제 안성의 목소리는 잦아드는구나, 하는 걸 느꼈다. 초기의 죽음이나 존재 본질에 대한 사유로 회귀하는 것이다. 하지만 초기 시의 관념과 지금의 관념성은 결이 다르다. 초기 시가 체험이라는 거름망을 거치지 않은 책 읽기를 통한 간접성에 연루된 것이었다면 『몽해항로』의 관념성은 직접적이고 날것인 체험과 연륜에 의해 걸러지고 육화된 것의 분출이다. 내 안의 본래적인 것들이 목소리를 낸다고나 할까. 평생 붙든 화두라는 게 인간은 왜 태어나고 죽는가 하는 형이상학적 것들인데, 그것이 깊이를 매개로 하며 새로운 물음을 안고 바깥으로 터져나온 것이다.

'몽해'는 상상의 시공이다. '몽해'라는 상상의 차가운 바다, 죽음이 무시로 출몰하는 그 가상의 시공이 내 몸을 꿰뚫고 지나간 것이다. '몽해항로' 연작시는 존재의 유한성과 죽음의 사유를 날것으로 드러낸다. 이 연작시의 저변에는 슬픔과 애조가 깔려 있다. 북풍이라든지, 차가운 바다라든지 털만 남기고 죽은 비둘기라든지 하는 죽음의 은유들이 나타난다. 내 안에서 자연발생적으로 숙성된 상상력을 도약대 삼아 이런 무의식의 어두운 이미지들이 불쑥 분출되어 나온다. 『몽해항로』를 기점으로 시선이 내면으로 향하면서 예기치 않은 인간 본질에 대한 물음들이 솟구친다. 아마도 '몽해항로' 연작시를 계기로 내 시세계는 새로운

방향으로 나아가리라.

시를 아는 것은 우주를 아는 것! 그러나 나는 우주를 모른다. 그 모름 속에서 먹고, 자고, 걷고, 웃는다. 마흔 해 넘도록 시를 썼지만 정작 나는 시를 모른다. 나는 모름을 머금고 모름을 견딘다. 모름의 한 모서리를 쓰다듬으며 나는 본능에 의지해 시를 쓴다. 더러는 고통과 분노로 쓴다. 나는 쓰기 위해 미지를 더듬고, 악천후들과 싸우며, 영혼을 단련한다. "무엇보다도, 일단 써봐. 노래해. 피가 혈관을 흐는 것처럼."(메리 올리버, 『완벽한 날들』) 시는 모든 것들에서 온다. 나는 열린 세계를 바라본다. 생명의 경이로 약동하는 세계를! 박새, 버드나무, 비비추의 푸른 싹들, 토마토, 흐린 날, 빗소리, 뱀, 날도래, 반딧불이, 별, 바람, 모란과 작약, 여자들의 미소, 모든 죽어가는 것들. 그것들에 반응하는 피의 자연스러운 분출! 시는 피의 분출, 명랑한 울음, 생명의 약동이다. 그 현장에 유혈이 낭자하게 뿌려진다는 점에서 시는 전쟁이다!

문학은 '제강의 꿈'이다

문학은 책을 가로지르고, 그 부피를 문학이라고 명명하는 한에서 그것은 한 권의 책이다. 책은 기술이거나 물질로 유일한 부피를 이룬 것, 즉 문학의 형태론적 양식(樣式)이다. 셰익스피어와 말라르메와 도스토옙스키와 같은 저자들은 죽고 없지만 책으로 남아 있는 한 그들은 불멸하는 문학-책이다. 셰익스피어와 말라르메와 도스토옙스키 들은 책으로 달아난다. 『율리시즈』·『잃어버린 시간을 찾아서』·『은밀한 생』·『낯선 시간 속으로』·『살인자의 기억법』라는 제목을 달고 있는 책들, 즉 제임스 조이스, 마르셀 프루스트, 파스칼 키냐르, 이인성, 김영하는 책 안, 그 부피 속에서 거주하고, 제 몸통을 삼아 문학으로 화육(化育)한다. 만지거나 쓰다듬으며 감촉할 수 있는 이것, 펼쳐지고 닫히는 몸통, 두께를 지닌 이것이 문학이다. 미

셸 푸코라면 이렇게 말했을 테다. "문학은, 도서관의 선형적 공간 속에 있는 다른 모든 책들 사이에 존재하는 한 권의 책, 다른 모든 책들 곁에 존재하는 한 권의 책이 아닐까요? 아마도 문학은, 정확히, 언어가 자신의 사후에 남겨놓은 하나의 덧없는 실존이 아닐까요?"[4] 푸코는 문학이 저자가 아니라 책에 있다고 말한다. 그것은 모호한 추상이 아니라 "책들 사이에 존재하는 한 권의 책"이요, 책은 문학의 사후적인 "덧없는 실존"이 아니고 무엇이란 말인가?

히치하이커 김현

우리는 한 비평가를 기억의 세계로 초대한다. 한 세기에 한 명 나올까 말까 한 비평가! 그런 찬사를 들은 비평가가 김현(1942~1990)이다. 먼저 떠오르는 것은 그가 후배나 제자들과의 술자리를 유난히 좋아했다는 점이다. 무리가 그를 감싼 채 우르르 몰려가는 날 그의 단골집인 '반포치킨'에서는 문학의 향연이 질펀하게 펼쳐졌다. 한 얼뜨기 문학도의 눈에 비친 그는 '반포치킨'의 플라톤이고 고결한 성자였다. 그의 박람강기와 현란한 언어들이 쏟아져나오는 '반포치킨'에서 나는 행복했다! 그가 죽은 지 28년이 흘렀다. 이제 그의 생명으로 약동하던 몸은 사라지고

4 미셸 푸코, 『문학의 고고학』, 허경 옮김, 인간사랑, 2015, 152쪽.

그의 이름이 새겨진 책만 남았다. 그가 남긴 책들 한 권 한 권은 한국문학의 기념비들이다! 그는 한국문학 안에서 넓고 깊게 살면서 속도감 있는 문체로 한국문학을 탐사한다. 그는 책-문학이라는 우주를 횡단하는 '히치하이커'로, 차라리 한국문학을 실존의 켜로 이루며 살았다. 그로 인해 한국문학의 장은 낡음을 지양하면서 자기 갱신을 향해 나아갔다. 나는 문학이라는 다양체 안에서 그를 나침반 삼아 방향을 가늠하고 길을 찾았다. 그의 생물학적 삶은 1990년에 끝나지만 그의 문학 여정은 지금도 현재 진행형이다. 그가 생에 마침표를 찍으면서 이룬 비평의 성채는 우리 문학 비평에서 가장 '뜨거운 상징' 중 하나요, 어두운 바다를 비춰 방향을 제시하는 등대다.

김현은 텍스트들을 가로지르며 '중첩하기'나 '감싸안기'를 통해 그 의미를 드러낸다. 그는 여러 텍스트를 겹쳐서 의미 맥락을 읽거나 텍스트를 큰 프레임으로 감싼 채 독해를 시도한다. 그는 타자의 삶을 이해하고 자기 삶을 재해석하는 이성의 움직임이라는 맥락에서 비평의 가치를 흔쾌하게 받아들인다. "문학은 억압하지 않으므로, 그 원초적 느낌의 단계는 감각적 쾌락을 동반한다. 그 쾌락은 반성을 통해 인간의 총체적 파악에 이른다."(「문학은 무엇을 할 수 있는가」) 문학은 억압하지 않는 것이기에 즐겁고, 그 즐거움 속에서 반성과 쾌락의 기제로 작동한다. 그 즐거움이 더러는 괴로움으로 변한다. 그가 자기 책 제목을 '책 읽기의 괴

로움'이라고 적었을 때 그것은 뾰족하게 튀어나온다. 그는 문학을 읽으며 괴로워했다. 문학(혹은 그 읽기)은 왜 괴로운가? 그것은 문학은 항상 본질 앞에 비본질의 활동에 휩쓸리는 주체들을 소환하고 반성을 주문하기 때문이다.

문학이란 몸으로 겪고 징후로 현실을 읽어내며 생각의 무늬를 언어로 직조(織造)하는 행위다. 그런 맥락에서 "문학은, 인간을 자신의 생존 욕망에만 갇혀 있는 포유 동물과 구별되게 만드는 변별적 장치 중의 하나이다. 문학은 그것을 제약하는 상황 그 자체의 기호가 됨으로써, 그것을 초월하는, 인간만이 가진 장치이다."(「자유와 사랑의 실천적 화해」, 『당신들의 천국』 해설) 그는 문학을 언어를 통해서 사회화하는 인간만의 고유한 것, 초월에의 욕망에 가 닿으려는 장치로 이해한다. 폭력에 찢기고 눌린, 조악하고 슬픈 삶이 초월에의 꿈을 낳는다. 초월에의 꿈은 지금 - 여기, 더럽고 낮은 삶을 넘어서서 더 나은 세계로 나아가려는 의지에 뒷받침되며, 그런 측면에서 인간다운 실존을 향한 도약이다.

그가 좇은 것은 '제강의 꿈'이다. '제강'은 중국 고전 『산해경』에 나오는 상상의 동물인데, 그는 『제네파학파 연구』라는 책에 '제강의 꿈'이라는 부제를 붙인다. '제강'은 머리 없이 몸통만 있는 동물이다.[5] 이 희소하고 기괴한 모습을 한 '제강'이라는 상상의 동물은 결핍 존재로서의 인간을 상징한다. 이 명민한 비평가 자신이 바로 '제강'이고, 결핍된 것을 자각한 인간이 제 욕망으로 빚어낸 게 '제강의 꿈'이다. 문학은 무의식적 욕망의 생산이다. 그것은 본질에서 욕망의 노동이고, 상상력의 유희다. 이때 글쓰기는 항상 욕망과 상상력이라는 글쓰기의 뿌리로 회귀한다. 김현은 '나'라는 1인칭 화자를 앞세우는 비평을 시도한 사람이다. '나'는 하나의 개별자, 하나의 주체일 뿐만 아니라 동시에 이중/분신이다.[6] 그는 읽기의 즐거움을 누리는 가운데, 문학적 지층들과 지각장(知覺場)을 수렴하고, 그 안에서 반성과 쾌락의 성채를 쌓고자 했는데, 그게 비평가 김현이 끈질기게 좇은 꿈이다.

김현은 폭력, 거친 문장, 무의식의 욕망에 소홀하고 개념적인 것에 함몰하는 문학, 모든 교조주의적인 태도에 혐오감을 드러내며 비판한 반면 개인, 상상력, 문학의 자율성과 주관주의를 뜨겁게 감싼다. 개념화하는 문학에 혐오감을 보인 것은 그것이 자기 삶에 뿌리박지 않은 것이기 때문이다. 자기 삶의 뿌리에서 잘려 떠도는 관념주의는 타자를 따돌리고 일그러뜨리는 배타성에 빠지기 쉽다는 것이다. 정직한 문학은 개인적 동기와 자기 삶에 뿌리를 깊이 내린다. 문학의 교조주의는 필경 사유의 독단화와

5 『산해경』에서는 제강의 형상을 이렇게 묘사한다. "이곳의 어떤 신은 그 형상이 누런 자루 같은데 붉기가 빨간 불꽃 같고 여섯 개의 다리와 네 날개를 갖고 있으며 얼굴이 전연 없다. 가무를 이해할 줄 아는 이 신이 바로 제강이다." 정재서 역주, 『산해경』, 민음사, 1985, 90쪽.

6 미셸 푸코는 이렇게 말한다. "문학은 이중/분신(二重/分身)의 법칙(la loi du double)에 복종하는 하나의 언어인 동시에, 이 법칙에 고유한 하나의 언어입니다." 미셸 푸코, 『문학의 고고학』, 허경 옮김, 인간사랑, 2015, 136쪽.

교리화에 귀착하기 일쑤다. 그것 역시 타자의 삶과 생각이 단지 내 것과 다르다는 이유로 부정하게 만든다. 이런 태도 뒤에 숨은 게 음험한 폭력이다. 무엇보다도 폭력을 싫어한 그가 이것에 혐오감을 보인 까닭은 분명하다. 그가 문학에서 중요한 요소로 이해한 것은 상상력의 힘이다. "미학적 비평의 가장 큰 과제는 상상력에 관한 문제이다."(「한국 비평의 가능성」) 상상력은 무에서 나오지 않고 기억이라는 재료에서 시작한다. 기억과 직관의 혼효(混淆)로 만들어진다. 기억의 무늬에서 상상력의 움직임을 찾아내고, 그 밑그림을 통해 인간의 무의식적 욕망의 미스터리를 읽어내는 일이야말로 김현 그 자신의 욕망이다. 무의식의 충동과 상상력 연구를 통해 일궈낸 게 그의 '공감비평'이다.

김현 비평에서 가장 중요한 두 명제는 첫째, 문학은 꿈이다, 둘째, 문학은 써먹을 수 없는 것을 써먹는다, 라는 것이다. 먼저 문학은 불가능한 것을 가능한 것으로 만들기 위한 싸움이다. 김수영의 "문화의 본질이 꿈을 추구하는 것이고 불가능을 추구하는 것"이란 생각과 하나로 겹쳐지는 대목이다. 현실의 부조리와 부정성을 넘어서서 새로운 유토피아를 꿈꾸기, 그게 문학 언어 앞에 놓인 당위의 길이다. "예술가란 항상 새로운 세계를 꿈꾸고 그것을 자신의 질서로 표현해야 하지만, 그 세계가 실현되었을 때는 다시 새로운 세계를 꿈꾸어야 한다는 것을 분명하게 보여준다."(「욕망과 금기」) 김수영에게서 빌려온 명제를 변주하며 김현은 "문학은 꿈이다"라는 제 명제를 완성한다. 문학은 써먹을 수 없는 것을 써먹는다, 라는 명제에 대해 이렇게 쓴다. "남은 일생 내내 문학은 해서 무엇하느냐 하는 질문을 던지신 어머니, 이제 나는 당신께 내 나름의 대답을 하지 않으면 안 되겠다. 확실히 문학은 이제 권력에의 지름길이 아니며, 그런 의미에서 문학은 써먹는 것은 아니다. 그러나 역설적이게도 문학은 그 써먹지 못한다는 것을 써먹고 있다. 문학을 함으로써 우리는 서유럽의 위대한 지성이 탄식했듯 배고픈 사람 하나 구하지 못하며, 물론 출세하지도 큰 돈을 벌지도 못한다. 그러나 그것은 바로 그러한 점 때문에 인간을 억압하지 않는다. 인간에게 유용한 것은 대체로 그것의 유용하다는 것 때문에 인간을 억압한다. 유용한 것이 결핍되었을 때의 그 답답함을 생각하기 바란다."(「문학은 무엇을 할 수 있는가」) 써먹을 수 없는 것을 써먹는다는 생각은 김현의 고유하고 독자적인 생각이 아니다. 그것은 심원한 것이어서 그 뿌리는 저 멀리 장자의 쓸모없는 것의 큰 쓸모라는 '무용지대용론(無用之大用論)'에까지 닿는다.

비평가에게 붙이는 주석

김현은 여러 겹의 삶을 산다. 비평가, 대학교수, 불문학 연구자, 독서광, 인문주의자, 문학출판 기획자는 그 여러 겹의 삶과 공적 삶의 자취를 고스란히 보여준다. 그는 쉬지 않고 책을 읽

었다. 서울대학교에서 대학교수로 프랑스 문학을 가르쳤다. 아울러 한국문학에 대한 비평을 쏟아내는 비평가였다. 민음사에서 펴낸 '오늘의 시인총서'와 문학과지성사에서 펴낸 '시인선'의 기획자였다. 그는 시읽기에서 빼어난 능력을 보이는데, 그것은 시인들에게 선물이고 축복이었다. 그는 신인 작가와 시인들의 작품들도 부지런히 찾아 읽고, 뛰어난 문학적 감식안으로 먼저 신인의 문학적 가능성을 짚어내고, 그들에게 기회를 주었다. 문예지에서 좋은 작품을 읽으면 낯선 신인들에게 엽서를 쓰거나 인편을 통해 연락을 취했다. 그건 문학에 대한 열정이 없으면 할 수 없는 일이다.

젊은 시절 처음 읽은 책은 일지사에서 나온 『상상력과 인간』과 『사회와 윤리』다. 그 뒤로 『문학과 유토피아』·『시인을 찾아서』·『젊은 시인들의 상상세계』·『한국문학의 위상』·『시칠리아의 암소』·『말들의 풍경』 등을 차례대로 읽으며 배우고 익힌 바가 많았다. 프랑스 말에서 우리 말로 옮긴 『몽상의 시학』과 곽광수와 공동으로 저술한 『바슐라르 연구』를 읽고 가스통 바슐라르의 시학으로 들어선다. 그를 통해 롤랑 바르트와 미셸 푸코를 만나고, 그의 책들을 읽으며 제네바 학파와 문학사회학과 프랑스 비평사에 이해를 갖게 되었으니, 내 비평적 사유는 두루 그에게 빚진 바가 많다. 나는 비평가 김현을 오랫동안 따르고 사숙(私塾)했다.

김현 사후 누군가는 그를 한 세기에 한 명 정도 있음직한 위대한 비평가라고 했다. 과연 그럴지도 모른다. 그의 생물학적 삶이 끝나면서 이제 그의 이름으로 출간된 문학과지성판 16권짜리 전집만 남았다. 문학적 생산은 끝났다. 그는 더 이상 단 한 권의 책도 더할 수가 없다. 그 사이 우리 비평문학은 진화를 멈추지 않았다. 집필의 양과 자료 찾기의 부지런함에서 그는 김윤식을 따르지 못하고, 지식과 비판적 사유의 폭에서 김우창에 못 미칠지도 모르며, 사유의 정교함과 섬세함에서 황현산이 그를 앞질렀고, 텍스트 분석에서 정과리나 조재룡에 견줄 때 저울의 추는 후배들 쪽으로 기울지도 모른다. 김현 사후 이광호, 권혁웅, 서동욱, 류신, 조강석, 신형철, 함돈균 같은 젊은 비평가들이 가닿은 사유의 깊이와 수사학의 세련됨은 이미 그를 추월했을지도 모른다. 이들 비평가들과 견줄 때 그는 부분으로는 미흡하되 그와 같이 총체적인 덕목을 다 갖춘 비평가를 찾기란 불가능하다. 그 잣대로 보자면 그가 우리 시대 최고의 비평가라는 면류관의 유효기간은 끝나지 않은 것으로 보인다.

라이너 마리아 릴케를 좋아함

스무 살 무렵 시가 뭔지도 모른 채 시인의 길로 들어섰다. 호주머니에 동전 한 잎 없던 가난한 백수 시절, 마침 피카소전이 열리던 덕수궁 앞에서 우연히 한 선배와 마주쳤는데, 그는 내 남루한 행색을 살펴보더니 다짜고짜 기성품들을 파는 양복점으로 끌고 가서 옷 한 벌을 사주었다. 마침 추운 계절이라 그가 사준 옷은 동복이었다. 나는 그 옷 한 벌로 빈약한 몸뚱이를 감싸고 한 해를 버텼다. 그 옷이 딱히 좋았기 때문이 아니다. 여름의 절정인 8월에 동복을 입은 채 폭염 속을 뚫고 나가면 별 미친 놈 다보네, 하는 이들의 따가운 시선을 남모를 기쁨으로 누렸다. 가진 게 없었던 탓에 정말 하찮은 것에 뜻을 부여하며 그걸로 나날의 비루함을 견뎌낸 것이다. 물론 그건 순전히 치기에 지나지 않은 행위였다.

체액이 뜨거워지고 땀구멍마다 땀이 흐른다고 죽지 않는다, 뭐, 그런 생각을 품었던 것 같다. 내 딴엔 견인주의 철학의 실천에 자긍심을 품고, 시립도서관이나 서울 근교의 무연고자 묘지, 혹은 음악감상실의 어둑한 실내를 떠돌며 책을 읽고 시를 몇 구절씩 끼적이었다. 프랑스 작가인 알베르 카뮈의 『이방인』을 읽고 부조리 철학에 빠졌던 영향으로 일조량이 넘치는 한여름을 사랑하고, 델 듯 뜨겁게 작열하는 햇빛을 좋아했었다. 8월의 눈부신 일광과 그 열기가 일으키는 기이한 감각의 착종과 달콤한 무력감 속에 가느다란 기쁨이 아주 없지는 않았다.

햇빛을 더 자주 쬘 것.

햇빛으로 우울한 영혼을 말리고, 나약한 정신의 자양분으로 듬뿍 취할 것.

그 당시 노트에 이런 구절 따위가 씌어 있다. 한 점 희망도 없이 더러는 끼니를 걸러 꼬르륵거리는 가운데 나는 시립도서관의 참고열람실에서 뭔가를 쓰고 지웠다. 하늘에서 내린 재능도 없고, 배움도 부족했으니 조잡하기 짝이 없는 수준이었을 테다. 젊음의 비릿함이 진동하던 그 시절에는 까마득히 몰랐다. 몰랐으니 날마다 뭔가를 끼적이며 그걸 소중하게 품었겠지. 몇 해 뒤 일간지 신춘문예에 시가 덜컥 당선되고, 출판사 편집부 직원으로 들어가면서 그 동복을 벗어던졌다. 명정(酩酊)도, 색(色)의 황

홀경도, 뼈가 상할 만큼의 배반도, 인생을 그르칠 실패의 경험도, '유레카!'라고 외칠 만한 사색도 없이, 그저 한 해 내내 동복이나 입고 땀을 뻘뻘 흘리며 치러낸 치기 어린 방황의 시절은 막을 내린다.

시인으로 마흔 해를 넘게 살았다. 세 아이를 키우고, 생계수단으로 출판사를 꾸리면서도 여러 시편들을 지면에 발표하고 시집을 엮어냈다. 날고 기는 천재들 틈바구니에서 기죽지 않고 꾸역꾸역 시를 써왔다. 시쓰기를 쉰 적이 없었으니 이게 운명인가도 싶지만 정직하게 말하자면 무엇이 나를 시인으로 만들었는지, 도무지 알 수가 없었다. 시가 뭔지조차도 모른다. 겨우 시의 형태와 윤곽 정도를 그려볼 정도다. 곰곰이 따져보면 나를 시로 이끈 것은 실로 여럿이다. 어느 한 가지 동기로 시인이 된 게 아니다. 동경과 결핍에서 솟구치는 상상력, 끝내 쓰지 못한 한 줄의 시에 대한 갈망, 내가 살아보지 못한 북해나 지중해, 사막과 고원, 죽음과 소멸이 불러일으키는 공포, 한 줌의 흙, 지하실에서 싹트는 감자들, 봄에 돋는 작약의 싹들, 낮과 밤, 늦가을 길바닥에 추락해 젖은 날개를 떨며 죽어가는 수천의 매미들, 자기 핏줄을 향한 부정과 증오, 가족애, 식초와 겨자의 맛, 바다의 고독, 부조리한 노동들, 전두엽에 내리꽂히는 어떤 착상들, 희미한 빛, 덧없는 죽음들, 신경과민과 불면, 두통과 멀미, 실패한 연애들, 가만히 왔다가 사라지는 수만의 저녁들, 내 몸에 깃들어 퍼덕거리는 실존이라는 짐승…… 따위다. 라이너 마리아 릴케라는 시인은 시인이 탄생하는 조건으로 다음 같은 기억과 경험들을 가져야 한다고 썼다.

> 시란 사람들이 흔히 생각하는 것처럼 감정(충분히 일찍 찾아오는 것)만은 아니다. 시는 경험이다. 한 편의 시를 쓰려면 많은 도시와 사람과 사물을 관찰해야 한다. 동물에 대해서도 잘 알아야 하고, 새가 어떤 방식으로 나는지 느껴야 하며, 아침에 작은 꽃이 필 때의 움직임이 어떤지 알아야 한다. 돌이켜 생각할 수 있어야 한다. 낯선 지역의 길과 예상치 못한 만남과 그 다가옴이 보이는 이별을, 아직 아무것도 모르던 시기의 어릴 적 날들을, 아이를 기쁘게 해주려던 부모의 의중을 파악하지 못해 결국 속상하게 해 드릴 수밖에 없었던 일을, 유난히도 낫지 않던 어린 시절의 병을, 고요한 방에서 보낸 나날을, 여행 가서 보았던 밤들, 높이 솟아올라 모든 별과 함께 흐르던 밤들을, 이 모든 것을 생각만 하는 것으로는 충분치 않다. 다른 누구의 것과도 비교할 수 없는 사랑을 나누던 밤들에 관한 기억이 있어야 하고, 산고의 비명, 자궁문이 닫힐 때 한결 가벼워진 몸으로 창백하게 잠들던 산모들의 모습을 기억해야 한다. 또한 죽어가는 사람의 곁에도 있어 보아야 하며, 열린 창문으로 뭔지 모를 간헐적인 소리를 들어가며 이미 죽은 자와 한방에 앉아 있어 보기도 해야 한다. 기억을 간직하고 있는 것만으로는 역시 충분치 않으며, 너무 많을 때는 잊을 수도 있어야 한다. 잊힌 기억이 다시 돌아올 때까지 기

다릴 수 있는 굉장한 인내심도 지녀야 한다. 기억 그 자체로는 아직 아무것도 아니다. 그것이 우리 안에서 피가 되고, 시선과 몸짓이 되고, 그러다 이름도 잃고 우리 자신과 구분할 수 없는 지경이 되면, 그제야 그 중심에서 시의 첫 구절이 깨어나 얼굴을 내미는 매우 드문 시간이 찾아온다.

라이너 마리아 릴케, 『말테의 수기』 중에서

라이너 마리아 릴케는 위대한 스승이다. 스물 몇 살 때 『말테의 수기』를 처음 읽고 전두엽을 후려치는 깨우침이 있어 요즘도 이 책을 찾아 읽는다. 아둔한 무리에서 위대한 시인 하나가 태어나는데, 그것은 수생 식물에서 별이 태어나는 것같이 대단한 일이다. 기적이 아니라면 불가능한 일이다. 시인은 되고 싶다고 해서 되는 것이 아니라 시의 부름을 받아야만 한다. 무병(巫病)을 시름시름 앓다가 신내림 굿을 하고 무당이 되듯 시의 열병을 앓아야 하고 시가 점지해야만 시인이 되는 것이다. 진짜 시인들은 제가 쓰는 게 시인 줄도 모르고 쓴다. 시인은 이 아수라의 세계에서 굳이 불가능한 것을 갈망한다. 시의 부름을 받아 시인이 되었다 한들 단 한 편의 시도 저절로 나오는 법이 없다. 낮과 밤을 붙잡고, 뇌와 심장을 사납게 움켜쥐고 터질 듯이 쥐어짜야 겨우 시 한 줄을 쓸 수 있다.

시인과 스승

어쩌다가 출판사를 창업해 꾸리면서 라이너 마리아 릴케의 『두이노의 비가/오르페우스에게 부치는 소네트』라는 시집을 내놓았다. 직원들 월급을 주고 밥 굶지 않을 만큼 출판사를 꾸린 것만 해도 대단한데, 나는 시인이자 번역가인 벗 한기찬의 번역으로 이 시집을 만들었다. "내 울부짖은들 천사의 열(列)에서 누가/들어주랴, 설혹 한 천사가 있어 갑자기/나를 가슴에 품는다 해도, 그 힘찬 존재로 인해/나는 사라지고 말리라, 왜냐하면 아름다움이란/우리가 가까스로 견딜 수 있는 무서움의 시작에 불과함으로." 천사도 아니고 동물도 아닌 인간 존재의 고난과 운명에 대해 철학적 명상을 펼쳐가는 이 시집을 나는 몇 번이나 되풀이해서 읽었다. 「두이노의 비가」는 10개의 비가로 이루어진 연작시인데, 이 시집을 읽으며 릴케의 심원한 시세계와 만난다. 릴케는 북부 이탈리아 아드리아 바닷가 절벽 위의 두이노 성에 머물 때 우연히 이 시의 첫 줄을 얻었다. 1912년 1월 중순경 어느 날, 릴케는 북풍이 몰아치던 날 절벽을 내려가다가 사나운 바람과 파도소리에 섞여 들려오는 한 목소리를 들었다. 그는 서둘러 서재로 돌아와 그 신비한 목소리를 옮겨 적었다. 그는 「두이노의 비가」의 첫 줄을 얻고 10년이 지나서 1922년 2월 11일 토요일 오후 6시에 이 시의 마지막 행을 적었다.

그러나 내 시의 진짜 스승은 문맹인 혜능이고, 우주를 가득 채

운 무지다. 나무꾼 혜능은 문맹으로 불법을 깨우친 사람이다. 혜능이 그랬듯이 시는 무지에서 태어난다. 대지, 별, 미물, 당신, 우주, 꽃이 피어나는 이치, 행성들의 궤도, 별의 무덤, 물질의 파동 따위에 대해 우리가 아는 것은 무엇인가. 우리는 만물과 우주에 대해 시시콜콜 다 알고는 못 쓴다. 정말 아는 건 캄캄한 무지의 중심에 있으니까. 생동하는 무지와 어리석음이야말로 시인의 참스승이다. 많은 이들이 무지에 머물며 무지를 도무지 견디지 못한다. 무지의 내압이 너무나 크기 때문이다. 사람들은 무지를 한사코 기피하고 도망간다. 진짜 시인이라면 무지의 심연에서 그 압력을 다 받아낼 수 있어야 한다. 시는 머리[앎]가 아니라 몸[무지]으로 써야 한다. 제 피와 무의식을 망각 속에 담아 검정 잉크로 변화했을 때 그것을 듬뿍 찍어 써내려가야 한다. 제 손끝을 통해 피와 무의식이 분출되는 것, 그렇게 한 줄 한 줄 써나가는 게 바로 시다.

관 뚜껑에 박는 못질보다도

관 뚜껑을 박는 장의사의 못질보다 못한 쓸모를 가진 시를 마흔 해 넘게 붙들고 있는 걸 가문의 영광으로 자랑삼을 수는 없습니다. 관에 못을 박는 일에는 더할 나위 없이 또렷한 현실적 쓸모가 있습니다만 시 쓰기는 쓸모가 모호하고 가치를 가늠하기 어려운 일이죠. 도무지 써먹을 데가 없더라는 것이죠. 시를 읽고 쓰는 일이란 이토록 덧없고 하염없는 짓입니다만 마뜩하지 않은 현실 속에서 그나마 기쁨을 일구는 것이기에 그걸 쉬이 놓지 못했겠지요. 감히 말하건대 제 미욱함이 뼛속까지 깊어서 전망 없는 소규모 자영업 같은 이 시쓰기를 평생 놓지 못하게 될 듯합니다.

언제부터인가 시집을 새로 낼 때마다 이게 끝이겠거니 하는 마음을 품습니다. 『절벽』을 낼 때 처음 그런 생각을 했습니다. 자꾸 나이가 들어가니 기력이 쇠해지기 때문일 것이고, 시 쓰기의 보람과 기쁨이 점점 더 미약해지기 때문일 겁니다. 그런데 또 불가피하게 조금씩 밀려 나오는 내면의 약동들이 있고, 그것과 견딜 수 없는 새벽이 만나 돌연 생기는 불꽃들이 모호한 기쁨 속에서 시의 형태를 취하곤 합니다. 바닥에 떨군 곡식 낟알을 한 톨 한 톨 줍듯 새벽에 끼적인 것들을 모으다

보니 어느덧 두어 권의 시집이 더 나왔어요. 그러니까 『일요일과 나쁜 날씨』는 생산을 그쳤다고 생각한 모태에 뒤늦게 들어선 아기인 셈입니다. 물론 늦둥이라고 산고(産苦)가 조금도 덜 하지는 않았어요. 오히려 다른 시집에 견줘 더 많은 망설임과 고투(苦鬪)가 들어갔다고 할 수 있습니다.

어쩌다 보니 『일요일과 나쁜 날씨』를 쓸 무렵 자두나무, 야만인, 일요일이라는 것에 꽂혀 그것을 화두로 붙들고 매달렸어요. 왜 그것들이었는지 짚이는 바가 아주 없지는 않지만 그 필연성에 대해 명석하게 설명할 수는 없습니다. 시 한 편 한 편을 쓴 뒤 손에서 완전히 놓는 데 적어도 스무 번 서른 번씩 손이 가곤 했습니다. 한 편 한 편이 독립적 빛과 의미를 갖되 시집 안에서 낱낱의 시들이 유기적 질서를 이루며 건축적 구조를 갖기를 바랐어요. 어떤 시는 지붕이 되고, 어떤 시는 대들보가 되고, 어떤 시는 벽이 되고, 어떤 시는 문과 창문이 되고, 어떤 시는 마루가 되었습니다.

태안 신두리 사구(砂丘)를 걷던 3월 하순 금요일 늦은 오후 박이도 선생님이 전화로 '편운문학상' 수상이 결정되었다고 통보를 하셨습니다. 저는 해가 바다로 빠져드는 일몰 광경에 눈길을 주고 얼굴에 모랫바람을 맞으며 걷다가 전화를 끊자마자 두 팔을 번쩍 하늘로 들어올렸습니다. 일행이 제 돌발 행동에 깜짝 놀라더군요. 이 보잘것없는 소출로 '편운문학상'을 받게 되어 염치없지만 기쁨은 순수한 것이어서 그렇게 솟구쳤던 거지요. 돌이켜 보면, 조병화 선생님은 1979년 조선일보 신춘문예에 시가 당선할 때 저를 뽑으셨고, 저는 안성 편운재에서 세 해 동안 주말마다 후학들에게 시를 가르친 적이 있습니다. 그런 인연의 끝에 이런 좋은 일도 있구나, 했습니다. 편운문학상의 역대 수상자 명단 말미에 이 미욱한 자의 이름 석 자를 올리게 된 것은 오로지 심사를 하신 박태일, 김기택, 조강석 세 선생님, 그리고 조병화문학관 김용정 관장님 덕분입니다. 모든 분들께 고개를 숙여 인사를 올립니다.

개에서 늑대로

서른 해를 넘도록 시를 썼지만 여전히 시는 어렵습니다.

시집 『몽해항로』의 앞머리에 "결국 시는 한 줄이다. 한 줄로 압축할 수 없는 것은 시가 되지 않는다. 나와 너, 초(秒)와 분(分)들, 불과 재, 붉음과 푸름, 잎과 열매들, 발톱과 이빨들, 우연과 필연들, 지구 위의 강목과속, 저 우주의 변주곡을 한 줄로 압축할 것. 한 줄은 전대미문의 문장으로 쓸 것! 무지몽매의 미욱함 속에서 일어나는 작은 기적들! 시란 불운과 불행이 불러내는 기적이 아닌가! 기적을 위해서는 기다림이란 초기 투자가 필요하다. 내 핏속에서 굶주린 새 떼가 되어 흩어지는 문장들. 한 줄로 압축할 수 없는 것들의 난감함으로 배[腹]를 밀며 여기까지 왔다."고 썼습니다. 시를 쓸 때마다 거대한 벽과 마주하는 공포를 지금도 떨쳐낼 수가 없기 때문입니다. 그런 미욱한 사람에게 수상 소식은 무지몽매의 등짝을 사정없이 내려치는 죽비였습니다. 정신이 번쩍 났습니다! 그리고 담담하게 기뻤습니다. 황공하게도 직접 수상 소식을 통보하는 김남조 선생님의 따뜻한 목소리를 들었을 때 놀라움과 함께 온몸을 전율이 꿰뚫고 지나갔던 것은 이 캄캄한 시쓰기의 운명 안에서 방향을 가늠할 수 있는 작은 불빛 한 점을 찾은 느낌 때문이었을 거라고 짐작해 볼 따름입니다.

서른 몇 해 전 어느 날 갑자기 시라는 불화살이 제 심장에 꽂혔습니다. 어쩔 수 없이, 운명적으로, 불가피하게 시인이 되고, 시인이 됨으로써 개처럼 컹컹 짖지 않아도 되었습니다. 문명의 사육이라는 굴레를 벗어났던 거지요. 그건 개의 DNA를 가로질러 늑대의 DNA에로 나아가는 것이겠지요. 제가 있을 곳은 사면이 벽으로 된 집이 아니라 거친 들이고 험한 산입니다. 그러므로 시인으로 산다는 것은 출가(出家)하는 것이지요. 그게 불행의 시작이라고 해도 어쩔 수 없습니다. 오오, 시를 쓴다는 것은 스스로 지핀 불에 자신의 몸을 태우는 일입니다. 니체는 이렇게 말하지요. "그대는 그대 자신이 파놓은 불길 속에서 스스로를 불태워 죽여야만 한다. 우선 그대의 인식을 재로 만들어야 한다. 재가 될 수 없다면 새로운 탄생은 도래하지 못하리라 !"(니체, 『차라투스트라는 이렇게 말했다』)

다시 니체는 "병은 안락한 생활이 지불한 가장 비싼 보상이다."라고 했습니다. 시는 통속과 야만, 지식과 의심이 배제된 신념들, 그리고 평탄한 인생이라는 대가를 지불하고 얻은 보상이지요. 시는 우리가 어디로 갈지 모르고 딛는 첫걸음입니다. 우주에 막 태어난 아기의 첫울음입니다. 우리는 아무것도 모른 채 걸음을 떼고, 아무것도 모른 채 울었던 것이지요. 왜냐하면 우리를 감싼 우주 그 자체가 거대한 모름이니까요. 말 그대로 아직 알 수 없음, 즉 미지(未知)! 좋은 시는 항상 미지의 용량이 큽니다. 시는 미지를 운명으로 받고, 무지를 현존으로 체화합니다. 바로 그런 까닭에 어떤 위대한 시가 진정으로 이해되기 위해서는 몇 세기를 기다려야 할지도 모릅니다.

상을 만드신 분들, 그리고 그 첫 번째 수상자로 저를 지목하신 분들께 참으로 고맙습니다. 미당의 시를 기려 만든 이 소중한 상을 덥석 받겠습니다. 보람 없는 세월 앞에서 시를 쓰는 근력을 키우는 계기로 삼겠습니다. 앞으로 꾸역꾸역 좋은 시로 보답하겠습니다.

포달스런 늑대로는 살지 못한다

유빙(遊氷)들이 밀려와 한강 하류가 마치 북극 바다를 방불케 한다는 소식이 전해진 겨울 어느 날에 〈시와시학〉 관계자에게서 제가 영랑시문학상 수상자로 지목되었다는 뜻밖의 통보를 받았습니다. 물론 뛸 듯이 기뻤지요. 하지만 마냥 의기양양하지 못하고 조심스러웠던 것은 과연 헐거운 인생을 살아온 제가 자격을 갖췄는가 하는 의구심이 마음 어느 구석엔가 있었던 탓이죠. 저는 역사의 개별보다 시의 보편을 더 신뢰하고 흠모해온 몽매한 자입니다. 산에 핀 제비꽃이 바위를 깨뜨린다고 감히 말할 수 있는 자가 시인 말고 또 누가 있을까요. 제 안의 몽매함은 제가 서른 몇 해 동안 시를 밀고 오게 한 동력입니다. 세상의 모든 바위들보다 제비꽃이 더 힘세다고 믿는 몽매함으로 이 과분한 상을 기꺼운 마음으로 받겠습니다.

어려서 뭣도 모른 채 영랑의 「모란이 피기까지는」을 좋아했습니다. 그 밑바닥에 깔린 슬픔을 다 알지도 못한 채 소리 내어 읽고 또 읽었습니다. 영랑은 도른도른, 살포시, 보드레한, 즈르르, 애끈한, 조매로운, 아롱지는, 그리메, 서느라워, 가부엽게, 흐렁흐렁, 호동글, 홋근한, 서어한, 호젓한, 파름한, 섯드른, 바람슷긴, 포실거리며…… 따위의 어휘들로 토속어 정감을 화사하게 펼쳐냈지요. 그쪽 분야에서는 백석이나 미당과 견줘 조금도 빠지는 바가 없습니다. 영랑이 생전에 유성기로 이화중선(李花中仙)의 소리를 들으며 "이게 이 나라의 제일 슬퍼 못 견딜 소리"라고 했다지요. 그분은 남도의 귀명창이었지요. 이 귀명창이 이 나라의 제일 슬퍼 못 견딜 소리에 감응하면서 모국어로 빚어낸 게 영랑의 시입니다. 영랑에 그토록 끌리고 감탄했던 것은 모국어의 맑은 울림이 일으키는 황홀경 때문이지요.

영랑 내면의 깊은 곳에 슬픔의 근친애(近親愛)가 있었던 것일까요? 그렇다면 저는 영랑의 내면에 번성했던 저 슬픔의 먼 방계(傍系) 쯤 되겠지요. 영랑은 "사람이 아무리 서럽고 비참해도 역시 촉기는 어딘가에 있어야 해."라고 하셨다는데, 제게 그 촉기가 있는지는 확신할 수가 없습니다. 촉기란 핏속에 녹아 있는 번쩍임 같은 것이겠지요. 시가 만능이라고는 할 수 없겠지만, 조촐한 발명과 성찰의 일이기는 합니다. 그러니까 다른 어떤 일보다 더 촉기가 필요하겠죠. 필요하다면 눈썹을 다 뽑아서라도 그 촉기를 만들겠습니다.

수상 소식을 듣고 며칠 지난 뒤 여러 선생님들이 살갑게 거명해주셨다는 제 시집 『오랫동안』을 다시 들여다봤습니다. 득선(得仙)도 학득(學得)도 없는 이 무용한 물건을 한밤중에 마치 당대(唐代)의 별자리 그림이라는 돈황성도을본(敦煌星圖乙本)을 들여다보듯이 덤덤하게 봤습니다. 시(詩)와 역(易), 오늘의 일들과 상고(尙古)의 지혜가 얽히긴 하는데, 한 화음으로 녹아들지 못하고 제각각 딴소리를 내고 있군요. 그 소리들의 한쪽에 제 슬하의 슬픔과 불행들이 옹기종기 모여 있군요.

그럼에도 이 보잘것없는 시집이 각별했던 것은 시골구석에 처박혀 곰삭은 외로움을 다만 외로움으로 견디고 뜰에 모란 작약이나 키우며 살려고 했던 제 마음의 가난이 드러났기 때문입니다. 이를테면 "싸라기눈 이마를 때리는 날엔 / 유월 모란 화투 패로 운세를 짚고, / 동지 뒤 초밤엔 / 폭설에 소나무 가지 꺾이는 소리를 듣고, / 묵밥을 먹자. /

묵밥을 먹은 저녁엔 / 온잠을 자고 / 가래똥이나 누며 살자."(「묵밥 2」) 같은 구절들에 제 마음의 궁상(窮狀)이 숨길 수 없이 나타납니다. 찬란(燦爛)은 없고, 불행과 슬픔들의 자취는 희미합니다. 장강과 황하도 얕은 물에서 시작했다는 옛사람의 말을 믿고 여기까지 고단하게 왔습니다. 제 어리석음이라면 어리석음이겠지요. 그래도 괜찮습니다. 시는 이미 제게 많은 것들을 주었으니까요. 하지만, 이제야, 토설합니다. 외로움에 졌습니다! 포달스런 늑대로는 살지 못하겠죠. 앞으로는 풀포기와 같이 익명의 식물성으로 여리디여린 그늘들이나 삼키며 살아야겠습니다. 다시 한 번 이 상의 심사위원 선생님들께 머리 숙여 인사드립니다.

인터뷰

침묵과 무를 위하여

당신이 펴낸 책들 서문엔 일정한 흐름이 있다. 1987년의 산문집 『내 스무 살 푸른 영혼』의 서문은 이렇게 시작한다. "욕심없이, 무(無)에 대한 한 편의 아름다운 글을 써보려고 했다. 그러나, 이 책은 그런 내 애초의 결심의 실패와 좌절의 흔적일 뿐이다." 그리고 이번 책(『도마뱀은 꼬리에 덧칠할 물감을 어디에서 구할까』, 서랍의날씨, 2014) 서문에서도 "말을 줄이고 줄여서 침묵에 닿고자 했던 내 의도가 이루어졌다면 이 책은 세상에 나올 수 없었을 것이다."라고 했다. '무'와 침묵에 다가가려고 했던 다짐은 자꾸 실패했는데, 당신은 정말로 많은 책을 냈다. 어쩌면 '침묵'과 '무'에 다다르는 일은 당신에게는 쉽게 이루어질 수 없는 꿈처럼 보인다.

마흔 해째 글을 쓰며 70여 권의 책을 썼다. 결국 이것들은 궁극의 목적지가 아니라 그것에 도달하기 위한 하나의 도정(道程)이다. 궁극의 목적지는 '침묵'이나 '무' 같은 것이 아닐까. 아마도 선불교의 책들을 읽고 선사들에 대해 공부하며 자연스럽게 갖게 된 생각이겠다. 어렸을 때 최인훈 선생의 책을 읽으며 그토록 많은 책들을 읽는 것은 더 이상 책을 읽지 않을 이유를 찾기 위함이다, 라는 구절에 깊은 인상을 받은 적이 있다. 나 역시 이렇게 많은 말들을 쓰는 것은 결국 무와 침묵에 이르기 위함이다, 라고 생각한다. 내겐 말이나 문자를 쓰는 자가 갖는 멀미가 있다. 인간은 불완전한 존재이기에 이것들 역시 무나 침묵에 견줄 때 그 불완전성이 두드러진다. 존 그레이의 『동물의 침묵』에서 "동물에게는 침묵이 자연적인 휴식의 상태이지만 인간에게는 내면의 소동에서 벗어나기 위한 노력이다."라고 했는데, 이 말에 전적으로 동의한다. 동물은 타고난 권리로 침묵을 즐기지만 사람은 내면의 소동에서 벗어나고 구원을 받으려고 침묵을 추구한다.

만약 '침묵'과 '무'에 관해 쓰기를 성공했다면, 그 책은 시인 장석주가 세상에 내놓을 마지막 저작이지 않을까 싶다. 그때까지 침묵에 경청하는 시도를 계속 할 것인가?

그렇다. '침묵'과 '무'에 대한 궁극의 책을 쓸 수만 있다면, 그 순간 더 이상 아무 글도 쓰지 않고 살 것이다. 그런 까닭에 내 삶은 '침묵'과 '무'의 소리에 귀를 기울이면서 그것에 한 걸음씩 나아가는 과정이다. '침묵'을 경청하는 것은 지혜로운 삶을 위한 불가결한 조건이다.

'문장 노동자', 독서광, 당신 앞에 일종의 '호'처럼 붙는 말들이 당신의 부지런함을 말해준다. '장석주'를 말할 때, 모두 '다작(多作)'을 빼놓지 않고 언급한다. 부지런히 정말 많은 책을 썼다. 책을 쓴다는 건 이제 '의식'이 아니라 당신의 부지런한 생활에 잘 맞는 '습관'이 된 것이 아닐까.

'다작한다'라는 말에는 결국 많이 쓰기 위해 '질'을 희생하는 게 아니냐 하는 의심과 질책이 희미하게 깔려 있다. 나는 굳이 '질'을 추구한 적도 없지만, 다른 한편으로 애써 '양'을 추구한 적도 없다. 매일 새벽에 일어나 책상 앞에 앉아서 몇 자씩 적어나갈 뿐이다. 그게 모여서 책이 되는 것이다. 이것은 생활의 '습관'이고, 더 나아가 존재 안의 결핍들을 채우기 위한 생명의 자연스러운 '리듬'이다.

독서에 관하여 쓴 문장들이 기억난다. "인류 문명의 발전이라는 거창한 소명 때문에 책을 읽는 것이 아니라 쉬지 않고 한두 권의 책을 읽는 것이 즐거운 까닭"이라고 했는데, 글을 쓴다는 건 어떻게 다를까? 읽는 것처럼 '즐겁게' 쓰는 편인가?

책을 읽는 것과 글을 쓰는 것은 불이(不二)다. 책을 읽지 않았다면 아마 글도 쓰지 않았을 것이다. 날마다 책을 구해 읽으니, 그것들이 내 안에서 융합을 이루며 새로운 글의 촉매 작용을 한다. 책을 읽는 건 내면의 텃밭에 사유의 씨앗들을 파종하는 것이다. 읽는 일이 즐겁다고 했지만, 책을 읽는 순간에 그런 즐거움을 느끼는 일은 희귀한 사례다. 대개의 즐거움은 추후의 이삭들이다. 쓰는 것은 즐겁다기보다는 고통스럽다. 다만 쓰는 것에서 얻는 즐거움 역시 그것을 끝낸 추후의 사태다.

"청춘이 상류라면 나는 인생의 하류에 와 있다.", "이 애비도 행복한 노년은 '생각과 명상, 은둔과 무집착'에서 일궈질 거라 믿고 그렇게 따르고자 한다."(『아들아 서른에는 노자를 만나라』 중에서)와 같은 대목에서 당신은 노년을 착실히 준비하고 있다고 생각했다. 넓고 깊게 흐르는 '하류'의 어른은 얕고 급하게 흐르는 '상류'를 위해 뭘 할 수 있을까?

잘 산 '노인'들은 그 자체로 삶에 대한 풍부한 경륜을 담은 한 권의 훌륭한 '지혜의 책'이라고 할 수 있다. 내 꿈은 내가 노경(老境)에 들었을 때, 말로 충고하거나 조언을 하는 대신에 제 삶 자체가 젊은 사람들에게 한 권의 '지혜의 책'이 되는 것이다. 더 나이가 들면, 노자가 그랬듯이, 샐린저가 그랬듯이, 은둔하고, 침묵하며 살고자 한다. 그때쯤 세상에 내놓은 책들의 설익음이나 거침을 되돌아보면, 더 이상 아무것도 쓰지 않거나, 쓰더라도 세상에 내놓지 않겠다. 좋은 책과 음악을 벗 삼고, 물과 숲과 산을 이웃 삼아 살고 싶을 따름이다.

당신이 청춘을 바쳤던 거리, 1970년대 책방 거리였던 '종로2가'는 다시 변했다. 1985년, 당신이 보았던 '발랄하게 놀고 있는 젊음'을 이제는 그 거리에서 찾아볼 수 없다. 오히려 지금의 종로2가는 가정과 사회에서 내몰린 노인의 거리가 되었다. 종로2가를 갈 때마다 노인의 삶이란 대체 뭘까 생각해 본다. 가족이 없고, '혼자'가 된 노인들은 스스로 뭘 할 수 있을까?

오늘날 '노인'이 된다는 것은 최하층의 열등한 존재로 전락하는 것 이상도 아니고 이하도 아닌 것이다. 노동력을 잃고 존엄도 잃은 채 '잉여'로 전락한다. 이것은 인류의 비극이다. 그 때문에 늙는다는 것이 두렵다. 생명의 존엄을 갉아먹으면서까지 오래 살고 싶지는 않다. 인간은 태어날 때도 누군가의 도움을 받지만, 노경의 삶에도 조력자가 필요하다. 그것을 부정하지는 않지만, 노인이 되어서도 할 수 있는 데까지 생물학적 필요와 사회적 필요를 스스로의 힘으로 구하는 삶을 살도록 노력해야 한다.

"이 눈 내린 들판에서 죽는다면 나 역시 눈부처가 되리."라는 초수이의 하이쿠를 적고, "결국 인류는 삶이라는 작은 구명보트를 타고 죽음이라는 망망대해를 떠도는 '보트피플'에 지나지 않는다."라는 감상을 이었다. 당신의 글을 읽다 보면, '죽음'이라는 주제를 여러 번 고찰하게 된다. 하지만 아무리 여러 번 생각해도 어머니의 죽음은 받아들이기가 힘들 것 같다. 당신은 돌아가신 아버지를 생각하며 쓴 글에서 정약용이 했던 말, 김현승의 시를 함께 인용했다. 어머니를 생각하며 글을 쓰려고 할 땐 롤랑 바르트를 떠올리진 않으셨을까 생각해 봤다. 시골에서 함께 산 어머니는 당신에게 어떤 존재였나?

어머니는 그냥 평범하신 노인이었다. 소심하신 편이라 잔걱정이 많고, 다 큰 자식의 일에도 습관적으로 간섭하길 좋아했다. 다행인 것은 시골에 와서 작은 텃밭을 일구며 뭘 심고 거두는 일에서 큰 보람을 찾은 것이다. 노모는 아주 부지런한 농사꾼이었다. 그러다가 어느 날 대장암이 발견되고, 수술을 받았다. 노모는 생의 마지막을 요양병원 중환자실에 있다가 돌아가셨는데, 그 요양병원 중환자실의 풍경이 너무 끔찍해서 충격을 받았다. 병상마다 링거를 꽂고 산소마스크가 씌워진 중환자들이 식물인간이 되어 꼼짝도 않은 채 누워 있는데, 그 광경이 마치 지옥도(地獄圖) 같았다. 롤랑 바르트의 『애도일기』를 감동적으로 읽었지만, 한편으로 어머니의 상실과 부재에 대해 자주 울음을 터뜨리는 것에는 공감을 하지 못했다. 내게는 죽음을 삶의 일부분으로 받아들이는 동양적인 의식이 체화되어 있기 때문인지, 10여 년 전에 돌아가신 아버지나 노모의 죽음에 대해서도 비교적 담담했다.

새벽 4시에 일어나는 또 다른 '문장 노동자' 중에 일본의 소설가 무라카미 하루키가 있다. 어느 인터뷰에서 그는 4시에 일어나 대여섯 시간 글을 쓰고, 오후엔 달리기를 하고, 밤 9시쯤 잠을 잔다고 말한 적이 있다. 당신도 항상 새벽 4시에 일어나서 글을 쓰고, 해 뜨기 전 개와 함께 산책한다고 했다. 일과가 끝난 밤은 어떤가. 당신의 글에선 어둠과 밤의 고독을 사랑하는 사람의 마음도 함께 읽힌다. 잠이 없는 편인가?

잠이 많은 편이라고는 할 수 없겠지만, 충분히 자지 않으면 종일 몸이 처진다. 잠은 늘 충분히 자려고 노력한다. 일찍 잠자리에 드니까 자연스럽게 새벽 일찍 눈이 떠지는 것이다. 새벽에 일어나 책을 읽고 글을 쓰는 생활이 생체 리듬에 잘 맞는다. 중요한 것은 몸과 마음의 균형과 조화를 잃지 않는 것이다. 그래서 오전엔 일하고, 오후 서너 시쯤에는 만사를 제쳐놓고 반드시 산책을 나간다.

『도마뱀은 꼬리에 덧칠할 물감을 어디에서 구할까』라는 긴 제목에 비해 수록된 글은 상당히 짧다. 하이쿠를 왼쪽에 두고, 하이쿠를 읽고 적은 감상을 오른쪽에 배치한 구성도 재미있다. 글을 읽으면, 여백에는 글과 어울리는 풍경이 떠오른다. 그리고 의연하게 '인상'만을 남기고 홀연 떠나는 당신의 모습도 같

이 연상된다. 화가가 되고 싶었던 소년은 글로 그림을 그리는 시인이 된 것이 아닌가. 『도마뱀……』의 서문에서 '화가가 되기엔 노동의 강도를 감당할 만한 근력이 모자란다.'고 했는데, 노동이 아니라 취미로라도 그림을 종종 그리는가?

중학교 때 미술부에서 활동을 하며 파스텔이나 수채화 물감을 갖고 그림을 그렸다. 잘 그린다는 칭찬도 듣고, 종종 미술대회에 나가 상도 탔다. 그런 습관이 20대 초반까지 이어져 유화를 꽤 그렸다. 그 그림들을 하나도 갖고 있지 않지만, 그림은 늘 가보지 않은 길과 같이 아련한 세계다. 안성에 내려와서 화가들을 벗으로 사귀었는데, 목판화가 김억의 공방에서 목판화를 배웠다. 지금은 다 손에서 내려놓았지만, 기회가 된다면 먹을 갖고 하는 수묵화를 배우고 싶다.

당신이 '계절'에 관하여 쓸 땐 그 문장들이 아름다워서 밑줄을 꼭 그었다. "밤 중에서도 겨울밤이 고독과 침묵을 가장 많이 기른다."(「벼룩 씨, 당신의 밤도 길겠지?」)라는 문장이나, "봄은 겨울 속에서 꾸는 꿈에 지나지 않는다."(「오는 봄이 가는 봄이다」)라는 문장, "봄이 오면 모든 금지를 금지하자. 봄이 오면 불가능한 것을 요구하자." (「도마뱀은…」)라는 대목들이다. 단순한 질문이지만, 가장 좋아하는 계절은 언제인가?

젊었을 때는 여름을 좋아했다. 여름에는 의욕이 솟구치고, 곳곳에 활력이 넘친다. 여름 아침, 작열하는 햇빛, 울울창창한 숲, 토마토, 수박, 바다, 수영…… 따위 여름에 속한 것들을 정말 좋아했다. 하지만 이젠 잔잔하고 조용한 봄이 좋다. 모란과 작약의 꽃대가 올라올 때, 봄밤 먼 숲에서 소쩍새 울 때가 정말 좋다.

이 책의 네 번째 구성이다, '얼굴'이라는 글로 시작해서 '시간'이라는 글로 끝나는 「얼굴을 읽다」를 모두 읽고, 당신의 사진을 찾아보았다. 뜨겁고 치열했던 젊은 시인의 얼굴에서 시간이 지날수록 넉넉한 미소가 더해진다. 당신은

지금의 얼굴이 좋은가?

젊었을 때보다 지금의 삶이 더 좋은 것처럼, 젊었을 때의 얼굴보다 지금의 얼굴이 더 좋다. 주름도 많아지고, 정수리쪽 머리는 검은 머리보다 새치가 더 많아졌다. 안색은 칙칙하고, 눈빛에 젊은 시절의 총기는 옅어졌다. 하지만 이게 내 얼굴이 아닌가.

부록으로 「시시하고 하찮은 자술 연보」 전에 책의 마지막에 「내가 사랑하는 것들」을 썼다. 하이쿠에 감상을 잇는 모습이 선인 같았다면, '내가 사랑하는 것들'을 하나하나 밝혀 말하는 시인의 모습은 속세에 가까워 보였다. 산문집 『절망에 대해 우아하게 말하는 방법』에서 썼던 문장이 떠오른다. "(산문집은) 순전히 탐욕의 소산들이다." 알베르 카뮈, 장 그르니에, 막스 피카르트가 산문집을 쓰지 않았다면, 나같이 총명한 사람이 아까운 시간을 물같이 쓰면서 이처럼 '치졸하고 백해무익한 산문 따위'를 썼을 리가 없다, 라는 말까지 거침없이 했다. 산문집을 계속 내면서도 산문집에 대한 거부감은 변함없는가?

산문집에 대한 거부감은 없다. 젊은 시절에 읽은 카뮈와 그의 고등학교 시절 은사인 장 그르니에의 산문을 읽고 반했다. 그 뒤로 롤랑 바르트나 발터 벤야민의 산문들을 읽을 때 믿을 수 없을 만큼 행복해진다. 우리 작가로는 고은, 김현, 김화영, 김훈, 고종석의 산문들을 정말 좋아한다. 내게는 좋은 산문에 대한 오래된 욕망이 있다. 산문집을 내는 건 부끄럽지 않다. 다만 잘 못 쓴 것에 대한 부끄러움이 있을 따름이다.

시를 쓰는 것과 산문을 쓰는 것은 어떻게 다른가?

크게 다르지 않다. 시나 산문을 쓸 때 문장에 담는 '사유'도 중요하다. 나는 문장의 리듬을 중시한다. 다만 시는 말들을 쓰지만 말을 버리고 지운다. 시는 버리고 지우면서 문장을 완성해간다. 시에는 말의 낭비 습관을 저어하는 엄격한 계율이 있다. 그에 반해 산문은 훨씬 자유롭다. 산문 문장을 쓸 때는 계율에 종속되기보다는 어떻게 하면 문장에 더 관능성을 더할까를 생각한다.

부록을 제외하면, 『도마뱀은…』의 마지막 글은 '낯선 곳으로 떠나라!'이다. 책 읽는 기쁨, 내가 사랑하는 것들을 그렇게 많이 말하고 끝에 가서는 "참다운 삶을 살려면 책에서 배운 것들은 잊어야 한다. (중략) 책을 버려라! 당장 낯선 곳으로 떠나라!"라고 했다. 아이러니 같지만, 탐욕을 버리고, 침묵과 무로 향하는 당신의 의지라고 생각했다. 언젠가 책을 끊는 것도 생각하는가?

아직은 책을 끼고 읽는 게 좋다. 지금도 달마다 많은 책값을 지출하지만 책을 사는 데 들이는 돈은 전혀 아깝지 않다. 그간 사서 읽고 모은 책이 대략 3만 권쯤 된다. 몇 년 뒤 그 장서들을 다 끌고 제주도로 내려가 살 생각이다. 제주도에 '여행자도서관'을 지을 구상을 갖고 있다. 내 장서들을 여행자들이 읽을 수 있도록 하고 싶다. 내가 구상한 '여행자도서관'은 여행자들이 와서 책도 읽고, 차도 마시고, 대화를 나눌 수 있는 일종의 쉼터요, 소통의 장소다. 제주도의 호젓한 곳에 집을 짓고 삽살개나 키우면서 종일 책을 읽거나 고전음악을 듣고, 늦은 오후에는 바닷가로 산책 나가는 삶은 상상만 해도 기분이 좋아진다. 아마 그렇게 한껏 게으른 삶을 즐기려면 앞으로도 한 10년쯤은 정말 미친 듯이 일해야 하지 않을까.

2014년 초봄이다. 올해의 농사 계획은 어떤가?

노모가 마치 영농후계자처럼 열심히 텃밭을 일구시고 소규모 농사를 지으셔서 그동안 갖가지 채소류나 호박, 콩, 옥수수, 깨 따위를 자급자족할 수 있었는데, 노모가 떠나신 뒤 막막해졌다. 벌써 몇 년째 농사를 짓지 못한 묵은 밭들에 잡초들이 무성하다. 올해 농사는 엄두도 못 내고 있다. 농사를 짓기 위해 다 남의 손을 빌려야 할 딱한 처지다. 이웃 농가에서 텃밭을 빌려달란다면 기꺼이 그렇게 하려고 한다.

서점에서 일하면서 책과 늘 가까이 하는 삶을 살고 있는데, 당신의 책을 읽을 때마다 책이 얼마나 귀한 사물인지 새삼 깨닫는다. 소중한 걸 깨닫게 해서 고맙다.

2014. 4. 15. '반디앤루니스' 컨텐츠팀 에디터 정혜원 씨와의 서면 인터뷰

글쓰기를 위해 읽어야 할 책 202권

글쓰기/독서

스티븐 킹, 『유혹하는 글쓰기』, 김진준 옮김, 김영사, 2002

애니 딜러드, 『창조적 글쓰기』, 이미선 옮김, 공존, 2008

나탈리 골드버그, 『뼛속까지 내려가서 써라』, 권진욱 옮김, 한문화, 2013

도러시아 브랜디, 『작가 수업』, 강미경 옮김, 공존, 2010

파리 리뷰, 『작가란 무엇인가』, 권승혁·김진아 옮김, 다른, 2014

메러디스 매런, 『쓰려고 하지 마라』, 김희숙·윤승희 옮김, 생각의길, 2013

아리스토텔레스, 『시학』, 천병희 옮김, 문예출판사, 2002

롤랑 바르트, 『글쓰기의 영도』, 김웅권 옮김, 동문선, 2007

장 폴 사르트르, 『말』, 정명환 옮김, 민음사, 2008

장 폴 사르트르, 『문학이란 무엇인가』, 정명환 옮김, 민음사, 2000

헤르만 헤세, 『헤르만 헤세의 독서의 기술』, 김지선 옮김, 뜨인돌, 2006

어니스트 헤밍웨이, 『헤밍웨이의 글쓰기』, 이혜경 옮김, 스마트비즈니스, 2009

오르한 파묵, 『소설과 소설가』, 이난아 옮김, 민음사, 2012

제임스 스콧 벨, 『소설 쓰기의 모든 것』, 김율희·박미낭 옮김, 다른, 2012

제임스 미치너, 『소설』, 윤희기 옮김, 열린책들, 2009

모리스 블랑쇼, 『도래할 책』, 심세광 옮김, 그린비, 2011

조셉 윌리엄스, 『논증의 탄생』, 윤영삼 옮김, 홍문관, 2008

앤서니 웨스턴, 『논증의 기술』, 이보경 옮김, 필맥, 2010

아니 에르노, 『칼 같은 글쓰기』, 최애영, 문학동네, 2005

줄리아 카메론, 『나를 치유하는 글쓰기』, 조한나 옮김, 이다미디어, 2013

마르그리트 뒤라스, 『고독한 글쓰기』, 이용주 옮김, 창작시대, 1997

이태준, 『문장강화』, 창비, 2017

김성우,『명문장의 조건』, 한길사, 2012

김탁환,『천년습작』, 살림출판사, 2009

김연수,『소설가의 일』, 문학동네, 2014

권혁웅,『시론』, 문학동네, 2010

정희모 · 이재성,『글쓰기의 전략』, 들녘, 2005

헤더 리치 · 로버트 그레이엄,『창의적인 글쓰기의 모든 것』, 윤재원 옮김, 베이직북스, 2009

조지 오웰,『나는 왜 쓰는가』, 이한중 옮김, 한겨레출판, 2010

다카하시 겐이치로,『연필로 고래 잡는 글쓰기』, 양윤옥 옮김, 웅진지식하우스, 2014

게오르크 루카치,『소설의 이론』, 김경식 옮김, 문예출판사, 2007

움베르트 에코,『나는 독자를 위해 글을 쓴다』, 김운찬 옮김, 열린책들, 2009

언어/철학/미학

장 폴 사르트르,『존재와 무』, 정소성 옮김, 동서문화사, 2016

마르틴 하이데거,『숲길』, 신상희 옮김, 나남, 2008

미셸 푸코,『말과 사물』, 이규현 옮김, 민음사, 2012

가스통 바슐라르,『몽상의 시학』, 김웅권 옮김, 동문선, 2007

가스통 바슐라르,『물의 꿈』, 이가림 옮김, 문예출판사, 1996

가스통 바슐라르,『촛불의 미학』, 김웅권 옮김, 동문선, 2008

미셸 투르니에,『상상력을 자극하는 110가지 개념』, 이용주 옮김, 한뜻, 1998

질 들뢰즈 · 펠릭스 가타리,『천 개의 고원』, 김재인 옮김, 새물결, 2001

진중권,『미학 오디세이 1~3』, 휴머니스트, 2014

이진경,『노마디즘』, 휴머니스트, 2002

스티븐 핑커,『언어본능』, 김한영 옮김, 동녘사이언스, 2008

발터 벤야민,『일방통행로』, 조형준 옮김, 새물결, 2007

발터 벤야민,『아케이드 프로젝트』, 조형준 옮김, 새물결, 2005

수전 손택,『해석에 반대한다』, 이민아 옮김, 이후, 2002

에마뉘엘 레비나스,『존재에서 존재자로』, 서동욱 옮김, 민음사, 2003

에밀 시오랑, 『독설의 팡세』, 김정숙 옮김, 문학동네, 2004

존C.H. 우, 『선의 황금시대』, 김연수 옮김, 한문화, 2013

프리드리히 니체, 『차라투스트라는 이렇게 말했다』, 장희창 옮김, 민음사, 2004

한글/우리말/평론

고종석, 『언문세설』, 새움, 2013

고종석, 『말들의 풍경』, 개마고원, 2012

고종석, 『고종석의 문장 1, 2』, 알마, 2014

이어령, 『뜻으로 읽는 한국어 사전』, 문학사상, 2008

이오덕, 『우리글 바로쓰기』, 한길사, 2009

장승욱, 『사랑한다, 우리말』, 하늘연못, 2007

정민, 『한시 미학 산책』, 휴머니스트, 2010

김소연, 『마음사전』, 마음산책, 2008

김현, 『한국문학의 위상』, 문학과지성사, 1996

김현 · 김윤식, 『한국문학사』, 민음사, 1998

김현 · 김주연 · 김병익 · 김치수, 『문학이란 무엇인가』, 문학과지성사, 1988

김우창, 『궁핍한 시대의 시인들』, 민음사, 2015

신범순, 『이상의 무한정원 삼차각나비』, 현암사, 2007

신형철, 『몰락의 에티카』, 문학동네, 2008

김홍중, 『마음의 사회학』, 문학동네, 2009

황현산, 『잘 표현된 불행』, 문예중앙, 2012

한국문학

김만중, 『구운몽』, 송성욱 옮김, 민음사, 2003

황순원, 『독 짓는 늙은이』, 문학과지성사, 2004

박태원, 『소설가 구보씨의 일일』, 문학과지성사, 2005

김유정, 『동백꽃』, 문학과지성사, 2005
백석, 『백석시전집』, 창비, 1999
이상, 『날개』, 현대문학, 2011
홍명희, 『임꺽정』, 사계절, 2008
박경리, 『토지』, 마로니에북스, 2012
윤동주, 『하늘과 바람과 별과 시』, 소와다리, 2016
박목월, 『박목월 시전집』, 민음사, 2003
김수영, 『김수영 전집 1: 시』, 민음사, 2018
김종삼, 『김종삼 전집』, 나남, 2005
서정주, 『미당 서정주 전집』, 은행나무, 2015
김구, 『백범일지』, 돌베개, 2005
최인훈, 『광장/구운몽』, 문학과지성사, 2014
손창섭, 『신의 희작』, 『잉여인간』, 민음사, 2005
오영수, 『갯마을』, 커뮤니케이션북스, 2005
조세희, 『난장이가 쏘아올린 작은 공』, 이성과 힘, 2000
김승옥, 『무진기행』, 문학동네, 2004
이청준, 『별을 보여드립니다』, 열화당, 2013
이문구, 『관촌수필』, 문학과지성사, 1977
오정희, 『동경』, 가람기획, 1998
최인호, 『타인의 방』, 민음사, 2005
황석영, 『객지』, 창비, 2000
김주영, 『객주』, 문학동네, 2013
고은, 『만인보』, 창비, 2010
이성복, 『뒹구는 돌은 언제 잠 깨는가』, 문학과지성사, 1992
황지우, 『어느 날 나는 흐린 주점에 앉아 있을 거다』, 문학과지성사, 1999
기형도, 『입 속의 검은 잎』, 문학과지성사, 2000
박완서, 『그 많던 싱아는 누가 다 먹었을까』, 세계사, 2012
하일지, 『경마장 가는 길』, 민음사, 2005

김훈, 『칼의 노래』, 문학동네, 2014

은희경, 『새의 선물』, 문학동네, 2010

윤대녕, 『은어낚시통신』, 문학동네, 2010

성석제, 『황만근은 이렇게 말했다』, 창비, 2002

김영하, 『살인자의 기억법』, 문학동네, 2013

김연수, 『사월의 미, 칠월의 솔』, 문학동네, 2013

황정은, 『백의 그림자』, 민음사, 2010

세계문학

프란츠 카프카, 『성』, 권혁준 옮김, 창비, 2015

미겔 데 세르반테스 저, 『돈키호테』, 안영옥 옮김, 열린책들, 2014

생 텍쥐페리, 『인간의 대지』, 허희정 옮김, 펭귄클래식코리아, 2015

제임스 조이스, 『젊은 예술가의 초상』, 이상옥 옮김, 민음사, 2001

어니스트 밀러 헤밍웨이, 『노인과 바다』, 김욱동 옮김, 민음사, 2012

윌리엄 셰익스피어, 『햄릿』, 최종철 옮김, 민음사, 2009

제인 오스틴, 『오만과 편견』, 윤지관 · 전승희 옮김, 민음사, 2003

제롬 데이비드 샐린저, 『호밀밭의 파수꾼』, 공경희 옮김, 민음사, 2009

다자이 오사무, 『사양』, 신현선 옮김, 창비, 2015

미시마 유키오, 『금각사』, 허호 옮김, 웅진지식하우스, 2017

가와바타 야스나리, 『설국』, 유숙자 옮김, 민음사, 2009

나쓰메 소세키, 『나는 고양이로소이다』, 송태욱 옮김, 현암사, 2013

조지 오웰, 『동물농장』, 도정일 옮김, 민음사, 2009

토마스 만, 『토니오 크뢰거』, 안삼환 · 한성자 · 임홍배 옮김, 민음사, 1998

버지니아 울프, 『델러웨이 부인』, 정명희 옮김, 솔, 2006

라이너 마리아 릴케, 『말테의 수기』, 문현미 옮김, 민음사, 2005

장 주네, 『도둑 일기』, 박형섭 옮김, 민음사, 2008

알랭 로브 그리예, 『질투』, 박이문 · 박희원 옮김, 민음사, 2003

가브리엘 가르시아 마르케스,『백 년의 고독』, 조구호 옮김, 민음사, 2000

조너선 사프란 포어,『엄청나게 시끄럽고 믿을 수 없게 가까운』, 송은주 옮김, 민음사, 2009

파트리크 쥐스킨트,『향수』, 강명순 옮김, 열린책들, 2008

아니 에르노,『단순한 열정』, 최정수 옮김, 문학동네, 2015

루이스 세풀베다,『연애소설 읽는 노인』, 정창 옮김, 열린책들, 2009

호르헤 루이스 보르헤스,『픽션들』, 송병선 옮김, 민음사, 2011

밀란 쿤데라,『참을 수 없는 존재의 가벼움』, 이재룡 옮김, 민음사, 2009

사뮈엘 베케트,『고도를 기다리며』, 오증자 옮김, 민음사, 2012

알베르 카뮈,『이방인』, 김화영 옮김, 민음사, 2011

귄터 그라스,『양철북』, 장희창 옮김, 민음사, 1999

안톤 체호프,『체호프 단편선』, 박현섭 옮김, 민음사, 2002

표도르 도스토예프스키,『카라마조프의 형제들』, 김연경 옮김, 민음사, 2007

블라디미르 나보코프,『롤리타』, 김진준 옮김, 문학동네, 2013

오스카 와일드,『도리언 그레이의 초상』, 윤희기 옮김, 열린책들, 2010

마르셀 프루스트,『잃어버린 시간을 찾아서: 스완네 집 쪽으로』, 김희영 옮김, 민음사, 2012

니코스 카잔차키스,『그리스인 조르바』, 이윤기 옮김, 열린책들, 2009

리처드 브라우티건,『미국의 송어낚시』, 김성곤 옮김, 비채, 2013

로맹 가리,『새들은 페루에 가서 죽다』, 김남주 옮김, 문학동네, 2007

다카하시 겐이치로,『우아하고 감상적인 일본 야구』, 박혜성 옮김, 웅진지식하우스, 2017

무라카미 하루키,『세계의 끝과 하드보일드 원더랜드』, 김진욱 옮김, 문학사상사, 2010

움베르트 에코,『장미의 이름』, 이윤기 옮김, 열린책들, 2009

스콧 피츠제럴드,『위대한 개츠비』, 김영하 옮김, 문학동네, 2009

허먼 멜빌,『모비딕』, 강수정 옮김, 열린책들, 2013

알랭 드 보통,『왜 나는 너를 사랑하는가』, 정영목 옮김, 청미래, 2013

토마스 핀천,『중력의 무지개』, 이상국 옮김, 새물결, 2013

더글러스 애덤스,『은하수를 여행하는 히치하이커를 위한 안내서』, 김선형 옮김, 책세상, 2005

레이먼드 카버,『대성당』, 김연수 옮김, 문학동네, 2014

폴 오스터,『달의 궁전』, 황보석 옮김, 열린책들, 2008

윌리엄 버로스, 『네이키드 런치』, 전세재 옮김, 책세상, 2005

마르그리트 뒤라스, 『연인』, 김인환 옮김, 민음사, 2007

헤르만 헤세, 『데미안』, 전영애 옮김, 민음사, 2009

월트 휘트먼, 『풀잎』, 허현숙 옮김, 열린책들, 2011

장 지오노, 『나무를 심은 사람』, 김경온 옮김, 두레, 2018

실비아 플라스, 『실비아 플라스 시 전집』, 박주영 옮김, 마음산책, 2013

파블로 네루다, 『스무 편의 사랑의 시와 한 편의 절망의 노래』, 정현종 옮김, 민음사, 2007

비스와바 쉼보르스카, 『끝과 시작』, 최성은 옮김, 문학과지성사, 2016

위화, 『허삼관 매혈기』, 최용만 옮김, 푸른숲, 2013

옥타비오 파스, 『활과 리라』, 김홍근 외 옮김, 솔, 1998

장 필립 뚜생, 『망설임』, 이재룡 옮김, 고려원, 1994

파스칼 키냐르, 『은밀한 생』, 송의경 옮김, 문학과지성사, 2001

신화/고전

『일리아드』

『오디세이아』

『그리스 로마 신화』

『아라비안나이트』

일연, 『삼국유사』

사마천, 『사기』

마르쿠스 아우렐리우스, 『명상록』

스피노자, 『에티카』

공자, 『논어』

노자, 『도덕경』

『장자』

『맹자』

자연/삶/관조/수필/평전

피천득, 『인연』, 샘터, 2007

이태준, 『무서록』, 범우사, 1993

헨리 데이비드 소로, 『월든』, 강승영 옮김, 은행나무, 2011

파스칼 블레이즈, 『팡세』, 이환 옮김, 민음사, 2003

다니자키 준이치로, 『그늘에 대하여』, 고운기 옮김, 눌와, 2005

세이 쇼나곤, 『마쿠라노소시』, 정순분 옮김, 지식을만드는지식, 2012

막스 피카르트, 『침묵의 세계』, 최승자 옮김, 까치, 2010

페르난도 페소아, 『불안의 책』, 오진영 옮김, 문학동네, 2015

알베르 카뮈, 『결혼 · 여름』, 김화영 옮김, 책세상, 1989

장 그르니에, 『섬』, 김화영 옮김, 민음사, 2008

앙드레 지드, 『지상의 양식』, 김화영 옮김, 민음사, 2007

캐롤 스클레니카, 『레이먼드 카버』, 고영범 옮김, 강, 2012

케니스 슬라웬스키, 『샐린저 평전』, 김현우 옮김, 민음사, 2014

베르나르 앙리 레비, 『사르트르 평전』, 변광배 옮김, 을유문화사, 2009

일반교양/사회/과학/역사/경제

디트리히 슈바니츠, 『교양』, 인성기 · 윤순식 · 조우호 옮김, 들녘, 2007

칼 세이건, 『코스모스』, 홍승수 옮김, 사이언스북스, 2010

찰스 다윈, 『종의 기원』, 송철용 옮김, 동서문화사, 2013

에드워드 기번, 『로마제국 쇠망사』, 송은주 옮김, 민음사, 2010

빌 브라이슨, 『거의 모든 것의 역사』, 이덕환 옮김, 까치, 2003

로버트 루트번스타인 · 미셸 루트번스타인, 『생각의 탄생』, 박종성 옮김, 에코의서재, 2007

제인 구달, 『희망의 이유』, 박순영 옮김, 궁리, 2011

레비 스트로스, 『슬픈 열대』, 박옥줄 옮김, 한길사, 1998

토머스 쿤, 『과학혁명의 구조』, 김명자 · 홍성욱 옮김, 까치, 2013

리처드 도킨스, 『이기적 유전자』, 홍영남 · 이상임 옮김, 을유문화사, 2010

에드워드 사이드, 『오리엔탈리즘』, 박홍규 옮김, 교보문고, 2015

박문호, 『뇌, 생각의 출현』, 휴머니스트, 2008

자술연보(自述年譜)

1~20

1955년 1월 8일(음력), 충청남도 논산군 연무읍 신화리 296번지에서 태어나다. 아버지 장구기, 어머니 김병남. 태어난 곳은 한반도 내륙의 외가다. 지지(地支)는 인목(寅木). 이 나무는 나이테 대신 호랑이 기운을 품는데, 자존심이 세고 구속받기를 싫어하다. 외할머니 슬하에서 모호한 욕망들의 결여와 결핍으로 이루어진 유년기를 보내다. 1964년 서울의 가족과 합치며, 서울 청운초등학교로 전학하다. 투박한 충청도 사투리 때문에 놀림 당하다. 가족이 처한 참담한 가난에 몸서리치다.

1968년 청운중학교에 입학한 해 겨울방학 때 친구 신영호의 집에서 '오영수 문학전집' 다섯 권을 완독하고 문학이 주는 기쁨을 오롯하게 맛보다. 이듬해 〈학원〉에 투고한 시 「겨울」이 고명한 시인에 의해 뽑혀 활자화되다. 경기상업고등학교에 진학해 학교 도서관에 처박혀 책만 읽다가 고등학교 2학년 때 자퇴하다. 이후 시립도서관 등지에서 책을 읽다.

1975년 〈월간문학〉 신인상에 시 「심야」가 당선되어 문단 말석에 이름을 올리다. 이어서 문공부 문예창작공모, 충청일보 창간 30주년 기념 신춘문예 공모, 해기사협회에서 주관한 제1회 해양문학상 공모 등에 당선하다. 그 상금으로 연명하며 시를 쓰다. 명동의 음악감상실 '전원'에서 중편소설 「우리들의 순례」를 쓰다. 월간 〈세대〉지의 중편 공모에 내고 낙방하다. 소설가 박태순이 심사평에서 '피카레스크' 소설의 가능성에 대해 언급하다.

21~30

1979년 조선일보 신춘문예에 시 「날아라 시간의 포충망에 붙잡힌 우울한 몽상이여」가 당선하고, 같은 해 동아일보에 평론 「존재와 초월」이 입선하다. 고려원에서 편집 일을 배우다. 10월 26일 저녁, 영구 집권을 꿈꾸던 대통령이 심복의 총에 맞아 죽다. 군 출신의 두 사람이 이어서 나라를 통치하다. 상상력 없는 무미한 사람들이 다스리는 나라에 지겨워지다. 첫 시집 『햇빛사냥』과 산문집 『언어의 마을을 찾아서』가 나오다. 책의 실감으로 감격하고, 그 감격을 빌미로 대취하다.

1978년 4월 19일에 장남 청하, 1980년 7월 23일에 차남 준하, 1983년 1월 15일에 셋째로 딸 휘은이 태어나다.

1981년 고려원 편집장에서 물러나 종로3가 낡은 빌딩의 옥탑방을 얻어 출판사를 내다. 예상치 않게 일이 번창해 서울 역삼동에 사옥을 짓고 대치동에 집을 마련하다. 역삼동 사옥을 팔고 청담동에 5층 건물을 사다. 민주화 투쟁이 격화되던 시절, 대통령 직선제 개헌 서명에 참여하다. 서명자들 중에서 내 이름이 신문에 크게 나와 놀라다. 출판사에 국세청 세무조사 팀이 들이닥쳐 한 달 동안 세무조사를 받다. 프로야구 리그가 시작되어 가끔 아이들과 잠실운동장으로 경기를 보러 가다.

31~40

1986년 조병화 시인 등을 따라 세계시인대회에 참가하고 유럽여행을 다녀오다. 이탈리아, 프랑스, 영국 등을 한 달여 동안 여행하며 문화적 충격을 받다. 근대 이후 한반도가 문화의 낙후지대로 전락했다는 실감에 낙담하고 전율하다.

1988년에 서울올림픽이 열리다. 올림픽 개막을 축하하는 불꽃놀이 폭죽이 공중에서 터지다. 마라톤 선수들이 역삼동 도로를 무리지어 달리는 광경을 집 앞 도로에 나와 한가롭게 지켜보다. 죄수 호송 차량으로 이동하던 지강헌 등이 집단으로 탈주해 경찰과의 대치 중 사살되다. 지강헌이 외친 '무전유죄(無錢有罪) 유전무죄(有錢無罪)'라는 말이 유행어로 떠돌다. 1989년 시인 기형도가 심야영화가 상영되던 영화관에서 급사하고, 이듬해 간암 투병 중이던 문학평론가 김현 선생이 돌아가시다.

1992년에 마광수 연세대 교수의 장편소설 『즐거운 사라』를 펴내고 음란물 시비에 오른 끝에 10월 29일에 난데없이 구속되다. 마 교수와 함께 '음란물 제조 및 반포' 법률 위반 혐의로 검찰청 포토라인에 서다. 10월 29일부터 12월 30일까지 서울구치소에서 나라가 주는 공짜 밥을 먹다. 수감생활이 괴롭지는 않았으나 깊은 상심과 함께 씻을 수 없는 트라우마를 얻다.

1993년 새해가 밝자 제주도로 내려가다. 서귀포에 머물며 13년 동안 운영하던 출판사를 접기로 결심하다. 사업을 접은 뒤 산에 오르거나 기원에 출근 도장을 찍으며 소일하다. 1년이 채 지나지 않아 함께 살던 여자가 별 이유 없이 가출한 뒤 이혼소장을 보내오다. 집이 경매로 넘어가다. 초등학생인 딸이 하교하면 손을 붙잡고 양재천변을 걸으며 시름을 달래다. 황당한 재담으로 딸아이를 웃기다.

41~45

1996년 1월 6일, 가수 김광석이 목을 매 자살하다. 타살 의혹이 있었지만 끝내 밝혀지지 않다. 그의 「서른 즈음에」라는 노래를 듣고 가끔 흥얼거리다. 1997년 소설가 이창동이 돌연 영화감독으로 변신하다. 그가 찍은 '박하사탕'을 종로의 한 극장에서 보다. 문학과지성사 사무실에서 국어교사 노릇을 하던 이창동과 바둑을 두다. 그는 훗날 노무현 대통령에 의해 문화부 장관으로 발탁되다. 한국영화계의 거장으로 꼽히는 임권택 감독이 100번째 영화를 찍다. 영화관에 가서 임 감독의 '천년학'을 관람하다. 홍대 앞 낡은 오피스텔에서 먹고 자면서 '20세기 한국문학사'를 쓰다.

1998년 6월 1일, 현대그룹의 명예회장 정주영이 소 500마리를 끌고 휴전선을 넘는 광경을 생중계로 보다. 이 퍼포먼스로 남북 교류의 물꼬가 트이고, 금강산 관광이 열리다. 기업가이자 실향민인 정주영만이 보여줄 수 있는 정치 퍼포먼스라고 생각하다.

2000년 여름, 한없는 지루함을 견딘 끝에 원고지 1만 5,000매의 글을 탈고하다. 6년여의 세월이 흘러가다. 11월 시공사에서 『20세기 한국문학의 탐험』이라는 제목으로 출판되다. 그해 여름, 서울 성북동의 연립주택 전세를 빼 경기도 안성의 금광저수지 가에 전원주택을 짓다. 고추밭을 밀고 마사토를 깐 뒤 집을 짓다. 선배 이근배 시인의 제안으로 당호를 '수졸재'라 하다. 얼마 뒤 김대중 대통령이 평양을 방문해 김정일과 포옹하다. 정주영의 퍼포먼스보다 유머가 없어 별 감흥이 느껴지지 않다.

1996년 치매를 앓던 외할머니가 세검정 외삼촌 집에서 돌아가시다. 2000년에 막내 외삼촌이 젊은 나이에 숨지다. 2001년 당뇨병과 신장병을 앓으며 신장투석을 하던 아버지가 서대문 적십자병원 중환자실로 실려 가다. 2000년 12월 31일에 면회를 갔다가 병원 복도에서 아버지에 대해 생각하다. 아버지는 며칠 뒤 눈을 감다. 목수라는 멋진 직업을 가졌으나 직업에 대한 자긍심이 없던 것이 아버지의 불행이다. 파란만장, 평범, 자잘한 고난으로 점철된 아버지 인생이 막을 내리다.

2000년 여름 이후 수졸재에서 쓴 시를 『물은 천 개의 눈동자를 가졌다』라는 시집으로 묶다. 『도덕경』과 『장자』를 날마다 읽으며 100회씩 통독하다. 장자를 읽다가 어느 날 장자의 넋에 빙의되어 착란 상태에서 장자의 목소리로 방언 같은 말들을 지껄이는 어처구니없는 신비 경험을 겪다.

46~50

2001년은 질 들뢰즈와 펠릭스 가타리가 쓴 『천 개의 고원』 국역본이 나온 해다. 1,000쪽에 이르는 이 책을 읽고 또 읽다. 내 안의 무식이 백일하에 드러나며 개인적으로 큰 충격을 받다. 책을 닳도록 읽고 새 책을 한 권 더 구입하다. 그 책의 서문 격인 「서론: 리좀」을 50번쯤 읽다. 이후 관련 책들 100여 권을 구해 읽으며 시상-피질계와 뇌간-변연계의 어떤 부분이 홀연 열리는 기쁨을 맛보다.

2002년에는 한국과 일본이 월드컵 경기를 공동으로 유치하다. 한국이 이탈리아와 스페인을 꺾고 4강에 오르다. 축구는 20세기 인류의 신흥종교다. 시골구석에서 텔레비전 중계를 보며 홀로 열광하다. 느닷없는 고함에 놀란 마당의 개들이 컹컹 짖고 날뛰다.

2003년에 동덕여자대학교 문예창작과에서 소설에 대해 강의하다. 〈현대시학〉에 발표한 비평문 「얼굴의 시학」으로 제1회 애지문학상을 받다. 이 느닷없는 상을 비평가 반경환의 우정을 빙자한 시혜라고 생각해 기꺼이 받다. 2004년부터 2006년까지 선배 김종해 시인이 한국시인협회 회장직을 수행할 때 이사 겸 사무총장직을 맡아 일하다.

2005년 경희사이버대학교에서 '출판편집론', '작가와 상상력' 등을 강의하다. 대학을 마친 딸이 미국으로 유학을 떠나다. 이 일이 뜻밖에 상심이 커서 보름 정도를 앓다. 그래도 대체로 잘 먹고 잘 살다. 술보다는 차를 마시고 더러는 명상을 하며, 독학으로 『주역』 공부를 시작하다.

51~60

2006년에서 2013년 사이 전국에 광통신망이 깔리고 인터넷과 스마트폰이 몰려오다. 이 정보통신의 태평성대에 '88만원 세대'와 비정규직들이 양산되다. 2007년 무렵부터 3년 동안 국악방송(FM99.1MHz)에서 프로그램 진행자로 활동하다. 2009년 5월 23일 오전, 노무현 전 대통령이 목숨을 끊다. 이 소식으로 종일 비통하고 애석해 하다. 마음을 따라 세상 풍경도 비통하게 비치다.

2010년부터 얼마간 신문과 일간지에 글을 연재하거나 라디오 방송에 고정 출연하다. 2010년 시집 『몽해항로』를 내고, 이듬해 제1회 질마재문학상을 받는데, 시인 등단 후 35년 만에 처음으로 문학상을 타다. 불현듯 내 탯자리였던 고향 마을을 방문하니 집은 없고 그 터에 돈사(豚舍)가 들어서다. 2010년 이상 탄생 100주기에 조선일보에 연재한 「이상과 모던뽀이들」에 글을 보태 『이상과 모던뽀이들』(현암사)를 펴내다. 세 아이가 미국으로 삶의 터전을 옮겨 영주권을 얻다. 더 이상 키가 자라지 않다.

2012년 12월에 동북아역사재단에서 주는 독도사랑상을 받는데, 재단 관계자들에게서 『독도고래』가 좋은 평가를 받은 덕이라는 얘기를 듣다. 시집 『오랫동안』(문예중앙, 2012)으로 김영랑을 기려 강진시에서 제정하고 수여하는 제11회 '영랑시문학상' 수상자로 결정되었다는 통보를 받다.

2014년 2월 27일 대장암 수술을 받고 요양병원에 계시던 어머니가 돌아가시다. 81세. 아버지에 이어 어머니가 돌아가심으로써 한 세대가 끝나다. 어머니 유해는 용인의 납골당 '평온의 숲'에 모시다. 4월 16일 진도 앞바다에서 여객선 '세월호'가 침몰하며 300여 명이 바다에 수장되는 재난이 일어나다. 연이은 가족의 죽음과 재난의 충격으로 실의와 우울감에서 벗어나지 못하다. 이때 생각한 것을 「정치적인 것의 가장자리에서」, 「무사합니까: 감각적인 것의 정치학」이라는 평론으로 써서 발표하다.

2015년 〈월간중앙〉에 「일상반추」라는 고정 연재를 맡아 1년 동안 쓰다. 시인 박연준과 혼인신고를 하고 부부의 연을 맺다. 결혼식을 대신하여 『우리는 서로 조심하라고 말하며 걸었다』(난다)라는 책이 나오다. 발간일 12월 24일. 이날이 '책 결혼식'을 올린 우리 결혼기념일이 되다. 이 아이디어를 처음 내고 책을 만든 이는 따뜻한 응원과 격려를 보내준 '난다'의 대표 김민정 시인이다. 12월 30일 책 쓰는 셰프 박찬일의 서교동 '몽로'에서 몇몇 젊은 벗과 함께 결혼과 출간을 자축하는 모임을 갖다.

61 이후

2016년 〈월간중앙〉에 「인류의 등대를 찾아서」라는 고정 연재를 맡다. 날마다 두세 시간씩 산책을 하고 사과 한 알씩을 먹다. 하루 사과 한 알을 먹는 일은 삶의 행복을 가늠하는 중요한 척도다. 3월 프로기사 이세돌 사범이 구글이 개발한 알파고와 둔 바둑을 관전

하며 인공지능이 가져올 인류 미래에 대해 전율하다. 3월 하순 서산 신두리 사구 답사 중 시집 『일요일과 나쁜 날씨』(민음사, 2015)로 '편운문학상' 수상자로 결정되었다는 소식을 받다.

2017년 6년 동안 살던 서울 서교동을 떠나 파주 출판도시 옆 교하 문발동으로 이사하다. 조선일보에 「장석주의 사물극장」을 매주 연재하다. 9월 5일, 마광수 교수가 서울 용산구 동부이촌동 자택에서 숨진 채 발견되다. 그 자살 소식에 충격을 받다. 중앙일보에 추도사를 기고하다. 전주시와 세계슬로시티 본부에서 주는 '슬로어워드'를 수상하다. 「예언자 없는 시대의 시」라는 비평문으로 〈시와표현〉이 주관하는 제3회 '부석' 비평상을 받다.

2018년 산문집 『단순한 것이 아름답다』(문학세계사, 2016)가 군포시의 책 선정위원회 심사를 거쳐 '2018년 군포의 책'으로 선정되다.

장석주의 책 (1979-2018)

시집

『햇빛사냥』, 고려원, 1979

『완전주의자의 꿈』, 청하, 1981

『그리운 나라』, 평민사, 1984

『어둠에 바친다』, 청하, 1985

『새들은 황혼 속에 집을 짓는다』, 나남, 1987

『어떤 길에 관한 기억』, 청하, 1989

『붕붕거리는 추억의 한때』, 문학과지성사, 1991

『크고 헐렁헐렁한 바지』, 문학과지성사, 1996

『다시 첫사랑의 시절로 돌아갈 수 있다면』, 세계사, 1998

『간장 달이는 냄새가 진동하는 저녁』, 세계사, 2001

『물은 천 개의 눈동자를 가졌다』, 그림같은세상, 2002

『붉디 붉은 호랑이』, 애지, 2005

『절벽』, 세계사, 2007

『몽해항로』, 민음사, 2010

『오랫동안』, 문예중앙, 2012

『일요일과 나쁜 날씨』, 민음사, 2015

시선집

『애인』, 좋은날, 1998

『꿈으로 씻긴 눈썹』, 종려나무, 2007

산문집

『언어의 마을을 찾아서』, 조형, 1979

『내 스무 살 푸른 영혼』, 청하, 1987

『11월』, 해냄, 1990

『가을』, 생각하는백성, 1991

『물고기에게 헤엄가르치기』, 청하, 1992

『절망에 관해 우아하게 말하는 방법』, 프리미엄북스, 1997

『추억의 속도』, 그림같은세상, 2001

『마음의 황금정원』, 그림같은세상, 2002

『달과 물안개』, 찬우물, 2004

『느림과 비움』, 뿌리와이파리, 2005

『비주류 본능』, 영림카디널, 2005

『새벽예찬』, 예담, 2007

『그 많은 느림은 다 어디로 갔을까』, 뿌리와이파리, 2008

『고독의 권유』(『추억의 속도』 개정판), 다산북스, 2012

『도마뱀은 꼬리에 덧칠할 물감을 어디에서 구할까』,

서랍의날씨, 2014
『내가 읽은 책이 곧 나의 우주다』, 샘터사, 2015
『단순한 것이 아름답다』, 문학세계사, 2016
『가만히 혼자 웃고 싶은 오후』, 달, 2017
『내 몫의 사랑을 탕진하고 지금 당신을 만나』, 마음서재, 2018

인물기행

『이 사람을 보라』, 해냄, 1999
『지금 그 사람 이름은』, 아세아미디어, 2001

여행산문집

『내가 사랑한 지중해』, 맹그로브숲, 2014
『우리는 서로 조심하라고 말하며 걸었다』(박연준 공저), 난다, 2015

장편소설

『낯선 별에서의 청춘』, 청하, 1991
『길이 끝나자 여행은 시작되었다』, 청하, 1993
『이산의 사랑』, 청아, 1996
『세도나 가는 길』, 단, 1997

글쓰기

『소설: 장석주의 소설창작특강』, 들녘, 2002
『글쓰기는 스타일이다』, 중앙북스, 2015

시 감상집

『오늘, 명랑하거나 우울하거나』, 21세기북스, 2012
『너무 일찍 철들어버린 청춘에게』, 21세기북스, 2015
『누구나 가슴에 벼랑 하나쯤 품고 산다』, 21세기북스, 2015
『행복은 누추하고 불행은 찬란하다』, 현암사, 2016

북리뷰집

『강철로 된 책들』, 바움, 2003
『책은 밥이다』, 이마고, 2005
『만보객, 책 속을 거닐다』, 예담, 2007
『취서만필』, 평단문화사, 2009
『지금 어디선가 누군가 울고 있다』, 문학의문학, 2009
『불면의 등불이 너를 인도한다』, 현암사, 2015
『내 아침인사 대신 읽어보오』(박연준 공저), 난다, 2017
『슬픔을 맛본 자만이 자두 맛을 안다』, 여문책, 2018

문학사

『20세기 한국문학의 탐험』(전 5권), 시공사, 2000
『장석주가 새로 쓴 한국 근현대문학사』, 도서관저널, 2017

필사

『이토록 멋진 문장이라면』, 추수밭, 2015

그림책

『대추 한 알』, 이야기꽃, 2015

인문학

『나는 문학이다』, 나무이야기, 2009

『느림과 비움의 미학』, 푸르메, 2010

『이상과 모던뽀이들』, 현암사, 2011

『일상의 인문학』, 민음사, 2012

『마흔의 서재』, 한빛비즈, 2012

『철학자의 사물들』, 동녘, 2013

『아들아, 서른에는 노자를 만나라』, 예담, 2013

『인생의 한 수를 두다』, 한빛비즈, 2013

『동물원과 유토피아』, 푸르메, 2013

『일요일의 인문학』, 호미, 2015

『사랑에 대하여』, 책읽는수요일, 2017

『조르바의 인생수업』, 한빛비즈, 2017

『은유의 힘』, 다산책방, 2017

『베이비부머를 위한 변명』, 연두, 2017

『외롭지만 힘껏 인생을 건너자, 하루키 월드』, 달, 2017

문학평론집

『한 완전주의자의 책 읽기』, 청하, 1986

『비극적 상상력』, 청하, 1989

『세기말의 글쓰기』, 청하, 1993

『문학의 죽음』, 한국문연, 1995

『문학, 인공정원』, 프리미엄북스, 1997

『풍경의 탄생』, 인디북, 2005

『들뢰즈, 카프카, 김훈』, 작가정신, 2006

『장소의 탄생』, 작가정신, 2006

『장소의 기억을 꺼내다: 경기도의 문학지리』, 사회평론, 2007

『상처입은 용들의 노래: 노자시화』, 뿌리와이파리, 2009

『시의 황금시대』, 충남대출판부, 2010

『시적 순간』, 시인동네, 2015

『불과 재』, 시인동네, 2015

동화

『독도 고래』, 문학의문학, 2012

『독도고래 외뿔이』, 문학의문학, 2013

나를 살리는 글쓰기

전업작가는 왜 쉼 없이 글을 쓰는가

초판 1쇄 2018년 4월 18일

지은이 | 장석주

발행인 | 이상언
제작총괄 | 이정아
편집장 | 조한별
책임편집 | 박준규
디자인총괄 | 이선정
디자인 | 김미소
사진 | 박종근

발행처 | 중앙일보플러스(주)
주소 | (04517) 서울시 중구 통일로 92 에이스타워 4층
등록 | 2008년 1월 25일 제2014-000178호
판매 | 1588-0950
제작 | (02) 6416-3925
홈페이지 | www.joongangbooks.co.kr
네이버 포스트 | post.naver.com/joongangbooks

ISBN 978-89-278-0933-3 03800